AS DUAS MENININHAS DE AZUL

MARY HIGGINS CLARK

AS DUAS MENININHAS DE AZUL

Tradução de
Haroldo Neto

EDITORA RECORD
RIO DE JANEIRO • SÃO PAULO
2011

CIP-Brasil. Catalogação-na-fonte
Sindicato Nacional dos Editores de Livros, RJ

Clark, Mary Higgins, 1929-
C544d As duas menininhas de azul / Mary Higgins Clark; tradução de Haroldo Neto. – Rio de Janeiro: Record, 2011.

Tradução de: Two little girls in blue
ISBN 978-85-01-08307-4

1. Gêmeos – Ficção. 2. Sequestro – Ficção. 3. Romance americano. I. Haroldo Neto. II. Título.

10-4620. CDD: 813
CDU: 821.111(73)-3

TÍTULO ORIGINAL EM INGLÊS:
Two little girls in blue

Editoração eletrônica: Abreu's System

Imagem de capa: Tim Robberts/Getty Images

Texto revisado segundo o novo Acordo Ortográfico da Língua Portuguesa.

Impresso no Brasil

ISBN 978-85-01-08307-4

EDITORA AFILIADA

Para Michael V. Korda
Editor e amigo
Com amor

Agradecimentos

A telepatia que existe entre algumas pessoas sempre me fascinou... Desde a mais tenra infância posso me lembrar de minha mãe, a preocupação franzindo-lhe o rosto, dizendo: "Tenho um pressentimento..." E tão certamente quanto o dia se segue à noite, a pessoa a que ela se referia estava ou enfrentando ou prestes a enfrentar um problema.

Tenho usado a telepatia até certo ponto em alguns dos meus livros, mas o vínculo que existe entre irmãos gêmeos, particularmente entre gêmeos idênticos, é simplesmente fascinante. Há muito tempo esse tema vem assumindo em minha mente a forma de um romance.

Minha gratidão aos autores de livros sobre esse assunto, em particular Guy Lyon Playfair pelo seu *Twin Telepathy: the Psychic Connection*; Nancy L. Segal, Ph.D. por *Entwined Lives*; Donna M. Jackson por *Twin Tales: The Magic and Mystery of Multiple Births*; Shannon Baker pelo seu artigo "On Being a Twin" e Jill Neimark por "Nature's Clones", artigo de capa na *Psychology Today*. Os exemplos que eles oferecem da conexão psíquica entre gêmeos me foram muito úteis para contar esta história.

Outras pessoas, como sempre, fizeram a jornada comigo. Minha gratidão eterna ao meu editor de sempre, Michael V. Korda, e ao editor-chefe Chuck Adams, por sua talentosa orientação.

Lisl Cade, minha querida amiga e relações-públicas, está sempre ao meu lado. O círculo de leitores que acompanha o processo criativo permanece constante. Meus agradecimentos a eles e aos nossos filhos e netos, que me animam ao longo do trajeto e que mantêm minha vida alegre e divertida.

Eu queria que este livro fosse um tributo ao meticuloso compromisso do FBI em lidar com um sequestro. Quero em especial honrar a memória do falecido agente Leo McGillicuddy, uma lenda entre seus colegas de trabalho.

O agente aposentado Joseph Conley tem sido enormemente solícito no desdobramento passo a passo da atividade dos bastidores do Bureau. Abreviei alguns dos procedimentos em benefício da narrativa, mas espero ter conservado o espírito de empenho ardoroso e da compaixão típica dos agentes do FBI.

Agora, como outra história começa a criar raízes em minha mente, é hora de deixar esta ir embora, sentar ao lado da lareira com Ele, o sempre perfeito John Conheeney, e desejar a todos vocês que iniciam a leitura uma agradável experiência. *Cheers*!

1

— Espere um minuto, Rob, acho que uma das gêmeas está chorando. Depois eu ligo para você.

Trish Logan desligou o celular, levantou do sofá e atravessou correndo a sala. Tinha 19 anos e aquela era a primeira vez que trabalhava como babá para os Frawley, a simpática família que tinha se mudado para a cidade havia alguns meses. Trish gostara deles imediatamente. A Sra. Frawley lhe contara que, quando garota, sua família costumava visitar amigos que moravam em Connecticut, e que ela gostava tanto que sempre quis morar lá também.

— No ano passado, quando começamos a procurar uma casa para morar e passamos por acaso em Ridgefield, percebi que era onde eu queria ficar.

Os Frawley compraram a velha casa da fazenda dos Cunningham, que precisava ser reformada, embora o pai de Trish achasse que a única solução seria colocá-la abaixo. Hoje, 24 de março, uma quinta-feira, estava sendo celebrado o terceiro aniversário das gêmeas idênticas dos Frawley, e Trish fora contratada para ajudar com a festa durante o dia e permanecer durante a noite, enquanto os pais iriam a um jantar formal em Nova York.

Depois da empolgação da festa, eu teria jurado que as meninas estariam mortas de cansada, pensou Trish ao subir a escada rumo ao quarto das gêmeas. Os Frawley tinham arrancado o velho carpete que encontraram na casa, e os degraus do século XIX rangeram sob seus pés.

Ela parou perto do topo. A luz que deixara acesa no corredor estava apagada. Provavelmente outro fusível tinha queimado. A fiação daquela casa velha era uma bagunça. Havia acontecido a mesma coisa na cozinha naquela tarde.

O quarto das gêmeas ficava no fim do corredor. Não havia qualquer barulho. Provavelmente uma das meninas gritara durante o sono, pensou Trish, começando a avançar no escuro. Ela parou de repente. Não é só a luz do corredor. Deixei a porta do quarto aberta de modo que pudesse ouvi-las se acordassem. A luz noturna do quarto devia ser visível. A porta está fechada, mas eu não poderia ter ouvido uma delas chorando se estivesse fechada um minuto atrás.

Subitamente amedrontada, ela aguçou os ouvidos. Que som era aquele? Foi tomada por enjoo ao perceber, nervosa, do que se tratava: passos suaves. Um sopro de respiração igualmente suave. O cheiro acre de suor. *Alguém estava atrás dela.*

Trish tentou gritar, mas apenas um gemido escapou de seus lábios. Tentou correr, mas suas pernas não se moveram. Sentiu alguém agarrar seu cabelo e puxar sua cabeça para trás. A última coisa de que se lembra é que sentiu uma pressão no pescoço.

O intruso soltou-a congratulando-se por tê-la deixado inconsciente de maneira eficiente e sem dor. Ele acendeu a lanterna, e então amarrou, vendou e amordaçou Trish. Então, dirigindo o facho de luz para o chão, desviou-se dela, percorreu velozmente a extensão do corredor e abriu a porta do quarto das gêmeas.

Kathy e Kelly, de 3 anos, estavam deitadas na cama de casal que compartilhavam, os olhos ao mesmo tempo sonolentos e aterrorizados. A mão direita de Kathy e a esquerda de Kelly estavam entrelaçadas. Com as outras mãos elas tentavam puxar os panos que cobriam suas bocas.

O homem que planejara os detalhes do sequestro estava de pé ao lado da cama.

— Tem certeza de que ela não te viu, *Harry*? — exclamou, rispidamente.

— Tenho. Quero dizer, tenho certeza, *Bert* — respondeu o outro.

Eles usavam cuidadosamente os nomes que tinham escolhido para aquele trabalho: "Bert" e "Harry", como os personagens de um comercial de cerveja dos anos 1960.

Bert tomou Kathy nos braços e ordenou:

— Pegue a outra. Coloque um cobertor sobre ela. Está frio lá fora.

Com passadas nervosamente rápidas, os dois homens desceram a escada dos fundos, dispararam pela cozinha e saíram pela entrada de carros sem se dar ao trabalho de fechar a porta. Uma vez na van, Harry se sentou no piso, próximo ao banco traseiro, as duas gêmeas envolvidas pelos seus braços musculosos. Bert foi dirigindo, avançando com a van para longe das sombras da varanda.

Vinte minutos depois chegaram à casa de campo onde Angie Ames os esperava.

— Elas são uma graça — disse, enquanto os dois homens entravam com as crianças para deitá-las no berço hospitalar em que dormiriam. Com um rápido e hábil movimento das mãos, Angie soltou as mordaças que mantinham as garotas em silêncio.

As meninas se abraçaram e começaram a choramingar.

— Mamãe... Mamãe... — gritaram em uníssono.

— Sshhhh, sshhh, não tenham medo — disse Angie tranquilizadoramente, aproximando-se do lado do berço. Ele era alto demais para que se debruçasse por cima, então ela passou os braços por entre as grades e começou a fazer carinho em seus cachos louro-escuros. — Está tudo bem — cantarolou —, durma, Kathy, durma, Kelly, voltem a dormir. Mona vai tomar conta de vocês. Mona ama vocês.

"Mona" era o nome que tinham mandado que usasse perto das gêmeas.

— Não gosto desse nome — dissera ela na primeira vez que o ouvira. — Por que tem que ser Mona?

— Porque parece com "Mamma". Porque quando pegarmos o dinheiro e eles pegarem as meninas, não queremos que elas digam "Uma moça chamada Angie tomou conta de nós", e outra boa razão para esse nome é porque você reclama demais — retrucara o homem chamado Bert.

— Faça elas se calarem — ordenou ele. — Estão fazendo muito barulho.

— Relaxe, Bert. Ninguém pode ouvi-las — assegurou Harry.

Ele tem razão, pensou Lucas Wohl, o nome verdadeiro de "Bert". Um dos motivos, após cuidadosa deliberação, pelo qual havia convidado Clint Downes — o nome verdadeiro de "Harry" — a unir-se a ele no trabalho eram os nove meses por ano que Clint vivia em um chalé, como zelador do Danbury Country Clube. Do Dia do Trabalho, comemorado nos Estados Unidos na primeira segunda-feira de setembro, até 31 de maio, o clube ficava fechado e os portões, trancados. A casa não era visível nem mesmo da estrada de serviço pela qual

Clint entrava e saía do clube, e ele tinha de usar um código para abrir o portão.

Era um lugar ideal para esconder as gêmeas, e o fato de que a namorada de Clint, Angie, costumava trabalhar como babá completava o quadro.

— Elas vão parar de chorar — disse Angie. — Conheço crianças. Daqui a pouco estão dormindo de novo. — Ela começou a esfregar as costas das gêmeas e a cantar, desafinada: — Duas menininhas de azul, meu rapaz, duas menininhas de azul...

Lucas praguejou baixinho, passou pelo espaço apertado entre o berço e a cama de casal e saiu do quarto, atravessou a sala e foi para a cozinha. Só então ele e Clint tiraram as jaquetas e as luvas. A garrafa cheia de uísque e os dois copos vazios que tinham deixado separados como prêmio para o sucesso da missão estavam na frente deles.

Os homens se sentaram em lados opostos da mesa, entreolhando-se silenciosamente. Ao lançar um olhar de desdém para seu colega de sequestro, Lucas se lembrou mais uma vez de que ambos não podiam ser mais diferentes, tanto na aparência quanto no temperamento. Nem um pouco preocupado com sua aparência, ele às vezes brincava de testemunha ocular e se descrevia para si próprio: cerca de 50 anos, exageradamente magro, estatura média, calvície em fase inicial, rosto estreito e olhos muito próximos. Motorista de limusine autônomo, sabia que tinha aperfeiçoado a aparência de um empregado servil e ansioso por agradar, uma persona que ele encarnava sempre que envergava o uniforme preto de motorista.

Conhecera Clint quando estivera na prisão e, no decorrer dos anos, tinha participado de uma série de assaltos a residências com ele. Nunca tinham sido apanhados porque Lucas era cauteloso. Não haviam cometido um crime em Connecticut porque Lucas não gostava de sujar a própria área. Este trabalho, embora terrivelmente arriscado, seria lucrativo demais para não aproveitar, e ele abriu uma exceção.

Ele ficou olhando Clint abrir o uísque e encher os dois copos até a borda.

— À próxima semana em um barco em St. Kitts com os bolsos estufados de dinheiro — brindou, seus olhos buscando o rosto de Lucas com um sorriso esperançoso.

Lucas o encarou de volta, mais uma vez avaliando o parceiro no crime. Aos 40 e poucos anos, Clint estava desesperadamente fora de forma. Vinte e cinco quilos em excesso em sua pequena estrutura faziam com que suasse facilmente mesmo em uma noite de inverno como aquela, que de súbito tinha ficado fria. Seu tronco de barril e os braços grossos não combinavam com o rosto de querubim e o longo rabo de cavalo que deixara crescer porque Angie, sua namorada de longa data, tinha um.

Angie. Magra como um galho seco, pensou Lucas desdenhosamente. Pele terrível. Como Clint, tinha sempre a aparência desleixada, vestia uma camiseta surrada e uma calça jeans rasgada. Sua única virtude aos olhos de Lucas era ser uma babá experiente. Nada poderia acontecer a nenhuma daquelas meninas antes que o resgate fosse pago e elas pudessem ser entregues. Lucas se lembrou de que Angie tinha mais uma coisa a seu favor. Era gananciosa. Queria dinheiro. Queria morar em um barco no Caribe.

Lucas levou o copo aos lábios. O Chivas Regal caiu suave em sua língua e o calor foi reconfortante quando deslizou pela garganta.

— Até agora, tudo bem — disse, sem rodeios. — Vou para casa. Você está com o celular que lhe dei à mão?

— Estou.

— Se tiver notícia do chefe, diga a ele que tenho que apanhar um cliente às 5 da manhã. Vou desligar meu celular. Preciso dormir um pouco.

— Quando vou me encontrar com ele, Lucas?

— Nunca.

Lucas engoliu o resto do uísque e empurrou a cadeira para trás. Podia perceber que Angie continuava a cantar no quarto.

— Elas eram irmãs, nós éramos irmãos e aprendemos a amar as duas...

2

O GUINCHAR DE FREIOS NA FRENTE DA CASA DISSE AO CA-pitão da polícia de Ridgefield, Robert "Marty" Martinson, que os pais das gêmeas desaparecidas tinham chegado.

Eles tinham telefonado para a delegacia de polícia minutos depois que a ligação do 911 fora completada. "Meu nome é Margaret Frawley", dissera a mulher, a voz trêmula de medo. "Nós moramos no número 10 da Old Woods Road. Não conseguimos falar com nossa babá. Não atende ao telefone da casa nem ao celular. Ela está tomando conta das nossas filhas gêmeas de 3 anos. Deve haver alguma coisa de errado. Estamos saindo da cidade e indo para casa."

"Estamos indo até lá verificar", prometera Marty. Tendo em vista que os pais já estavam na estrada e, sem dúvida nenhuma, preocupados, ele achou inútil dizer que já sabia que alguma coisa estava terrivelmente errada. O pai da babá acabara de telefonar do mesmo número 10 da Old Woods Road para informar que a filha estava amarrada e amordaçada e que as gêmeas das quais ela cuidava tinham desaparecido. Terminou informando que havia um pedido de resgate no quarto das meninas.

Agora, uma hora mais tarde, o terreno em torno da casa e a entrada de carros tinham sido isolados, aguardando a chegada da equipe do laboratório forense. Marty gostaria de impedir que a mídia tomasse conhecimento, mas sabia que era impossível. Tinha sido informado de que, na emergência do hospital onde Trish Logan estava sendo atendida, os pais da babá já haviam contado para todos que as gêmeas tinham desaparecido. Os repórteres apareceriam a qualquer momento. O FBI já tinha sido notificado e os agentes estavam a caminho.

Marty se preparou para o pior quando a porta da cozinha se abriu e os pais entraram correndo. Desde seu primeiro dia como policial recruta, aos 21 anos, ele havia treinado para reter a primeira impressão que lhe causavam as pessoas ligadas a um crime, fossem elas vítimas, criminosos ou testemunhas. Mais tarde, anotava essas impressões. Nos círculos policiais era conhecido como "O Observador".

Não teriam muito mais que 30 anos, pensou, ao ver Margaret e Steve Frawley se aproximarem. Um casal bonito, ambos trajados socialmente. O cabelo castanho da mãe caía solto sobre seus ombros. Era esbelta, mas as mãos crispadas pareciam fortes. Unhas curtas, esmalte incolor. Provavelmente uma boa atleta. Os olhos intensos eram de um tom de azul-escuro e pareciam quase pretos ao encararem Marty.

Steve Frawley, o pai, era alto, cerca de 1,90m, cabelo louro-escuro e olhos azul-claros. Os ombros largos e os braços vigorosos faziam com que o paletó do smoking estivesse muito apertado. Devia comprar um novo, pensou Marty.

— Aconteceu alguma coisa às nossas filhas? — perguntou Frawley.

Marty o observou colocar as mãos no braço da mulher como que para prepará-la para uma notícia possivelmente devastadora.

Não havia uma maneira delicada de dizer aos pais que suas filhas tinham sido sequestradas e que um bilhete exigindo 8 milhões de dólares tinha sido deixado em cima da cama delas. A incredulidade patente nos rostos do jovem casal parecia sincera, pensou Marty, uma reação que ele anotaria em seu livrinho, acrescida por um ponto de interrogação.

— Oito *milhões* de dólares! Oito *milhões de dólares*! Por que não *80 milhões*? — reclamou Steve Frawley, o rosto lívido. — Gastamos o último centavo que tínhamos para fechar a compra desta casa. Agora temos cerca de 1.500 dólares na conta, e mais nada.

— Há parentes ricos em qualquer uma das famílias? — perguntou Marty.

Os Frawley começaram a rir, as estridentes risadas da histeria. Steve deu uma volta em sua esposa, enquanto Marty os observava. Os dois se abraçaram, as risadas cessaram e seus pesados soluços se misturaram ao lamento dela.

— Quero minhas filhas. Quero minhas filhas.

3

Às 11 horas o celular especial tocou. Clint atendeu:

— Olá, senhor — disse.

— Aqui é o Flautista Mágico.

O sujeito, quem quer que fosse, está tentando disfarçar a voz, pensou Clint enquanto atravessava a pequena sala de estar para se afastar o máximo possível do som da voz de Angie cantando para as gêmeas. Pelo amor de Deus, as crianças estão dormindo, pensou irritado. Cala essa boca.

— Que barulho é esse no fundo? — perguntou o Flautista bruscamente.

— Minha namorada está cantando para as crianças de quem está tomando conta.

Clint sabia que estava fornecendo a informação que o Flautista queria. Ele e Lucas haviam tido êxito.

— Não consigo falar com Bert.

— Ele me pediu para dizer que tem que apanhar um cliente às 5 da manhã no aeroporto Kennedy. Ele foi para casa dormir, por isso desligou o telefone. Espero que...

— Harry, ligue a televisão — interrompeu o Flautista. — Tem uma notícia extraordinária sobre um sequestro. Eu ligo de novo pela manhã.

Clint pegou o controle remoto, ligou a televisão e ficou assistindo enquanto a casa da Old Woods Road aparecia na tela. Ainda que fosse uma noite nublada, a luz da varanda revelava a pintura descascando e as persianas arqueadas. A fita amarela destinada a isolar a imprensa e os curiosos estendia-se até a rua.

— Os novos proprietários, Stephen e Margaret Frawley, se mudaram para este endereço há apenas poucos meses — a repórter estava dizendo. — Os vizinhos dizem que esperavam que a casa fosse posta abaixo, mas os Frawley pretendiam reformar aos poucos a estrutura existente. Esta tarde, algumas crianças da vizinhança compareceram à festa do terceiro aniversário das gêmeas desaparecidas. Temos uma foto tirada nessa festa, poucas horas atrás.

De repente os rostos das gêmeas idênticas encheram a tela da televisão, as duas olhando para o bolo de aniversário com os olhos arregalados de empolgação. Havia três velas de cada lado, e, no centro, uma vela maior.

— Os vizinhos nos disseram que a vela do centro é a que marca o aniversário. A mãe, brincando, explicou que as meninas eram tão parecidas que seria um desperdício soprarem duas velas.

Clint trocou de canal. Uma outra fotografia das gêmeas com vestidinhos de festa de veludo azul estava sendo mostrada. Elas estavam de mãos dadas.

— Clint, olhe só que coisinhas mais fofas elas são. Simplesmente lindas — disse Angie, assustando-o. — Mesmo adormecidas continuam de mãos dadas. Não é uma fofura?

Ele não tinha percebido que ela se aproximara por trás. Agora, havia colocado os braços ao redor do seu pescoço.

— Eu sempre quis ter um bebê, mas me disseram que eu não podia — disse ela, esfregando o nariz carinhosamente no rosto dele.

— Eu sei, Angie querida, eu sei — disse ele, pacientemente. Já ouvira aquela história antes.

— Depois fiquei muito tempo sem você.

— Você teve que se tratar naquele hospital especial, querida. Você machucou muito uma pessoa.

— Mas agora vamos ter um bocado de dinheiro e morar num barco lá no Caribe.

— Nós sempre falamos sobre isso. Logo logo poderemos realizar esse sonho.

— Tenho uma ótima ideia. Vamos levar as meninas conosco.

Clint desligou a televisão e se levantou de um pulo. Virou-se e agarrou-a pelos pulsos.

— Angie, por que nós estamos com essas garotas?

Ela se virou para ele e engoliu em seco.

— Nós as sequestramos.

— Por quê?

— Para que possamos ter muito dinheiro e morar num barco.

— Em vez de vivermos como malditos ciganos sendo chutados daqui todo verão enquanto o treinador de golfe mora no clube. O que acontece se a polícia nos pegar?

— Seremos condenados a muitos anos de cadeia.

— O que foi que você me prometeu?

— Tomar conta das crianças, brincar com elas, dar comida e vesti-las.

— E não é isso que vai fazer?

— Sim, sim, desculpe, Clint. Eu amo você. Pode me chamar de Mona. Não gosto desse nome, mas tudo bem se você quer me chamar assim.

— Não devemos nunca usar nossos nomes de verdade na frente das gêmeas. Em dois dias nós vamos devolvê-las e então pegamos nosso dinheiro.

— Clint, talvez a gente possa...

Angie se deteve. Sabia que ele ia ficar com raiva se sugerisse que poderiam ficar com uma das gêmeas. Mas nós vamos ficar, ela prometeu a si mesma em segredo. Sei como fazer com que isso aconteça. Lucas pensa que é esperto. Mas está longe de ser tão esperto quanto eu.

4

MARGARET FRAWLEY ENVOLVEU A XÍCARA DE CHÁ FUMEgante com as mãos. Estava com muito frio. Steve pegara uma manta de lã no sofá da sala e envolveu-a com ela, mas isso não fez cessar a tremedeira que sacudia todo o seu corpo.

As gêmeas estavam desaparecidas. Kathy e Kelly estavam desaparecidas. Alguém as havia raptado e deixado um bilhete pedindo resgate. Não fazia sentido. Como uma litania, as palavras marcavam uma cadência dentro da sua cabeça: *as gêmeas estão desaparecidas. Kathy e Kelly estão desaparecidas.*

A polícia não permitiu que eles fossem ao quarto das filhas.

— Nosso trabalho é trazê-las de volta — disse o capitão Martinson. — Não podemos correr o risco de perder impressões digitais ou amostras de DNA deixando que a área seja contaminada.

A área restrita incluía também o corredor de cima, onde alguém atacara a babá. Trish iria ficar bem. Estava no hospital e dissera à polícia tudo de que se lembrava. Disse que falava ao telefone celular com o namorado quando pensou ter ouvido uma das gêmeas chorando. Subiu correndo as escadas e logo notou que havia algo de errado, pois não se via a luz no quarto das meninas. Foi então que percebeu que havia alguém atrás dela. Não se lembrava de mais nada depois disso.

Teria havido alguma outra pessoa, perguntou-se Margaret, alguém no quarto com as meninas? Kelly tem sono leve, mas pode ser que Kathy estivesse inquieta. Talvez estivesse pegando um resfriado.

Se uma delas tivesse começado a chorar, alguém a faria parar?

Margaret deixou cair a xícara que segurava e estremeceu quando o chá quente respingou na blusa e na saia que havia comprado numa promoção para o jantar de gala no Waldorf. Ainda que o preço tivesse sido um terço do que cobrariam na Quinta Avenida, era caro demais para o orçamento deles.

Steve fez questão de que eu comprasse, pensou ela meio estonteada. Era um jantar importante da companhia. De qualquer forma, eu queria caprichar na roupa. Não íamos a um evento de gala há pelo menos um ano.

Ele tentava secar sua roupa com um pano.

— Marg, você está bem? Você se queimou?

Tenho que ir lá em cima, pensou Margaret. Talvez as gêmeas estejam escondidas no closet. Lembro que fizeram isso uma vez. Fingi que continuava procurando por elas. Podia ouvir os risinhos das duas enquanto eu chamava seus nomes.

"Kathy... Kelly... Kathy... Kelly... onde é que vocês estão?"

Steve chegou em casa bem nessa hora e eu o chamei: "Steve... Steve... nossas gêmeas sumiram."

Mais risinhos vindos do closet.

Steve percebeu que eu estava brincando. Ele subiu até o quarto delas. Apontei para o closet. Ele foi até lá e gritou: "Talvez Kathy e Kelly tenham fugido. Talvez não gostem mais de nós. Bem, não adianta procurar. Vamos apagar a luz e descer para jantar."

Um instante depois a porta do closet foi escancarada. "Nós gostamos de vocês, nós gostamos de vocês", elas gritaram em uníssono.

Margaret se lembrava bem de como as duas pareciam espantadas. Imagine agora, devem ter ficado aterrorizadas. Agora são outras pessoas que as estão escondendo.

Isso não está acontecendo. É um pesadelo e vou despertar. Quero minhas filhas. Por que meu braço dói? Por que Steve está pondo uma coisa fria nele?

Margaret fechou os olhos. Tinha a vaga ideia de que o capitão Martinson estava falando com alguém.

— Sra. Frawley.

Ela ergueu a cabeça. Outro homem acabara de entrar.

— Sra. Frawley, sou Walter Carlson, agente do FBI. Eu tenho três filhos e sei como deve estar se sentindo. Estou aqui para ajudar a trazer suas filhas de volta, mas precisamos da sua ajuda. Pode responder algumas perguntas?

Os olhos de Walter Carlson eram bondosos. Parecia ter no máximo uns 45 anos, de modo que seus filhos não deviam ser mais que adolescentes.

— Por que alguém iria querer pegar meus bebês? — perguntou-lhe Margaret.

— É o que nós vamos descobrir, Sra. Frawley.

Carlson se moveu rapidamente para segurar Margaret, que começava a deslizar da cadeira.

5

Franklin Bailey, o diretor financeiro de uma cadeia de mercearias que pertencia à sua família, era quem Lucas tinha de pegar às 5 da manhã. Viajando com frequência para cima e para baixo na Costa Leste, ele era um cliente regular. Havia dias, como hoje, em que Lucas o levava até Manhattan para uma reunião, esperava por ele e o trazia de volta.

Nunca ocorreu a Lucas dizer-lhe que não estava disponível naquela manhã. Sabia que uma das primeiras coisas que os policiais iriam investigar eram as pessoas que trabalhavam nas proximidades da casa dos Frawley. Era bem possível que ele fizesse parte da lista da polícia, já que Bailey, o tal cliente, morava em High Ridge, que ficava a apenas dois quarteirões de Old Woods.

Claro que os tiras não têm motivo para desconfiar de mim, ele garantiu a si mesmo. Tenho pegado pessoas aqui e ali nessa cidade há vinte anos, e sempre me mantive fora do alcance deles. Sabia que seus vizinhos em Danbury, onde morava, o viam como um sujeito caladão e solitário cujo hobby era pilotar um aviãozinho no aeroporto de Danbury. Divertia-o também contar às pessoas o quanto gostava de fazer longas caminhadas, explicação que usava para justificar as ocasiões em que tinha que arranjar um motorista que o substituísse. O lugar onde gostava de caminhar, é claro, geralmente era onde ficava a casa que escolhera para roubar.

No caminho para pegar Bailey naquela manhã, resistiu à tentação de passar diante da casa dos Frawley. Teria sido maluquice. Podia imaginar a atividade febril que se desenrolava dentro da casa àquela hora. Gostaria de saber se o FBI já tinha chegado. O que estariam imaginando? Que o trinco da porta dos fundos poderia ser desmontado com um cartão de crédito? Que, escondido nos arbustos do alicerce, seria fácil ver a babá esparramada no sofá, tagarelando no celular? Que era óbvio para quem olhasse pela janela da cozinha que um intruso poderia subir para o segundo andar sem que a babá percebesse? Que aquele trabalho demandava obrigatoriamente duas pessoas, uma para se livrar da babá e outra para manter as crianças quietas?

Ele virou na entrada da garagem de Franklin Bailey cinco minutos antes das 5 horas, deixou o motor funcionando para ter certeza de que o carro iria continuar quente e confortável para o importante contabilista e se satisfez em imaginar o monte de dinheiro que receberia como parte do pagamento do resgate.

A porta da frente da bela residência em estilo Tudor se abriu. Lucas saltou do carro e abriu a porta de trás para seu cliente. Era uma de suas pequenas cortesias deixar sempre o banco do carona o mais recuado possível, a fim de proporcionar o máximo espaço para as pernas na parte de trás.

Bailey, um homem grisalho com quase 70 anos, murmurou um cumprimento, o tom de voz distraído. Mas quando o carro começou a andar, ele disse:

— Lucas, vire na Old Woods. Quero ver se os policiais ainda estão por lá.

Lucas sentiu a garganta se contrair. Por que Bailey decidira ir por lá? Seria apenas por curiosidade? Tinha de ter um motivo. Claro, Bailey era um homem importante na cidade, Lucas lembrou a si próprio. Tinha sido prefeito. O fato de aparecer ali não ia chamar a atenção para a limusine onde se encontrava. Por outro lado, Lucas sempre confiara na sensação fria e imperturbável que experimentava sempre que sentia estar se aproximando do radar das autoridades policiais, e era justo o que sentia agora.

— Como queira, Sr. Bailey. Mas por que haveria policiais na Old Woods Road?

— Evidentemente você não tem assistido aos noticiários, Lucas. As gêmeas de 3 anos do casal que se mudou recentemente para a antiga casa dos Cunningham foram sequestradas na noite passada.

— Sequestradas! O senhor deve estar brincando.

— Antes fosse — disse Frank Bailey melancolicamente. — Jamais aconteceu uma coisa dessas aqui em Ridgefield. Estive com os Frawley algumas vezes e gosto muito deles.

Lucas seguiu por mais duas quadras e virou o carro na Old Woods Road. Havia barricadas da polícia diante da casa em que oito horas antes ele havia entrado e pegado as meninas. A despeito do desconforto e da sensação de que seria muitíssimo mais seguro não se encontrar ali naquele instante, não podia deixar de pensar, presunçosamente, *se ao menos vocês soubessem, seus idiotas*.

Havia carros da imprensa estacionados na calçada oposta à casa dos Frawley. Dois policiais estavam parados na frente das barricadas a fim de impedir que alguém virasse na entrada da garagem. Lucas viu que carregavam blocos de notas.

Frank Bailey abriu a janela de trás e foi reconhecido imediatamente pelo sargento encarregado, que começou a se desculpar por não poder deixá-lo estacionar.

Bailey o interrompeu.

— Ned, não quero estacionar. Mas talvez eu possa ajudar. Tenho um café da manhã de negócios em Nova York e estarei de volta às 11. Quem está lá dentro, Marty Martinson?

— Sim, senhor. E o FBI.

— Sei como essas coisas funcionam. Dê meu cartão a Marty. Escutei os noticiários praticamente a noite toda. O casal Frawley é novo na cidade e não parece ter amigos íntimos em quem confiar. Diga a Marty que, se eu puder ajudar como contato com os sequestradores, estou disponível. Diga a ele que me lembro de que, durante o sequestro do bebê Lindbergh, um professor que se ofereceu para ser o contato foi quem recebeu notícias dos sequestradores.

— Direi a ele, senhor. — O sargento Ned Barker pegou o cartão e anotou qualquer coisa no seu bloco. Depois acrescentou, num leve tom de desculpas: — Tenho de identificar todos que passam aqui, senhor. Tenho certeza de que compreende.

— Sem dúvida.

Barker se virou para Lucas.

— Posso ver sua carteira de motorista, senhor?

Lucas sorriu, um ávido sorriso de quem está ansioso por agradar.

— Claro.

— Posso me responsabilizar por Lucas — disse Franklin Bailey. — Ele é meu motorista há anos.

— Estou apenas seguindo estritamente as ordens que recebi, Sr. Bailey. Tenho certeza de que o senhor compreende.

O sargento examinou a carteira de motorista. Seus olhos dardejaram na direção de Lucas. Devolveu o documento sem fazer qualquer comentário e anotou algo no bloco.

Franklin Bailey fechou a janela e se recostou.

— Muito bem, Lucas. Vamos pisar no acelerador. Foi provavelmente um gesto inútil, mas de certo modo achei que tinha que fazer isso.

— Acho que foi um gesto magnífico, senhor, sem dúvida. Nunca tive filhos, mas não é preciso muita imaginação para entender o que os pobres pais devem estar sentindo agora.

Espero que estejam sofrendo tanto que apareçam com 8 milhões de dólares, pensou ele, sorrindo por dentro.

6

As vozes persistentes de duas crianças chamando "Mamãe" arrancaram Clint do sono pesado induzido pelo Chivas Regal. Como não houve resposta, elas começaram a tentar escalar as grades altas do berço em que haviam dormido.

Angie estava deitada ao seu lado, roncando, ignorando as vozes das crianças e o barulho do berço sacudindo. Clint pensou em quanto ela havia bebido depois de ele ter se deitado. Angie adorava se levantar no meio da noite e ficar assistindo a filmes antigos com uma garrafa de vinho ao lado. Charles Chaplin, Greer Garson, Marilyn Monroe, Clark Gable — ela amava todos. "Eles *eram* atores", dizia, a voz arrastada. "Hoje são todos iguais. Louros. Maravilhosos. Botox. Rosto operado. Lipoaspiração. Mas sabem atuar? Não."

Depois de tantos anos ao lado dela, havia muito pouco tempo Clint percebera que Angie era ciumenta. Queria ser bonita. Ele havia usado isso para fazer com que concordasse em cuidar das meninas. "Teremos tanto dinheiro que você vai poder ir para um spa, ou mudar a cor do seu cabelo ou fazer uma cirurgia plástica que a deixe mais bonita, se quiser. Tudo que tem que fazer é cuidar bem delas, talvez por alguns dias ou uma semana."

Ele deu uma cotovelada nela.

— Levante.

Ela enterrou a cara mais fundo no travesseiro.

Ele a sacudiu pelo ombro.

— Eu disse para levantar — rosnou.

Relutantemente, ela levantou a cabeça e deu uma olhada no berço.

— Deitem! Voltem a dormir, vocês duas! — gritou ela.

Kathy e Kelly viram a raiva no rosto dela e começaram a chorar.

— Mamãe... Papai...

— Calem a boca, já falei! Calem a boca!

Choramingando, as duas irmãs se deitaram de novo, abraçadas uma na outra. O barulho abafado dos soluços escapava do berço.

— Eu disse para calarem a boca.

O choro se transformou em soluços.

Angie deu uma cutucada em Clint.

— Às 9 horas Mona começará a amá-las. Nem um minuto antes.

7

MARGARET E STEVE FICARAM ACORDADOS A NOITE TODA com Marty Martinson e o agente Carlson. Depois do desmaio ela se recusara a ir para o hospital.

— Você mesmo disse que precisava da minha ajuda — insistiu.

Juntos, ela e Steve responderam às perguntas de Carlson. Mais uma vez negaram enfaticamente ter acesso a qualquer soma significativa de dinheiro, muito menos em se tratando de milhões de dólares.

— Meu pai morreu quando eu tinha 15 anos — disse Margaret a Carlson. — Minha mãe mora na Flórida com a irmã. É secretária em um consultório médico. Fiz alguns empréstimos para estudar e cursar a faculdade que só termino de pagar daqui a dez anos.

— Meu pai é capitão aposentado dos bombeiros da cidade de Nova York — disse Steve. — Ele e minha mãe moram em um apartamento na Carolina do Norte, que compraram antes que os preços fossem às alturas.

Quando interrogados sobre outros parentes, Steve admitiu ter problemas com seu meio-irmão, Richie.

— Ele tem 36 anos, cinco a mais que eu. Minha mãe era uma jovem viúva quando conheceu meu pai. Richie sempre foi hostil com ele. Nunca fomos muito chegados. Para completar, ele conheceu Margaret antes de mim.

— Nós não chegamos a namorar — Margaret apressou-se em dizer. — Por acaso estávamos na mesma festa de casamento e dançamos juntos algumas vezes. Ele chegou a deixar um recado para mim na secretária eletrônica, mas eu nunca respondi. Por coincidência, conheci Steve na faculdade de direito um mês depois.

— Onde ele está agora? — quis saber Carlson, dirigindo-se a Steve.

— Trabalha no setor de bagagens do aeroporto de Newark. Divorciou-se duas vezes. Largou os estudos e se ressente comigo porque fiz faculdade e me graduei em direito.

Steve hesitou, mas prosseguiu.

— Acho que devo lhe dizer também que ele foi preso quando era menor de idade e passou cinco anos na cadeia por ter participado de um esquema de lavagem de dinheiro. Mas ele não seria capaz de fazer uma coisa dessas.

— Talvez não, mas vamos verificar — disse Carlson. — Vamos agora investigar qualquer pessoa que possa ter uma queixa contra vocês ou que possa ter entrado em contato com as gêmeas e resolvido raptá-las. Vocês contrataram alguém para fazer algum reparo na casa depois de se mudarem?

— Não. Papai era capaz de consertar qualquer coisa e foi um bom professor — explicou Steve, a voz inexpressiva de tanto cansaço. — Passei noites e fins de semanas fazendo reparos básicos. Provavelmente sou o melhor freguês da Home Depot.

— O que me diz da companhia de mudanças que contrataram? — perguntou Carlson em seguida.

— São policiais que fazem mudança nas horas vagas — respondeu Steve, e por um instante quase sorriu. — Todos têm filhos. Chegaram inclusive a me mostrar as fotos. Dois deles têm a idade das gêmeas.

— E as pessoas com quem o senhor trabalha?

— Eu trabalho na companhia há apenas três meses. A CFG&Y é uma firma de investimentos especializada em fundos de pensão.

Carlson atentou para o fato de Margaret ter trabalhado como defensora pública em Manhattan até o nascimento das meninas.

— Sra. Frawley, é possível que alguma das pessoas que a senhora defendeu tenha ficado com algum rancor?

— Acho que não. — Ela hesitou. — Teve um sujeito que acabou condenado à prisão perpétua. Implorei para que ele aceitasse um acordo, mas ele recusou, então, quando o consideraram culpado, o juiz foi extremamente severo. Sua família gritava obscenidades para mim quando o levaram.

Estranho, ela pensou ao ver Carlson escrever o nome do tal réu. Neste exato momento só me sinto entorpecida. Nada mais, só isso.

Às 7 horas, quando a luz do sol começou a aparecer através das persianas cerradas, Carlson se levantou.

— Insisto para que durmam um pouco. Quanto mais descansados estiverem, mais poderão nos ajudar. Estarei aqui. Prometo que informaremos a vocês no minuto em que os sequestradores entrarem em contato. E talvez seja preciso que façam uma declaração para a imprensa, mais tarde. Podem subir para o seu quarto, mas nem cheguem perto do quarto das meninas. A equipe do laboratório ainda está trabalhando lá.

Steve e Margaret concordaram em silêncio. Exaustos, eles se levantaram, atravessaram a sala e se dirigiram para a escada.

— Eles estão sendo sinceros — disse Carlson sem rodeios para Martinson. — Seria capaz de apostar a minha vida. Os dois não têm dinheiro. Isso me faz pensar se a exigência do resgate não seria um trote. Alguém que só queria as meninas pode estar tentando nos confundir.

— Também pensei nisso — concordou Martinson. — A maioria dos bilhetes de resgate traz uma advertência para que os pais não chamem a polícia, não é?

— Exatamente. Só peço a Deus que aquelas meninas não estejam dentro de um avião rumo à América do Sul neste exato momento.

8

NA MANHÃ DE SEXTA-FEIRA O SEQUESTRO DAS GÊMEAS Frawley foi manchete em toda a Costa Leste e no meio da tarde já tinha se transformado em um evento da mídia nacional. O retrato da festa do terceiro aniversário das lindas meninas, com seus rostos angelicais e seu cabelo louro comprido, trajando vestidos de veludo azul foi mostrado em noticiários de TV e jornais impressos em todo o país.

Um centro de comando foi estabelecido no número 10 da Old Woods Road. Às 5 da tarde, Steve e Margaret apareceram na televisão. Estavam na frente da casa, implorando aos sequestradores para que tratassem bem suas filhas e as devolvessem sãs e salvas.

— Não temos dinheiro — suplicou Margaret —, mas nossos amigos têm ligado o dia inteiro. Estão reunindo o que podem. O total já está em quase 200 mil dólares. Por favor, vocês se enganaram achando que somos capazes de levantar 8 milhões de dólares. Não somos. Mas, por favor, não machuquem nossas filhas. Devolvam nossas meninas. Podemos prometer 200 mil dólares em dinheiro.

Steve acrescentou, envolvendo Margaret com os braços:

— Por favor, entrem em contato. Precisamos saber que nossas meninas estão vivas.

O capitão Martinson falou depois deles na entrevista:

— Estamos informando o número do telefone e do fax de Franklin Bailey, que já foi prefeito da cidade. Se não quiserem falar direto com os Frawley, por favor dirijam-se a ele.

Contudo, passou-se a noite de sexta-feira, o sábado e depois o domingo sem que os sequestradores fizessem qualquer contato.

Na manhã de segunda, Katie Couric foi interrompida no *Today* enquanto entrevistava um agente aposentado do FBI acerca do sequestro. De repente ela parou no meio de uma pergunta, comprimiu o fone de ouvido, ouvindo atentamente e disse:

— Pode ser uma brincadeira de mau gosto, mas também pode ser terrivelmente importante. Alguém está ligando e dizendo ser o sequestrador das gêmeas Frawley. A seu pedido, a nossa equipe está colocando o telefonema no ar agora.

Uma voz rouca, obviamente disfarçada e colérica, disse:

— Diga aos Frawley que o tempo está acabando. Dissemos 8 milhões e queremos 8 milhões. Ouçam as meninas.

Vozes infantis em uníssono.

— Mamãe, eu amo você. Papai, eu amo você.

Depois uma das meninas gritou:

— Queremos ir para casa.

A gravação foi reproduzida cinco minutos depois, com Steve e Margaret ouvindo. Martinson e Carlson não precisaram perguntar aos Frawley se era verdadeira. A expressão no rosto dos dois bastou para convencê-los de que finalmente tinha sido feito contato com os sequestradores.

9

Foi um Lucas cada vez mais nervoso que apareceu para uma visita rápida no clube nas noites de sábado e domingo. A última coisa que desejava era passar qualquer tempo que fosse com as gêmeas, por isso marcou sua chegada para as 9 da noite, achando que estariam dormindo.

Na noite de sábado ele tentou se tranquilizar com o que Clint dizia, se gabando, sobre Angie ser ótima com as meninas:

— As duas comem muito bem. Angie brinca com elas e as coloca para dormir todas as tardes. Angie realmente gosta das garotas. Sempre quis ter filhos. Mas eu te digo, é quase assustador observar aquelas meninas. É como se elas fossem duas partes da mesma pessoa.

— Você fez a gravação? — contrapôs Lucas.

— Ah, sim. Fizemos as duas dizerem: "Mamãe, eu amo você. Papai, eu amo você." Depois uma delas começou a gritar "Queremos ir para casa", e Angie ficou zangada. Levantou a mão como se fosse bater na menina, e as duas começaram a chorar; gravamos tudo isso também.

A primeira coisa certa que fez, pensou Lucas, guardando a fita no bolso. Como havia sido combinado com o chefe, ele dirigiu até o Clancy's Pub na Route 7 chegando lá às 10h30. Conforme fora instruído, deixou a limusine no estacionamento lotado com a porta destrancada e a fita em cima do banco, e então foi tomar uma cerveja. Quando voltou, a fita havia desaparecido.

Aquilo foi na noite de sábado. Na noite de domingo, ficou claro que a paciência de Angie estava se esgotando.

— A maldita secadora de roupas está quebrada, e é claro que não podemos chamar ninguém para consertar. Você não acha que "Harry" saiba consertar, acha? — Ao mesmo tempo que ela cuspia as palavras, tirava da máquina de lavar dois conjuntos idênticos de camisetas de manga comprida e macacões e os pendurava no varal. — Você disse que seriam dois dias. Quanto tempo mais vou ter de aguentar esta trabalheira? Já se passaram três dias.

— O Flautista Mágico nos dirá onde e quando largar as meninas — lembrou Lucas, contendo a vontade de mandá-la para o inferno.

— Como vamos saber se ele não vai ficar assustado e desaparecer, deixando a gente com elas?

Lucas não pretendia contar o plano do Flautista a Clint e Angie, mas achou necessário para acalmá-la.

— Vamos saber porque ele vai exigir o resgate entre as 8 e 9 da manhã desta segunda-feira, no programa *Today*.

Com isso ela calou a boca. Tinha de tirar o chapéu para o chefe, pensou Lucas na manhã seguinte, ao ver o programa *Today* e a reação dramática ao telefonema do Flautista Mágico. O mundo inteiro ia querer enviar dinheiro para conseguir trazer as gêmeas de volta.

Mas somos nós que estamos correndo todo o risco, pensou ele horas mais tarde, depois de ouvir os comentaristas de todas as emissoras tagarelando sobre o sequestro. Nós pegamos as meninas. Nós as escondemos. Nós é que pegaremos o dinheiro quando o resgate for levantado. Sei quem é o chefe, mas não há nada que o ligue a mim. Se formos presos, ele pode dizer que sou maluco, caso afirme que é ele quem está por trás de tudo.

Lucas não tinha transportes agendados até a manhã seguinte, uma terça-feira, e às 14 horas decidiu que não havia como ficar preso dentro daquele apartamento. O Flautista lhe dissera para não perder o noticiário noturno da CBS, que outro contato seria feito.

Decidiu que tinha tempo para andar de avião. Foi até o aeroporto de Danbury, onde era membro de um clube de pilotagem. Lá, alugou um monomotor e foi dar uma volta. Seu itinerário favorito era subir a costa de Connecticut até Rhode Island e depois voar algum tempo sobre o mar. Voar a 600 metros de altitude lhe dava uma sensação de controle completo, algo de que necessitava terrivelmente naquele momento.

Era um dia frio, com uma brisa fraca e algumas nuvens a oeste: excelente tempo para voar. Mas ao tentar relaxar na cabine e desfrutar a sensação de estar voando, Lucas não conseguiu se livrar da preocupação que o atormentava o tempo todo.

Tinha certeza de que havia se esquecido de alguma coisa, mas não conseguia descobrir o quê. Era este o problema. Pegar as garotas tinha sido fácil. A babá dos Frawley só conseguia se lembrar de que a pessoa que a atacara por trás cheirava a suor.

Ele se saíra bem, pensou Lucas, com um breve sorriso, voando sobre Newport. Angie devia meter as camisas de Clint naquela máquina de lavar toda vez que ele tirasse uma.

A máquina de lavar.

Era isso! Aquelas roupas que ela estava lavando. Dois conjuntos idênticos de camiseta e macacão. Onde conseguira aquilo? As meninas usavam pijamas quando foram apanhadas. Será que aquela cabeça de vento fora comprar pares de roupas que servissem em crianças de 3 anos?

Fora. Lucas tinha certeza. E logo algum vendedor estaria tirando conclusões.

Furioso, Lucas involuntariamente puxou o manche, forçando o avião a subir quase que perpendicularmente à terra lá embaixo. Ficou com mais raiva ainda ao perceber o que fizera, e rapidamente tentou nivelar o aparelho. Mas já era tarde demais, e o avião começou a perder velocidade. Com o coração batendo mais depressa, ele abaixou o nariz, recuperou a velocidade e evitou a perda de sustentação. O que aquela imbecil provavelmente faria em seguida era levar as meninas ao McDonald's para comer um hambúrguer, pensou, desesperado.

10

NÃO HAVIA COMO FAZER UMA CARA BOA PARA TRANSMITIR a última notícia do sequestrador. Na noite de segunda-feira, Walter Carlson recebeu um telefonema e entrou na sala onde Margaret e Steve Frawley estavam sentados lado a lado no sofá.

— Quinze minutos atrás o sequestrador telefonou para a rede CBS durante a exibição do *CBS Evening News* — informou ele, muito sério. — Estão passando de novo aquela gravação. É a mesma fita ouvida hoje pela manhã no programa da Katie Couric, com uma adição.

É como observar gente sendo jogada num caldeirão com óleo fervente, pensou, quando viu a agonia dos pais ao escutarem o som de uma vozinha infantil protestando: "Queremos ir para casa..."

— Kelly — murmurou Margaret.

Uma pausa...

Aí então começou o choro das gêmeas.

Margaret enterrou o rosto nas mãos.

— Eu não consigo... não consigo... não consigo...

Em seguida ouviu-se uma voz áspera e obviamente alterada.

— *Eu disse 8 milhões. Quero agora. Esta é a sua última chance.*

— Margaret — interrompeu Walter Carlson, o tom de voz urgente —, é um bom sinal. O sequestrador está se comunicando conosco. Temos uma prova de que as meninas estão vivas. Nós vamos encontrá-las.

— E você vai arranjar 8 milhões de dólares? — perguntou Steve, amargurado.

Carlson não sabia se deveria aumentar-lhes as esperanças nesse momento. Dom Picella, liderando uma equipe de agentes, passara o dia na CFG&Y, a firma de investimentos globais em que Steve começara a trabalhar havia pouco tempo. Picella interrogou os colegas de Steve para saber se algum deles conhecia alguém que tinha alguma rixa com ele ou que talvez desejasse seu cargo. Recentemente a firma sofrera má publicidade graças a acusações de venda de informações, e Picella descobriu que fora convocada uma reunião do conselho com a participação dos diretores do mundo todo. Havia o boato de que a companhia talvez oferecesse o dinheiro do resgate para as gêmeas Frawley.

— Uma das secretárias é uma fofoqueira de classe mundial — disse Picella, mais tarde, a Carlson. — Diz que a firma está passando por um vexame por causa do golpe que armou. Acaba de pagar uma multa de 500 milhões de dólares imposta pela Comissão de Valores Mobiliários e recebeu toneladas de publicidade negativa. O palpite dela é que pagar o resgate de 8 milhões dará uma melhor publicidade à empresa do que se contratassem um monte de agências de relações públicas para limpar sua imagem. A reunião está marcada para as 8 horas desta noite.

Carlson estava estudando os Frawley com o olhar. Nos três dias em que as gêmeas estavam desaparecidas, eles pareciam ter envelhecido dez anos. Estavam pálidos, com os olhos pesados, os ombros caídos. Ele sabia que nenhum dos dois tinha comido nada o dia todo. Também sabia, por experiência, que esse era o momento em que os parentes costumavam reunir-se para oferecer apoio, mas por acaso havia escutado Margaret ao telefone implorando para que sua mãe permanecesse na Flórida. "Mãe, você vai me ajudar mais se rezar", disse Margaret, com a voz falhando. "Vamos mantê-la informada, mas se ficar aqui chorando comigo acho que eu não conseguiria segurar a barra."

A mãe de Steve havia operado o joelho recentemente e não podia viajar nem ser deixada sozinha. Os amigos ligavam incessantemente, mas se pedia a eles que liberassem a linha sem demora, para o caso de o sequestrador contatar diretamente os Frawleys.

Sem saber exatamente se estava fazendo a coisa certa, Walter Carlson hesitou e por fim falou.

— Margaret, Steve, não quero aumentar suas esperanças, mas, Steve, o CEO de sua companhia convocou uma assembleia do conselho de diretores com urgência. Pelo que entendi, há uma chance de que eles votem para pagar o resgate.

Mas não exagerem, pensou ele, ao ver a esperança reviver em seus rostos.

— Bem, não sei quanto a vocês — disse ele —, mas estou com fome. Sua vizinha entregou um bilhete para um dos policiais. Ela preparou um jantar para vocês e mandará a qualquer hora que queiram.

— Vamos comer qualquer coisa — disse Steve, firmemente. Ele encarou Carlson. — Sei que parece loucura. Sou novo na CFG&Y, mas lá no fundo me ocorreu que talvez, apenas talvez, eles se ofereçam para pagar o resgate. Oito milhões de dólares não é nada para eles.

Ah, meu Deus, pensou Carlson. O meio-irmão podia não ser a única ovelha negra da família. Será que Steve Frawley estava por trás de tudo aquilo?

11

Kathy e Kelly levantaram os olhos. As duas estavam sentadas no sofá, assistindo a fitas do Barney, mas Mona mudara para o noticiário. Ambas tinham medo dela. Um pouco antes, Harry começara a gritar com ela depois de receber um telefonema. Ficou zangado por causa das roupas que ela comprara para as gêmeas.

Mona gritara também: "Você acha que elas deviam ter ficado andando por aí de pijamas por três dias? É *óbvio* que eu comprei algumas roupas, brinquedos e fitas do Barney, e, para o caso de você ter esquecido, eu também comprei o berço, de uma empresa de suprimentos médicos. Por falar nisso, comprei também cereal, suco de laranja e frutas. Agora cala essa boca, sai e vai comprar uns hambúrgueres para todos nós. Estou farta de cozinhar. Entendeu?"

Justo quando Harry estava voltando com os hambúrgueres, ouviram o locutor na televisão dizer: "Acho que estamos recebendo um telefonema do sequestrador das gêmeas Frawley."

— Estão falando de nós — cochichou Kathy.

Todos ouviram a voz de Kelly na televisão dizendo: "Queremos ir para casa."

Kathy tentou conter as lágrimas.

— Quero ir para casa — disse. — Quero a mamãe. Estou enjoada.

— Não consigo entender uma palavra do que essa menina está dizendo — queixou-se Harry.

— Às vezes quando elas falam uma com a outra eu também não consigo entender — retrucou Angie. — É língua de gêmeos. Já li a respeito disso. — Ela abandonou o assunto. — Por que o Flautista Mágico não disse logo a eles onde deixar o dinheiro? Está esperando o quê? Por que só disse "Vocês vão ter notícias minhas de novo"?

— Bert diz que é o jeito dele para cansá-los. Vai fazer outro contato amanhã.

Clint/Harry ainda segurava a embalagem do McDonald's.

— Vamos comer enquanto está quente. Venham para a mesa, meninas.

Kelly pulou do sofá, mas Kathy continuou deitada e toda enrolada como uma bola.

— Não quero comer. Estou enjoada.

Angie correu para o sofá e pôs a mão na testa de Kathy.

— Esta criança está ficando com febre. — Ela olhou para Clint. — Termine logo esse hambúrguer e vá buscar aspirina infantil. Só falta agora uma delas pegar pneumonia.

Ela inclinou-se sobre Kathy.

— Ah, queridinha, não chora. Mona vai cuidar de você. Mona ama você. — Ela olhou furiosamente para a mesa onde Kelly tinha começado a comer o hambúrguer, depois beijou a bochecha de Kathy. — Mona ama você, Kathy. Você é mais bonita que sua irmã. Você é a garotinha de Mona, não é?

12

Na sala de reuniões da diretoria da CFG&Y, na Park Avenue, Robinson Alan Geisler, presidente do conselho e CEO, aguardava impacientemente enquanto os diretores de fora da cidade confirmavam sua presença na reunião. Tendo seu cargo ameaçado em função do escândalo gerado pela multa que receberam da CVM, Geisler sabia que a posição que assumiria frente à agonizante situação dos Frawley poderia ser um erro fatal. Trabalhara por vinte anos na companhia, mas só estava no cargo principal havia 11 meses, de forma que sabia que ainda o consideravam influenciado por sua associação íntima com o antigo CEO.

A questão era simples. Se a CFG&Y se oferecesse para pagar o resgate de 8 milhões de dólares, isto resultaria em um soberbo gesto de relações públicas ou, como alguns diretores acreditavam, em um convite para que outros sequestradores fizessem o que lhes desse na cabeça?

Gregg Stanford, o diretor financeiro, adotara esta última posição.

— É uma tragédia, mas se pagarmos para ter as meninas Frawley de volta, o que faremos quando a esposa ou o filho de outro empregado for levado? Somos uma companhia global e temos escritórios em uma dezena de locais considerados perigosos.

Geisler sabia que pelo menos um terço dos 15 diretores compartilhava do mesmo ponto de vista. Por outro lado, era o que dizia a si próprio, o que iriam pensar de uma companhia que acabara de pagar uma multa de 500 milhões de dólares caso viesse a se recusar a pagar uma fração dessa quantia a fim de salvar a vida de duas menininhas? Era esta a pergunta que planejava jogar em cima da mesa. E se eu estiver errado e na semana que vem o filho de outro empregado for sequestrado, eu é que serei queimado em praça pública, pensou tristemente.

Aos 56 anos, Rob Geisler finalmente alcançara a posição que queria. Sendo pequeno e magro, tivera de vencer o inevitável preconceito do mundo dos negócios para com pessoas de baixa estatura. Chegara ao topo por ser reconhecidamente um gênio financeiro e por ter demonstrado que sabia como consolidar e controlar o poder. Mas durante a ascensão ele fizera incontáveis inimigos, e pelo menos três deles estavam sentados à mesa com ele agora.

O último diretor chegou e todos os olhos se viraram para Geisler.

— Todos sabem o motivo pelo qual estamos aqui — disse, bruscamente — e estou consciente da opinião de alguns de vocês de que estaríamos nos rendendo aos sequestradores se nos oferecêssemos para pagar o resgate exigido.

— Este é *exatamente* o modo como alguns de nós nos sentimos — disse Gregg Stanford, calmo. — A companhia já teve bastante publicidade negativa. Cooperar com criminosos não deveria sequer ser levado em consideração.

Geisler lançou um olhar de desdém para o colega, não se dando ao trabalho de ocultar o intenso desprezo que sentia por ele. Em aparência, Stanford era o estereótipo do executivo que a televisão mostrava. Tinha 46 anos, 1,90m de altura, incomumente bonito com o cabelo claro descorado pelo sol e dentes muito brancos que reluziam no sorriso perfeito. Estava sempre vestido de forma impecável, e seus modos eram infalivelmente encantadores, mesmo quando estava apunhalando um amigo pelas costas. Tinha aberto caminho no mundo corporativo por meio do casamento — a terceira e atual mulher era uma herdeira cuja família detinha dez por cento das ações da companhia.

Geisler sabia que Stanford cobiçava seu lugar e que, se saísse ganhando hoje, seria ele próprio, Geisler, que a mídia atacaria quando a companhia recusasse publicamente oferecer o dinheiro do sequestro.

Ele fez um gesto para a secretária encarregada de redigir a ata da reunião, e ela se levantou e ligou a televisão.

— Quero que todos assistam a isso com atenção — anunciou Geisler rispidamente — e depois se coloquem na posição dos Frawley.

Seguindo suas ordens, o departamento de mídia da empresa preparara um vídeo cobrindo a sequência de eventos do sequestro: o exterior da casa dos Frawley, as súplicas desesperadas dos pais na televisão, o telefonema para Katie Couric e a posterior ligação para a CBS. A fita terminava com uma vozinha infantil dizendo "Queremos ir para casa", e depois o aterrorizado choro das gêmeas seguido pelas exigências ameaçadoras dos bandidos.

— A maior parte dos que estão sentados a esta mesa tem filhos — disse ele. — Nós podemos ao menos tentar salvar essas crianças. Pode ser que não tenhamos êxito, pode ser que recuperemos o dinheiro, pode ser que não. Mas não vejo como qualquer um de vocês pode sentar-se aqui e recusar-se a pagar o resgate.

Ele viu todos virarem a cabeça para Gregg Stanford a fim de verem qual era sua reação.

— Quem dorme com cães acorda com pulgas. Eu digo que nunca deveríamos cooperar com criminosos — disse ele, olhos baixos fixos na superfície da mesa, revirando uma caneta nas mãos.

Norman Bond era o próximo diretor a dar sua opinião.

— Eu fui o responsável pela contratação de Steve Frawley e fiz uma escolha muito boa. Não é relevante para esta discussão, mas ele vai longe conosco. Voto para oferecermos o dinheiro do resgate e insisto para que seja um voto unânime do conselho. Eu gostaria ainda de lembrar ao Gregg que, alguns anos trás, J. Paul Getty se recusou a pagar o resgate do sequestro de um de seus netos, mas mudou de ideia quando a orelha do garoto foi enviada para ele pelo correio. Essas crianças estão correndo sério risco, e quanto mais rápido formos ao seu socorro, menores serão as chances de os sequestradores entrarem em pânico e as machucarem.

O apoio veio dessa fonte inesperada. Geisler e Bond frequentemente discordavam um do outro nas reuniões do comitê. Bond havia contratado Frawley para um cargo cobiçado e disputado por outros três empregados da companhia. Se fosse o homem certo, aquele seria um atalho para a alta diretoria. Geisler havia alertado Bond sobre a contratação de pessoal de fora, mas Bond fora inflexível sobre Frawley: "Ele tem um MBA e um diploma em Direito", disse. "Ele é sagaz e determinado."

Geisler supunha que Bond, com seus quase 50 anos, divorciado e sem filhos, fosse votar contra o pagamento do resgate, pensando que, se ele não houvesse contratado Frawley, a companhia não estaria naquela posição.

— Obrigado, Norman — disse ele. — Se ainda há alguém que queira discutir se é apropriado para a companhia reagir frente à desesperada necessidade de um de seus empregados, a minha sugestão é que todos assistam à fita mais uma vez antes de começarmos a votação.

Às 20h45, a votação contabilizava 14 votos contra um, a favor do pagamento do resgate. Geisler virou-se para Stenford.

— Eu quero uma votação unânime — disse ele, friamente. — Depois, como sempre, estará livre para que uma fonte anônima informe à imprensa que é de opinião de que o pagamento pode ameaçar as crianças em vez de salvá-las. Mas, enquanto eu estiver sentado nesta cadeira, e não você, eu quero uma votação unânime.

O sorriso de zombaria de Gregg Stanford foi quase cruel. Ele assentiu.

— A votação será unânime — disse —, e amanhã de manhã, quando você posar para uma sessão de fotos para a mídia, na frente daquela lixeira em ruínas que é a casa dos Frawley, tenho certeza de que todos os integrantes do conselho aparecerão na foto ao seu lado.

— Incluindo você, é claro? — perguntou Geisler sarcasticamente.

— Excluindo a minha pessoa — disse Stanford, se levantando. — Guardarei meu aparecimento diante da mídia para outro dia.

13

MARGARET CONSEGUIU ENGOLIR UNS PEDAÇOS DO FRANgo grelhado que Rena Chapman, sua vizinha, mandara para o jantar. Depois, enquanto Steve esperava com o agente do FBI, Carlson, o resultado da reunião de diretoria da CFG&Y, subiu para o quarto das meninas.

Era o único aposento que tinham decorado totalmente antes de se mudarem. Steve pintara as paredes de azul-claro e colocara um carpete sobre as tábuas dilapidadas do assoalho. Depois haviam esbanjado comprando uma cama de casal antiga de quatro colunas e uma cômoda combinando.

Nós sabíamos que era bobagem comprar duas camas de solteiro, pensou Margaret, sentada na poltrona que havia pertencido a ela quando era criança. As duas terminariam dormindo na mesma cama, e era uma forma de economizar.

Os agentes do FBI tinham levado as cobertas, a manta e as fronhas para o laboratório para procurar por vestígios de DNA. Os técnicos polvilharam a mobília em busca de impressões digitais e levaram as roupas que as meninas haviam usado depois da festa para serem examinadas por cães farejadores. Nos últimos três dias, os policiais haviam levado os cães para passear em parques próximos, e Margaret sabia bem o que aquilo queria dizer. Sempre havia a chance de que quem tivesse sequestrado as meninas as tivesse matado imediatamente e as enterrado nas proximidades. Mas eu não acredito nisso, disse a si própria. *Elas não estão mortas*; se estivessem, eu saberia.

No sábado, depois que a equipe do laboratório havia terminado o trabalho e Steve e ela fizeram seu pedido diante das câmeras de televisão, foi uma verdadeira descarga emocional subir, limpar o quarto e arrumar de novo a cama com outro jogo de lençóis da Cinderela. As meninas estariam cansadas e assustadas quando chegassem em casa, foi o que Margaret pensou. Depois que voltarem, eu dormirei com elas até se aquietarem.

Ela estremeceu. Não consigo me esquentar, pensou, nem mesmo com um suéter por baixo da roupa eu consigo me esquentar. Deve ter sido assim que Anne Morrow Lindbergh se sentiu quando seu bebê foi sequestrado. Ela escreveu a respeito disso em um livro que li quando estava no ensino médio. Clamava-se *Hora de ouro, hora de chumbo*.

Chumbo. Estou pesada como chumbo. Quero minhas filhinhas de volta.

Margaret levantou-se e foi até a cadeira perto da janela. Inclinou-se e pegou primeiro um e depois o outro dos surrados ursinhos que eram os bichos de pelúcia favoritos das gêmeas, abraçando-os com toda a força.

Olhou pela janela e ficou surpresa ao ver que começava a chover. Fizera sol o dia inteiro — fora um dia frio, mas ensolarado. Kathy estava começando a ficar resfriada. Margaret sentiu os soluços que queriam sufocar sua garganta, conseguiu dominá-los e tentou se lembrar do que o agente Carlson lhe dissera.

Há agentes do FBI procurando as gêmeas — dezenas de agentes. Outros estão vasculhando os arquivos do quartel-general do FBI em Quantico e investigando quem quer que já tenha sido acusado de extorsão ou de maltratar crianças. Os condenados por crimes sexuais residentes na área também estão sendo interrogados.

Meu Deus do céu, isso não, ela pensou, com um tremor. Não deixe que sejam molestadas.

O capitão Martinson está mandando policiais a cada casa da cidade a fim de perguntar se alguém viu qualquer pessoa que parecesse suspeita de alguma maneira. Falaram inclusive com a imobiliária que nos vendeu a casa querendo saber quem mais poderia ter se interessado por ela e estivesse familiarizado com sua planta. Tanto o capitão Martinson quanto o agente Carlson dizem que alguma falha será encontrada. Alguém deve ter visto alguma coisa. Imprimiram o retrato das meninas em folhetos que estão sendo enviados para todo o país. Os retratos delas estão na internet. Elas estão nas primeiras páginas dos jornais.

Segurando os ursinhos, Margaret foi até o guarda-roupa e o abriu. Correu a mão pelos vestidinhos de veludo que as meninas tinham usado na festa de aniversário e ficou olhando para eles. As gêmeas estavam de pijama quando foram sequestradas. Ainda estariam com eles?

A porta do quarto se abriu. Margaret virou-se e, pela imensa sensação de alívio que viu no rosto de Steve, soube que a firma tinha concordado em pagar o resgate.

— Vão fazer uma declaração imediatamente — disse ele, tropeçando nas palavras. — Depois, amanhã de manhã, o presidente e alguns diretores virão aqui em casa com a imprensa.

Pediremos instruções sobre como entregar o dinheiro e exigiremos uma prova de que as meninas estão vivas.

Ele hesitou.

— Margaret, o FBI quer que eu e você sejamos submetidos ao detector de mentiras.

14

Às 21h15 de segunda-feira, sentado em seu apartamento em cima de uma loja de ferragens decadente perto da rua principal de Danbury, Lucas estava vendo televisão quando um boletim de notícias interrompeu a programação. A CFG&Y concordara em pagar o resgate das gêmeas Frawley. Um instante depois, seu celular especial tocou. Lucas ligou o gravador que tinha comprado no caminho de casa ao voltar do aeroporto

— Está começando a acontecer — murmurou a voz rouca.

Garganta Profunda, pensou Lucas sarcasticamente. A polícia dispõe de aparelhagem sofisticada de registro de voz. Para o caso de alguma coisa sair errada, tenho algo que me ajudará a fazer um acordo com eles. Eu entrego você.

— Eu estava assistindo à declaração — disse ele.

— Telefonei para Harry uma hora atrás — disse o Flautista. — Ouvi uma das crianças chorando. Você tem verificado como vão as coisas por lá?

— Fui vê-los ontem à noite. Eu diria que estão bem.

— Mona está tomando conta delas direito? Não quero deslizes.

A pergunta foi demais para Lucas resistir.

— Aquela imbecil está tomando conta das meninas tão bem que foi comprar roupinhas para elas.

Desta vez a voz veio sem disfarce.

— Onde?

— Não sei.

— Ela pretende vestir bem as meninas para quando as entregarmos? Ela pretende fazer com que os policiais rastreiem as roupas e, depois, que alguma vendedora diga: "Claro, eu me lembro da mulher que comprou roupinhas iguais para meninas de 3 anos"?

Lucas gostou do modo como o Flautista estava ficando agitado. Liberava um pouco do medo que o consumia. Alguma coisa podia dar errado. Lucas sabia disso. Precisava compartilhar com alguém sua preocupação.

— Eu disse a Harry para não deixá-la sair de casa novamente.

— Em 48 horas isso tudo acabará, e nós iremos para casa livres — disse o Flautista. — Amanhã faço contato e dou instruções a respeito do dinheiro. Quarta-feira pegamos o dinheiro. Quarta à noite eu lhe digo onde deixar as meninas. Certifique-se de que elas estejam exatamente com a mesma roupa que vestiam na noite em que você as pegou.

A ligação foi interrompida.

Lucas comprimiu o botão que fazia parar o gravador. Sete milhões para você, meio milhão para mim e mais meio para Clint, pensou ele. Acho que não, Sr. Flautista Mágico.

15

A ENTREVISTA COLETIVA QUE ROBINSON GEISLER DARIA com Margaret e Steve Frawley havia sido marcada para as 10 horas da manhã de terça-feira. Nenhum dos outros diretores quis estar presente. Como um eles disse a Geisler:

— Votei para pagarmos o resgate, mas eu mesmo tenho três filhos pequenos e não quero dar a ninguém ideias para sequestrá-los.

Sem conseguir dormir praticamente a noite toda, Margaret saiu da cama às 6 horas. Tomou um longo banho de chuveiro, erguendo o rosto para o jato de água, sentindo o calor da água de encontro à pele, querendo dissipar o frio que se apoderara de seu corpo. Em seguida, enrolou-se no roupão de Steve e voltou para a cama. Ele tinha saído para uma corrida, esgueirando-se pelos quintais para evitar a imprensa. Subitamente exausta pela noite insone, Margaret sentiu os olhos começarem a se fechar.

Eram 9 horas quando Steve a acordou, deixando uma bandeja com café, torrada e suco na mesinha de cabeceira.

— O Sr. Geisler acaba de chegar — avisou. — É melhor você começar a se vestir, meu bem. Ainda bem que dormiu um pouco. Quando chegar a hora, virei te buscar.

Margaret se obrigou a beber o suco de laranja e a mordiscar a torrada. Depois, bebericando o café, levantou-se e foi se preparar. Mas, enquanto vestia a calça jeans preta, ela parou. Uma semana atrás fui comprar os vestidinhos de aniversário para as meninas no centro comercial da Route 7, lembrou. Enquanto estava lá, fui em uma loja de artigos esportivos e comprei uma roupa nova para correr, vermelha, porque as gêmeas adoravam meus antigos suéteres vermelhos. Talvez a pessoa que esteja com elas permita que vejam televisão. Talvez em menos de meia hora estejam nos vendo.

— Gosto de vermelho porque é uma cor alegre — disse-ra-lhe Kelly, o tom de voz solene.

Vou usar vermelho por causa delas, decidiu Margaret, tirando a roupa nova do cabide. Vestiu-se rapidamente enquanto sua mente começava a se concentrar naquilo que Steve lhe dissera. Depois que a declaração da companhia fosse ao ar, eles seriam levados para o teste do detector de mentiras. Como podem ser capazes de imaginar que Steve e eu temos algo a ver com isso?

Depois de amarrar os tênis, ela arrumou a cama e então sentou-se na beirada, com as mãos cruzadas e a cabeça baixa. *Meu Deus, faça com que elas voltem para casa em segurança. Por favor. Por favor.*

Não percebeu que Steve estava no quarto até que ele disse:

— Pronta, querida?

Steve se aproximou, segurou o rosto dela com as mãos e beijou-a. Correu os dedos pelos seus cabelos, repousando a mão em seu ombro.

Margaret sabia que o marido estivera à beira de um colapso antes de saberem que o resgate seria pago. Naquela noite, pensava que ele estivesse dormindo, até que, em dado momento, ele disse baixinho, "Marg, a única razão pela qual eles querem que nós façamos o teste do detector de mentiras é aquele meu irmão. Agora sei o que os agentes estão pensando. Rick saindo de carro na sexta-feira para ver mamãe faz com que pensem que estava tentando estabelecer um álibi. Fazia um ano que ele não a visitava. Então, quando falei com Carlson que estava pensando se a companhia não ia querer pagar o resgate, percebi que passei a ser considerado suspeito. Mas isso é problema do Carlson, quero mais que ele desconfie mesmo de todo mundo".

Carlson tem o dever de encontrar minhas filhas, pensou Margaret, quando ela e Steve desciam a escada. No saguão, aproximou-se de Robinson Geisler.

— Sou grata ao senhor e à sua companhia — disse.

Steve abriu a porta e pegou sua mão quando os flashes começaram. Juntos de Geisler, encaminharam-se para a mesa e cadeiras que tinham sido arrumadas para a entrevista. Ficou contente ao ver que Franklin Bailey, que havia se oferecido para ser intermediário, estava presente. Conhecera-o no correio quando estava comprando selos. Kelly disparara porta afora, e ele a segurara no meio-fio antes que saísse correndo pela rua movimentada.

A chuva da noite cessara. A manhã do final de março já prenunciava a primavera. Margaret olhou desolada para os jornalistas, para os policiais contendo os curiosos e para a fileira de carros da imprensa estacionados ao longo da rua. Ela ouvira dizer que as pessoas que estão morrendo às vezes têm a sensação de pairarem sobre a cena em que se encontram, de serem mais observadores que participantes do evento centrado em torno delas. Ouviu Robinson Geisler se oferecer para pagar o resgate, Steve insistir que tinham de ter uma prova de que as garotas ainda estavam vivas e Franklin Bailey se oferecer como intermediário nas negociações e dizer vagarosamente seu número de telefone.

— Sra. Frawley, agora que sabe que as exigências dos sequestradores serão atendidas, qual é o seu maior medo?

Que pergunta idiota, pensou Margaret antes de responder:

— É claro que meu maior medo é que alguma coisa dê errado entre o pagamento do resgate e o retorno das nossas filhas. Quanto maior a demora, maior a possibilidade de acontecer algo. Acredito que Kathy esteja começando a ficar resfriada. Ela tem bronquite. Nós quase a perdemos quando era pequena. — Ela olhou diretamente para a câmera. — Por favor, eu imploro, se ela estiver doente, levem-na a um médico ou pelo menos consigam um remédio para ela. As meninas estavam só de pijama quando as levaram.

A voz dela desapareceu. Eu não sabia que ia dizer isso, pensou. Por quê? Tinha de haver uma razão para ter falado aquilo, mas não conseguia se lembrar. Era alguma coisa relacionada aos pijamas.

O Sr. Geisler, Steve e Franklin Bailey estavam respondendo a perguntas. Muitas perguntas. E se as garotas estivessem assistindo? Tenho que falar com elas, pensou Margaret. Interrompendo uma repórter, disse abruptamente:

— Amo você, Kelly. Amo você, Kathy. Logo, eu prometo, vamos arranjar um jeito de trazer vocês para casa.

Quando as câmeras focalizaram nela, Margaret silenciou, reprimindo as palavras que quase lhe escaparam: *Eu tenho que associar as coisas! Há algo de que eu tenho que me lembrar!*

16

Às 17 horas, o vizinho de Franklin Bailey, o juiz aposentado Benedict Sylvan, bateu à sua porta. Quando Bailey a abriu com um gesto brusco, um ofegante Sylvan exclamou:

— Franklin, acabo de receber um telefonema. Acho que era o sequestrador. Ele vai telefonar de novo para minha casa dentro de três minutos. Disse que tem instruções para você.

— Ele deve saber que meu telefone está grampeado — disse Bailey. — É por isso que está ligando para você.

Os dois homens atravessaram correndo o amplo gramado que separava suas casas. Mal haviam alcançado a porta aberta da casa do juiz, o telefone do escritório começou a tocar. O juiz correu na frente e, meio sem fôlego, conseguiu dizer:

— Franklin Bailey está aqui comigo. — E passou o aparelho a Bailey.

O sequestrador identificou-se como "O Flautista Mágico". Suas instruções foram breves e explícitas: às 10 horas da manhã seguinte a CFG&Y deveria estar preparada para transferir 7 milhões de dólares para uma conta no exterior. O milhão de dólares remanescente deveria ser entregue em dinheiro. Exigiu que fossem notas de 50 e 20 dólares, que fossem usadas e que seus números de série não fossem sequenciais. "Quando a transferência for realizada, outras instruções serão expedidas para a entrega do dinheiro."

Bailey anotou tudo em um bloco que estava sobre a mesa do juiz.

— Precisamos ter uma prova de que as meninas estão vivas — disse ele, a voz tensa e insegura.

— Desligue agora. Em um minuto você ouvirá as vozes das Duas de Azul.

Franklin Bailey e o juiz Sylvan se entreolharam quando Bailey desligou o telefone. Momentos depois o telefone tocou. Assim que atendeu, Bailey ouviu uma voz de criança dizendo:

— Olá, Sr. Bailey. Vimos você na televisão hoje com a mamãe e o papai.

Uma segunda vozinha sussurrou:

— Olá, Sr...

Mas as palavras foram logo interrompidas, pois ela começou a tossir, uma tosse sufocante que ecoou na cabeça de Bailey quando a ligação foi encerrada.

17

Enquanto o Flautista dava instruções a Franklin Bailey, Angie empurrava um carrinho por entre as alas da drogaria CVS, procurando comprar qualquer coisa que impedisse Kathy de piorar. Já tinha colocado no carrinho aspirina infantil, solução nasal, álcool para massagens e um nebulizador.

Vovó costumava pôr Vick no nebulizador quando eu era criança, pensou ela. Gostaria de saber se isso ainda é feito. Talvez fosse melhor perguntar a Julio. Ele é um bom farmacêutico. Quando Clint deslocou o ombro, seja o que for aquilo que me deu para tratá-lo, funcionou.

Ela sabia que Lucas teria um ataque se imaginasse que estava comprando quaisquer produtos infantis. Mas o que ele vai querer que eu faça, perguntou a si própria, deixar a criança morrer?

Ela e Clint tinham assistido à entrevista na televisão naquela manhã, quando o cara que era presidente da firma de Steve Frawley prometeu pagar o resgate. Tinham trancado as meninas no quarto durante o programa porque não queriam que ficassem agitadas por verem a mãe e o pai na tela.

Acabou que isso foi um erro, porque, depois do programa, o Flautista telefonou insistindo para que eles conseguissem uma gravação das gêmeas falando com o tal do Bailey, como se elas tivessem visto o noticiário. Mas quando tentaram fazer com que falassem no celular, Kelly, a mais chatinha, dera um ataque.

— Nós não vimos ele e não vimos mamãe e papai na TV e queremos ir para casa — insistiu. Depois Kathy começou a tossir toda vez que tentava dizer "Alô, Sr. Bailey".

Nós finalmente conseguimos que Kelly dissesse o que o Flautista queria quando prometemos a ela que a levaríamos para casa, lembrou Angie. Quando Clint colocou a gravação para ele ver, o Flautista disse que não tinha importância que Kathy tivesse dito apenas umas palavras. Havia gostado tanto daquela tosse cavernosa que chegara a gravá-la no próprio telefone.

Mona empurrou o carrinho para entrar na seção de farmácia e, de repente, sentiu a boca seca. Tinha sido afixada do lado do balcão uma foto das gêmeas em tamanho natural. Havia uma inscrição na foto que dizia, em letras bem grandes: DESAPARECIDAS. RECOMPENSA PARA QUALQUER INFORMAÇÃO SOBRE SEU PARADEIRO.

Não havia ninguém esperando, e Julio a chamou.

— Oi, Angie — disse ele, apontando para a foto. — Que horror esse sequestro. A gente fica pensando em quem seria capaz de fazer uma coisa dessas.

— É mesmo — concordou Angie. — É horrível.

— Ainda bem que Connecticut ainda tem pena de morte. Se alguma coisa acontecer a essas meninas, vou me apresentar como voluntário para preparar pessoalmente a injeção letal destinada aos cachorros que as pegaram. — Ele sacudiu a cabeça. — Acho que só nos resta rezar para que elas voltem para casa em segurança. Angie, o que posso fazer por você?

Consciente de que, com o nervosismo, o suor começava a se acumular em sua testa, Angie fingiu examinar a carteira e deu de ombros.

— Não muito. Acho que esqueci a receita. — Até mesmo a seus próprios ouvidos a desculpa foi pouco convincente.

— Posso ligar para o seu médico.

— Ah, obrigada, mas ele é de Nova York e tenho certeza de que não está na cidade. Volto mais tarde.

Angie relembrou a compra do unguento para o ombro de Clint. Conversara com Julio uns minutinhos e, por acaso, mencionara que morava com Clint na casa do zelador do clube de campo. Isso acontecera pelo menos seis meses antes, e ainda assim, ele se lembrou de seu nome no instante em que a vira. Será que se lembrava também de onde morava? Claro que sim!

Julio era um tipo latino alto, mais ou menos da sua idade. Usava óculos com uma armação realmente sexy que realçava seus olhos. Observou que o olhar dele perpassava o conteúdo do carrinho.

Estava tudo à vista. Solução nasal e aspirina infantil. Álcool para massagem, o nebulizador.

Será que ele vai querer saber por que estou comprando remédios para uma criança doente?, se perguntava Angie, tentando afastar a possibilidade assustadora. Não queria pensar nisso. Estava ali em uma missão. Vou comprar um pote de Vick e colocar um pouco dentro do nebulizador, decidiu. Dava certo quando eu era criança.

Correu de volta até o corredor 3, pegou o pote de Vick e foi para o caixa. Um estava fechado e o outro tinha seis pessoas na fila. Três foram atendidas bem depressa, mas aí a moça do caixa anunciou:

— Estou indo. Vai demorar um minutinho só para vir outra pessoa.

Idiota, pensou Angie, dando um empurrão impaciente no carrinho.

O sujeito na frente dela, um homem corpulento com um carrinho lotado, virou-se. Mas a expressão de zanga foi substituída por um sorriso largo.

— Oi, Angie, o que é que você está tentando fazer, amputar os meus pés?

— Oi, Gus — respondeu Angie, arriscando um sorriso.

Gus Svenson era um sujeito irritante com quem às vezes ela e Clint se encontravam quando comiam no Danbury Park, o tipo do chato que está sempre tentando puxar conversa com os outros no bar. Era um encanador que tinha um negócio próprio e costumava trabalhar no clube de golfe durante a temporada. Assim, o fato de ela e Clint viverem na casa do zelador quando o clube estava fechado fazia com que Gus agisse como se tivessem muita coisa em comum. Irmãos de sangue porque faziam o trabalho sujo para as pessoas que tinham dinheiro, ela pensou com desprezo.

— Como vai Clint, meu garoto? — perguntou Gus.

Gus nascera com um alto-falante nas cordas vocais, pensou Angie, quando as pessoas se viraram para olhar para eles.

— Nunca esteve melhor, Gus. Ei, acho que o prodígio de dinamismo que trabalha naquele caixa está esperando você.

— Claro, claro. — Gus descarregou suas compras no balcão e virou-se para bisbilhotar o carrinho dela. — Aspirina infantil. Solução nasal. Ei, vocês dois têm novidades?

A preocupação de Angie com o farmacêutico se transformou em pânico. Lucas estava certo, pensou. Eu não deveria estar comprando nada para as meninas — ou pelo menos não onde me conhecem.

— Não seja bobo, Gus — ela retorquiu. — Estou tomando conta do filho de uma amiga, e a criança está pegando um resfriado.

— São 122,18 dólares — o caixa disse a Gus.

Ele abriu a carteira e puxou o cartão de crédito.

— Seria barato se fosse a metade do preço — disse. Virou-se para Angie. — Olhe aqui, se você está servindo de babá, talvez o meu velho amigo Clint fosse gostar de ir tomar uma cervejinha comigo. Eu busco ele lá. Assim você não precisa se preocupar se ele tomar um porre. Você me conhece. Sei quando está na hora de parar. Eu ligo para ele.

Antes que ela pudesse responder, ele já tinha rabiscado a assinatura na notinha do cartão de crédito, apanhado as compras e se dirigido para a saída. Angie atirou o conteúdo do seu carrinho no balcão. A conta foi de 43 dólares. Ela sabia que só tinha 25 dólares na carteira, o que significava que teria de usar o cartão de crédito. Não tinha pensado nisso ao pegar o nebulizador na prateleira.

Lucas tinha lhe dado dinheiro vivo para comprar o berço. "Assim não haverá nenhum rastro de papel", dissera ele. Mas haveria sim. Ela fora obrigada a usar o cartão para pagar as roupinhas que comprara para as gêmeas, e agora ia ter de usar de novo.

Vai acabar logo, prometeu a si própria enquanto se dirigia para a saída. Havia um guarda de pé junto à porta. Ela abandonou o carrinho e pegou os pacotes. Só faltava agora o alarme disparar, pensou, ao passar pelo guarda. Acontece quando a idiota do caixa não registra as coisas.

Dois dias no máximo, e teremos o dinheiro para dar o fora daqui, lembrou a si própria ao atravessar o estacionamento e entrar na van de Clint, uma Chevy com 12 anos de uso. Uma Mercedes-Benz estacionada ao lado saía naquele exato momento, e os faróis de Angie iluminaram o modelo do carro, uma SL500.

Provavelmente custa mais de 100 mil, pensou Angie. Talvez devêssemos comprar uma. Dentro de dois dias teremos cinco vezes esse dinheiro, e tudo em espécie.

No curto trajeto para casa ela reviu o calendário. De acordo com Lucas, no dia seguinte o Flautista Mágico providenciaria a transferência do dinheiro. E à noite receberiam 1 milhão de dólares em dinheiro vivo. Quando tivessem verificado que estava tudo certo, na manhã de quinta-feira bem cedo largariam as gêmeas em algum lugar e dariam aos pais uma pista de onde encontrá-las.

Esse é o cronograma de acordo com Lucas, pensou Angie. Mas ela planejara diferente.

18

Na quarta-feira, o imprevisível clima de março fez com que o dia amanhecesse frio. O vento cortante sacudia as janelas da sala onde Steve e Margaret estavam sentados com Walter Carlson e seu colega, o agente Tony Realto. Um segundo bule de café jazia intocado em cima da mesa.

Carlson não achou que tivesse o direito de não levar em conta o que Franklin Bailey lhe dissera, que uma das gêmeas estava tossindo, e a tosse denunciava problema nos brônquios.

— Steve e Margaret, eu sei que é assustador pensar que Kathy está doente — disse a eles —, mas, por outro lado, isso prova que Bailey estava realmente ouvindo as meninas. Vocês estavam mesmo preocupados pensando que Kathy estivesse pegando um resfriado.

— Você não acha que o Flautista desta vez não vai mais ligar para o vizinho de Bailey? — perguntou Steve. — Ele deve ser suficientemente inteligente para perceber que a esta altura vocês já grampearam a outra linha.

— Steve, criminosos cometem erros. Eles acham que pensam em tudo, mas cometem erros.

— Eu queria saber se a pessoa que está com elas deu alguma coisa a Kathy para evitar que ela tenha uma pneumonia — disse Margaret, a voz insegura.

Carlson olhou para ela do outro lado da mesa. Sua pele estava branca como papel, e seus olhos azul-escuros apresentavam olheiras muito acentuadas. Cada vez que ela dizia alguma coisa, comprimia os lábios com força, como se receasse o que pudesse dizer em seguida.

— Meu palpite é que, seja quem for que esteja com as crianças, quer devolvê-las em segurança.

Faltavam 15 minutos para as 10 horas. O Flautista Mágico dissera que entraria em contato às 10 horas. Os três silenciaram. Só podiam esperar.

Às 10 horas, Rena Chapman, a vizinha que havia preparado o jantar para os Frawley, veio correndo de sua casa.

— Há uma pessoa no meu telefone dizendo que tem informações importantes a respeito das gêmeas — disse ela, ofegante, ao policial que estava diante da casa.

Com Steve e Margaret em seus calcanhares, Realto e Carlson correram para a casa dos Chapman. Carlson agarrou o aparelho e se identificou.

— Tem papel e caneta? — perguntou a pessoa ao telefone.

Carlson puxou um bloquinho e uma caneta do bolso de dentro do paletó.

— Quero 7 milhões de dólares transferidos para a Conta 507964 do Nemidonam Bank em Hong Kong — disse o Flautista. — Você tem três minutos para completar a transferência. Quando eu tiver a confirmação, ligo de novo.

— Será feita imediatamente — retrucou Carlson, mas antes que completasse a frase ele ouviu o barulho da ligação sendo encerrada.

— Era o sequestrador? — quis saber Margaret. — As meninas estavam com ele?

— Era o sequestrador. Ele não se referiu às meninas. Falou apenas a respeito do resgate.

Carlson discou o número particular de Robinson Geisler na presidência da CFG&Y. Geisler havia prometido que estaria esperando por instruções para a transferência. Com a voz precisa e clara, ele repetiu o nome do banco em Hong Kong e o número da conta.

— A transferência será feita em sessenta segundos, e nós já temos as malas com o dinheiro prontas para serem entregues — assegurou ao agente do FBI.

Margaret ouviu Carlson em seguida berrar as instruções para que o pessoal de comunicações do FBI tentasse interceptar a linha de telefone dos Chapman na esperança de que assim conseguissem determinar a localização do Flautista Mágico quando ele ligasse de volta.

Ele é esperto demais para isso, pensou Margaret. Agora está de posse dos 7 milhões de dólares. Será que teremos notícias dele de novo?

Carlson havia explicado a ela e a Steve que, mediante o pagamento de uma comissão, alguns bancos no exterior aceitavam transferências eletrônicas de dinheiro, que poderia ser transferido novamente logo em seguida. E se isso o satisfizer?, pensou ela, atormentada. E se nunca mais ouvirmos falar dele? Mas ainda no dia anterior Franklin Bailey ouvira as vozes das meninas. Elas falaram que os tinham visto na televisão. Então estavam vivas na manhã da véspera.

— Sr. Carlson. Rápido. Outro telefonema. Três casas adiante.

O policial de Ridgefield de serviço diante da porta da casa dos Frawley correra até a porta da cozinha de Rena Chapman e a abrira sem bater.

O vento soprou o cabelo de Margaret nos seus olhos enquanto ela e Steve, de mãos dadas, corriam atrás de Realto e Carlson até a casa onde uma vizinha que nunca tinham visto acenava freneticamente para que entrassem.

O Flautista Mágico tinha desligado, mas ligou menos de um minuto depois.

— Vocês foram muito espertos — disse ele a Carlson. — Muito obrigado pela transferência. Agora prestem bem atenção. Seu solícito amigo Franklin Bailey deve estar em Manhattan, na frente do prédio da Time Warner na Columbus Circle, às 20 horas de hoje. Diga a ele para usar uma gravata azul e um lenço vermelho no bolso. Ele deve estar com as malas de dinheiro e um telefone celular. Qual é o número do seu telefone celular, Sr. Agente do FBI?

— 917-555-3291 — disse Carlson.

— Vou repetir: 917-555-3291. Dê seu celular para Franklin Bailey. Lembre-se de que estaremos de olho nele. Qualquer tentativa de segui-lo ou de prender o mensageiro que for pegar as malas significará que as gêmeas desaparecerão para sempre. A alternativa é que, uma vez que nós tenhamos validado a quantia e a autenticidade das notas, pouco depois da meia-noite alguém receberá um telefonema dizendo onde pegar as gêmeas. Estão com muita saudade de casa e uma delas está com febre. Sugiro que se certifiquem de que não haja enganos.

19

QUANDO VOLTOU DA CASA DA VIZINHA, GRUDADA NO BRAço de Steve, Margaret tentou acreditar que em menos de 24 horas as gêmeas realmente estariam em casa de novo. Tenho que acreditar nisso, disse a si própria. Eu amo você, Kelly. Eu amo você, Kathy.

Na corrida para ir primeiro à casa de Rena Chapman e depois à da outra vizinha para o segundo telefonema, ela não estivera plenamente consciente das vans da mídia estacionadas em sua rua. Mas agora os repórteres berravam do lado de fora da casa exigindo uma declaração.

— Os sequestradores entraram em contato?

— O resgate foi pago?

— Teve confirmação de que as gêmeas estão vivas?

— Não haverá declaração desta vez — disse Carlson, bruscamente.

Ignorando as perguntas que eram gritadas para eles, Margaret e Steve saíram correndo. O capitão Martinson os esperava na varanda. Desde a noite de sexta-feira ele entrava e saía da casa, algumas vezes conversando em particular com os agentes do FBI, outras vezes simplesmente como uma presença tranquilizadora. Margaret sabia que o pessoal do Departamento de Polícia de Ridgefield e da Polícia Estadual de Connecticut distribuíra centenas de cartazes com os retratos das meninas ao lado do bolo de aniversário. Um dos cartazes que ela vira tinha uma pergunta impressa: VOCÊ CONHECE ALGUÉM QUE TEM OU TEVE UMA MÁQUINA DE ESCREVER MANUAL ROYAL?

Era a máquina de escrever com que fora datilografada a nota do resgate a ser pago pelas duas gêmeas.

Na véspera, Martinson dissera a eles que as pessoas da cidade receberiam uma recompensa no valor de 10 mil dólares por qualquer informação que pudesse ajudar a trazer as meninas de volta e em segurança. Será que alguém tinha conseguido uma informação qualquer? Martinson parece aborrecido, mas certamente não será uma má notícia, Margaret garantiu a si própria quando entraram na casa. Ele ainda não sabe que já foi combinada a entrega do dinheiro do resgate.

Como se tivesse medo de que, de algum modo, fossem ouvidos pela imprensa, Martinson esperou chegarem na sala para falar:

— Temos um problema — disse ele. — Franklin Bailey desmaiou hoje cedo. A governanta chamou 911 e ele foi levado rapidamente para o hospital. Seu cardiograma estava bom. O médico acha que foi um ataque de ansiedade provocado pelo estresse.

— O sequestrador acaba de nos dizer que Bailey deve estar na frente do edifício da Time Warner às 20 horas de hoje — interveio Carlson bruscamente. — Se ele não aparecer, quem estiver com as crianças vai suspeitar de traição.

— Mas ele tem que ir! — Margaret percebeu um toque de histeria na própria voz e mordeu o lábio com tanta força que sentiu gosto de sangue. — Ele tem que ir! — repetiu ela, desta vez num sussurro.

Viu do outro lado da sala, em cima do piano, os retratos das meninas. Minhas duas menininhas de azul, pensou. Ah, meu Deus, por favor, traga-as de volta para mim.

— Ele está planejando ir — informou Martinson. — Não quer ficar no hospital.

Ele e os agentes se entreolharam.

Mas foi Steve quem falou o que todos estavam pensando.

— Suponha que ele tenha outra tonteira ou desmaie na hora em que estiver recebendo instruções para entregar o dinheiro? O que acontece? Se Bailey não fizer contato, o Flautista disse que jamais veremos nossas filhas de novo.

O agente Tony Realto não revelou a preocupação que crescia dentro de sua mente e que já ia se transformando praticamente em uma certeza. Nunca deveríamos ter deixado que Bailey se envolvesse. E por que ele insistira tanto em "ajudar"?

20

Às 10h20 de quarta-feira, Lucas contemplava a paisagem pela janela do seu apartamento, fumando nervosamente o quinto cigarro do dia. E se o Flautista, após conseguir sua transferência de 7 milhões de dólares, decidir se livrar de nós? Tenho a gravação da voz dele, mas pode ser que não baste, pensou ele. E se o Flautista pular fora, o que fazemos com as crianças?

Mesmo que o Flautista jogue limpo e providencie a entrega do milhão em dinheiro, vai ser preciso que eu e Clint tentemos pegar a grana e dar o fora sem sermos apanhados. Lucas estava convicto até os ossos de que alguma coisa sairia errado, e ele respeitava esse tipo de premonição. Funcionara quando ele era menor e os policiais o pegaram. Ignorá-la quando adulto tinha lhe custado seis anos de prisão. Daquela vez, quando ele invadiu a casa, sentira que não devia ter posto os pés dentro dela, muito embora tivesse passado com êxito pelo alarme.

E ele estava certo. Câmeras que funcionavam em um sistema separado haviam registrado cada movimento seu. Esta noite, se ele e Clint fossem pegos, poderiam ser condenados à prisão perpétua.

Ainda, quão doente estava aquela criança? Se ela morresse, seria muito pior.

O telefone tocou. Era o Flautista Mágico. Lucas acionou seu gravador.

— As coisas estão correndo bem, Bert — disse o Flautista. — A transferência do dinheiro foi realizada. Está muito claro para mim que o FBI não arriscará a segurança das meninas seguindo vocês muito de perto.

Ele usava o rugido falsificado que imaginava passar por uma voz disfarçada. Lucas esmagou a ponta do cigarro no peitoril da janela. Continue falando, amigo, pensou.

— A bola agora está com você — continuou o Flautista. — Se quiser contar seu dinheiro hoje à noite, ouça muito cuidadosamente meu plano. Como sabe, vai precisar de um carro roubado. Você me assegurou de que Harry é capaz de resolver isso com facilidade.

— É mesmo. É a única coisa em que ele é bom.

— Começaremos por fazer contato com Franklin Bailey às 20 horas de hoje na frente do edifício da Time Warner, naquele largo chamado Columbus Circle. A esta hora você e Clint devem estar estacionados na West 56th Street, na passagem que faz a ligação com a 57th Street, e que fica logo a leste da Sexta Avenida. Vocês estarão num veículo roubado. Você terá substituído as placas do carro ou da van pelas placas de outro veículo.

— Sem problema.

— Eis como vamos trabalhar.

Enquanto Lucas ouvia, foi admitindo relutantemente que o plano tinha grande chance de dar certo. Finalmente, depois de ter desnecessariamente assegurado ao Flautista Mágico que levaria consigo seu celular especial, ouviu o clique que significava que a ligação tinha sido interrompida.

Certo, pensou ele. Eu sei o que estamos fazendo. Talvez dê certo. Quando acendeu outro cigarro, seu próprio celular tocou.

O aparelho estava em cima da cômoda de seu quarto; ele atendeu depressa.

— Lucas — era uma voz fraca e estressada —, aqui é Franklin Bailey. Preciso de você hoje à noite. Se já estiver comprometido, por favor, mande aquele seu motorista substituto para esse compromisso. Tenho que fazer uma coisa importantíssima em Manhattan. Preciso estar no Columbus Circle às 20 horas.

Com o cérebro a mil, Lucas segurou o telefone junto à orelha, ao mesmo tempo que pegava no bolso o maço de cigarros meio vazio.

— Eu tenho um compromisso, mas talvez a gente consiga dar um jeito. Quanto tempo acha que vai ficar lá, Sr. Bailey?

— Não sei.

Lucas se lembrou do jeito engraçado que o policial olhara para ele na sexta-feira quando Bailey fizera com que passasse na porta da casa dos Frawley para se oferecer para agir como intermediário. Se os federais tinham achado que era uma boa ideia Bailey ter seu próprio motorista para depois descobrir que esse motorista não estava disponível, podiam querer saber que coisa era essa tão importante que ele não podia mudar seu horário para um cliente de longa data.

Não posso recusar, pensou Lucas.

— Sr. Bailey — disse, tentando reproduzir aquele seu timbre solícito de quem sempre se mostrava ansioso por agradar. — Eu arranjo alguém para meu outro trabalho. A que horas o senhor quer que eu chegue?

— Às 18 horas. Com certeza é um pouco cedo demais, mas não posso me arriscar a chegar atrasado.

— Dezoito em ponto, senhor.

Lucas atirou o celular na cama, refez a distância curta até a sala e pegou o celular especial. Quando o Flautista atendeu, Lucas secou nervosamente o suor da testa e contou a ele o que tinha acontecido.

— Eu não podia recusar, de modo que agora não podemos seguir em frente com o plano.

Muito embora o Flautista continuasse tentando disfarçar a voz, deu para perceber que ele se divertira com a história.

— Você está ao mesmo tempo certo e errado, Bert. Não podia recusar, é verdade, mas vamos seguir em frente com nosso plano. Na verdade, esta pequena modificação pode funcionar lindamente em nosso benefício. Você está planejando dar uma volta de avião, não está?

— Estou, depois que eu pegar o negócio com Harry.

— Assegure-se de que a máquina de escrever usada para o bilhete do resgate vá junto com você, da mesma forma que as roupas e os brinquedos que compraram para as crianças. Não deve ficar um único rastro da presença das meninas na casa de Harry.

— Eu sei, eu sei. — Eles já tinham estudado aquela parte do plano.

— Faça com que o Harry me telefone depois que pegar o carro. E me ligue assim que deixar Bailey diante do prédio da Time Warner. Aí lhe digo o que fazer em seguida.

21

Às 10h30 Angie estava sentada à mesa do café da manhã com as gêmeas. Só agora, com a terceira xícara de café sua cabeça começava a clarear. Dormira muito mal. Deu uma olhada em Kathy. Podia dizer pela sua aparência que a aspirina e o nebulizador tinham lhe feito bem. Embora o quarto recendesse a Vick, pelo menos o vapor soltara um pouco o catarro. Continuava, contudo, bem doentinha, e ficara acordada quase que a noite inteira, chorando e chamando pela mãe. Estou cansada, pensou Angie, realmente cansada. Pelo menos a outra dormiu bem, muito embora às vezes, quando Kathy tossia muito, Kelly começasse a tossir com a irmã.

— Ela está ficando doente também? — perguntara Clint meia dúzia de vezes.

— Não, não está. Durma de novo. Não quero você meio morto hoje à noite.

Ela olhou para Kelly, que a encarou de volta. Difícil se conter e não dar um tapa naquela menina impertinente. "Nós queremos ir para casa", ela repetia a todo instante. "Kathy e eu queremos ir para casa. Você prometeu que levaria a gente para casa."

"Mal posso esperar a hora em que *você* vai voltar para sua casa", pensou Angie.

Era óbvio que Clint estava completamente arrasado. Tomara o café sentado no sofá em frente à televisão e não parava de tamborilar em cima da tralha que passava por mesinha de centro. Ele assistira ao noticiário para ver se havia algo mais a respeito do sequestro, mas sabia que tinha de manter o aparelho sem som. As crianças estavam viradas de costas para a televisão.

Kelly tinha comido um pouco do cereal que Angie preparara para as duas, e Kathy se limitara a umas poucas colheradas. As duas pareciam pálidas, Angie admitiu para si própria, e o cabelo de ambas estava meio despenteado. Talvez fosse melhor tentar escovar, mas, por outro lado, não as queria gritando caso os fios estivessem embaraçados. Esquece, decidiu.

Empurrou sua cadeira para trás.

— Muito bem, meninas. Hora de um cochilinho.

Estavam ficando acostumadas a ter de voltar para a cama depois do desjejum. Kathy chegava a levantar os bracinhos para que a pegasse. Ela sabe que eu a amo, pensou Angie, mas praguejou baixinho quando o cotovelo da menina bateu na tigela de cereal, derramando tudo no pijama.

Kathy começou a chorar, um gemido de quem estava indisposta e que terminou em tosse.

— Tudo bem, tudo bem — exclamou Angie, bruscamente.

Agora o que é que eu faço? Aquele idiota do Lucas vai chegar daqui a pouco, e me mandaram deixar as garotas o dia inteiro de pijama. Talvez baste enfiar uma toalha debaixo da parte molhada que ela seca.

— Silêncio — disse ela, impaciente, ao pegar Kathy. O pijama ensopado molhou sua blusa no trajeto até o quarto. Kelly se levantou da cadeira e foi caminhando ao seu lado, a mão estendida para afagar o pé da irmã.

Angie pôs Kathy no berço e pegou uma toalha em cima da cômoda. Quando terminou de prendê-la com um alfinete sob a blusa molhada, Kathy já tinha se encolhido como uma bolinha e estava chupando o polegar. Aquilo era algo novo, pensou Angie ao pegar Kelly e colocá-la no berço.

Kelly lutou imediatamente para se pôr de pé e agarrou com força a grade.

— Queremos ir para casa agora — disse. — Você prometeu.

— Você vai voltar para casa hoje à noite — disse Angie. — Por isso cale a boca.

As persianas estavam arriadas em todo o quarto. Angie começou a levantar uma delas, mas mudou de ideia. Se eu deixar escuro, pode ser que as meninas durmam, decidiu. Ela voltou para a cozinha, batendo a porta como uma espécie de advertência para Kelly não criar caso. Na noite anterior, quando a menina começara a balançar o berço, um bom beliscão no seu braço ensinara a ela que aquilo não era uma boa ideia.

Clint ainda estava assistindo à televisão. Angie começou a tirar a mesa.

— Pegue essas fitas do Barney — ordenou ele enquanto ela punha os pratos dentro da pia. — Ponha dentro da caixa junto com a máquina de escrever.

O Flautista Mágico, quem quer que ele fosse, tinha mandado que Lucas jogasse no mar qualquer coisa que eles tivessem que fosse relacionada ao sequestro. "Ele está falando da máquina de escrever que usamos para escrever o bilhete do resgate e quaisquer roupas, brinquedos, lençóis ou mantas que possam ter o DNA delas", tinha dito Lucas a Clint.

Nenhum deles sabe o quanto isso se ajusta aos *meus* planos, foi o que Angie pensou.

— Angie, essa caixa é grande demais — protestou Clint. — Vai ser difícil para Lucas jogá-la no mar.

— Não é grande demais — retrucou ela. — Estou pondo o nebulizador dentro. Certo?

— Uma pena que não possamos pôr o berço dentro.

— Depois que largarmos as meninas você pode voltar aqui e desmontá-lo. Amanhã você se livra dele.

Duas horas mais tarde, ela estava preparada para a reação explosiva de Lucas quando ele viu a caixa.

— Não dava para ter encontrado uma caixa menor? — berrou ele.

— Claro que eu podia. Podia também ter ido à mercearia e explicar por que eu queria uma e o que poria dentro. Esta aqui já estava no porão. E resolve o problema, certo?

— Angie, acho que temos caixas menores lá embaixo — sugeriu Clint.

— Eu lacrei e amarrei *esta caixa!* — berrou Angie. — E ponto final!

Um minuto mais tarde, ela viu com intensa satisfação Lucas carregar a imensa e pesada caixa para o carro.

22

Lila Jackson, uma balconista da Abby's Quality Discount, na Rota 7, tinha se transformado numa verdadeira celebridade diante de sua família e amigos. Fora ela que vendera os vestidinhos azuis de veludo para as gêmeas de Margaret Frawley dois dias antes do sequestro.

Tinha 34 anos, de estatura baixa e vibrante de energia. Lila recentemente abandonara o emprego de secretária em Manhattan, se mudara para a casa da mãe viúva e começara a trabalhar como vendedora na Abby's.

— Descobri que eu detestava ficar sentada atrás de uma mesa e que a vez em que mais me diverti trabalhando foi quando fiz um bico na Bloomingdale's. Adoro roupas. Adoro vender roupas. Assim que puder vou abrir minha própria loja. — E por esse motivo ela estava fazendo uns cursos de administração na escola da comunidade.

No dia da noticia do sequestro, Lila reconheceu tanto Margaret quanto os vestidos que as gêmeas sequestradas usavam no retrato divulgado pela televisão.

— Ela é uma pessoa muito simpática — contou Lila, esbaforida, a um grupo cada vez maior de pessoas fascinadas pelo fato de que, alguns dias antes, sua interlocutora estivera em contato com a mãe das gêmeas sequestradas. — A Sra. Frawley realmente tem classe e um jeito tranquilo, delicado. Ela realmente conhece qualidade. Eu disse a ela que os mesmos vestidinhos custavam 400 dólares cada na Bergdorf's, o que era um roubo, já que aqui saíam por 42 dólares. Ela me disse que, ainda assim, era mais do que queria gastar, e lhe mostrei uma porção de outras roupinhas, mas ela sempre voltava para eles. Acabou por comprar os dois vestidinhos azuis. Deu um meio sorriso na hora que estava pagando e disse que só esperava conseguir tirar um bom retrato das garotas com os vestidos antes que elas derramassem alguma coisa neles.

"Tivemos uma conversa legal — relembrou Lila, explorando cada detalhe do encontro. — Contei à Sra. Frawley que eu tinha acabado de atender a outra senhora que também queria comprar roupa para gêmeas. Não deviam ser filhos dela, contudo, porque não sabia ao certo o tamanho. Ela pediu minha opinião, e disse que eram para crianças de mais ou menos 3 anos."

Lila viu a notícia no jornal do meio-dia, na hora em que estava saindo para o trabalho. Sacudindo a cabeça em sinal de solidariedade, ficou de olhos atentos na tela da TV, vendo Margaret e Steve Frawley correrem rua abaixo até a casa do vizinho e depois, apenas alguns minutos mais tarde, correrem até outra casa mais para o fim do quarteirão.

— Embora nem a família nem o FBI confirmem, acredita-se que hoje pela manhã o Flautista Mágico, como o sequestrador chama a si próprio, comunicou as exigências para o pagamento do resgate, ligando para os Frawley por meio dos telefones de vizinhos — dizia o âncora da CBS.

Lila observou com atenção um close de Margaret Frawley, mostrando a expressão angustiada e as olheiras escuras.

— Robinson Geisler, o presidente da CFG&Y, não está disponível para esclarecer se está ou não acontecendo agora uma transferência de fundos — prosseguiu o repórter —, mas se for este o caso, é evidente que as próximas 24 horas serão cruciais. Hoje é o sexto dia desde que Kathy e Kelly Frawley foram retiradas de seu quarto. O sequestro aconteceu por volta das 21 horas da última quinta-feira.

Elas deviam estar de pijama quando foram levadas, pensou Lila, estendendo a mão para pegar a chave do carro. Foi um pensamento que a importunou durante todo o percurso até o trabalho e permaneceu com ela enquanto pendurava o casaco e passava um pente no cabelo ruivo despenteado pelo vento do estacionamento. Prendeu na blusa um crachá que dizia BEM-VINDO A ABBY'S — MEU NOME É LILA e depois foi para o cubículo da contabilidade.

— Quero verificar minhas vendas de quarta-feira, Jean — explicou à funcionária. Não me lembro do nome da mulher que comprou roupa para gêmeas, pensou, mas posso ver no recibo. Ela comprou duas jardineiras iguais, camisas polo, roupa de baixo e meias. Não comprou sapatos porque não tinha ideia do tamanho.

Em cinco minutos examinando recibos, descobriu o que desejava. O recibo pelas roupas tinha sido assinado pela Sra. Clint Downes, usando um cartão de crédito Visa. Devo pedir que Jean ligue agora para a Visa e peça o endereço da compradora? Não seja boba, disse a si própria, dirigindo-se apressadamente para o salão de vendas.

Mais tarde, ainda incapaz de livrar-se da sensação que acompanhava seu desagradável palpite, Lila pediu à funcionária da contabilidade para conseguir o endereço da tal mulher que comprara roupas idênticas para crianças de 3 anos.

— Claro, Lila. Se criarem caso, eu direi que a cliente pode ter deixado um pacote aqui.

— Obrigada, Jean.

Na Visa, a Sra. Clint Downes tinha cadastrado como endereço o número 100 da Orchard Avenue, em Danbury.

Agora, mais incerta ainda quanto ao que deveria fazer, Lila se lembrou de que Jim Gilbert, um policial aposentado de Danbury, ia jantar com sua mãe naquela noite. Perguntaria a ele.

Quando chegou em casa, sua mãe havia guardado jantar para ela e estava tomando um coquetel com Jim no escritório. Lila se serviu de uma taça de vinho e sentou junto à lareira, de costas para o fogo.

— Jim — disse ela —, acho que mamãe lhe contou que fui eu que vendi os vestidinhos de veludo azul para Margaret Frawley.

— Eu soube. — Sua voz profunda de barítono sempre parecia incongruente a Lila, vindo, como vinha, do corpo frágil dele. Sua expressão amável ficou dura. — Pode anotar o que vou lhe dizer. Eles não vão devolver aquelas meninas, *nem* vivas *nem* mortas. Meu palpite é que a esta altura eles já estão fora do país, e toda aquela conversa de resgate era apenas uma tapeação para ganhar tempo.

— Jim, sei que parece maluquice, mas poucos minutos antes de vender aqueles vestidos para Margaret Frawley, eu atendi uma mulher que estava comprando roupinhas iguais para crianças de 3 anos e nem parecia saber direito que tamanho comprar.

— E daí?

Lila foi em frente.

— Quer dizer, não seria extraordinário se a tal mulher estivesse relacionada com o sequestro e estivesse comprando roupas, antecipando o que precisariam? As gêmeas Frawley usavam pijamas quando foram levadas de dentro de casa. Crianças dessa idade derramam coisas na roupa. Não podem ficar com a mesma roupa cinco dias.

— Lila, você está deixando se levar pela sua imaginação — disse Jim, compreensivo. — Sabe quantas dicas iguais a essa os policiais de Ridgefield e o FBI recebem?

— O nome da mulher é Sra. Clint Downes e ela mora no número 100 da Rua Orchard, bem aqui em Danbury — insistiu Lila. — Tenho até vontade de ir até lá e inventar uma história sobre uma das camisas polo só para satisfazer minha curiosidade.

— Lila, permaneça no mundo da moda. Conheço Clint Downes. Ele é o zelador e mora numa casa do clube; esse endereço, 100 Orchard Street, é do clube. A mulher era uma magricela com um rabo de cavalo meio frouxo?

— Sim.

— É a namorada de Clint, Angie. Pode estar assinando Sra. Downes, mas não tem nada disso. Ela trabalha muito como babá. Pode cortar seu nome da lista de suspeitos, Lila. Nem daqui a um milhão de anos aqueles dois serão inteligentes o bastante para planejar um sequestro desses.

23

Lucas viu Charley Fox, o novo mecânico do aeroporto, olhando para ele quando subiu a escada para a cabine do avião levando nos braços a enorme caixa. Ele deve estar se perguntando por que estou carregando um troço desses, disse a si mesmo. Vai imaginar que vou jogar isso lá de cima, ou no mínimo concluir que é uma coisa de que quero me livrar de qualquer maneira, ou talvez que estou traficando drogas para algum lugar. Assim, quando um policial aparecer e perguntar se alguém que usa o aeroporto tem ar suspeito, falará a meu respeito.

Ainda assim, era uma boa ideia sumir com tudo o que poderia ligar as gêmeas à casa, admitiu ao deixar a caixa no banco do copiloto. Hoje à noite, depois de entregamos as meninas, eu ajudo o Clint a desmontar o berço, e sumimos com os pedaços em algum lugar. Deve ter DNA das crianças espalhado por todo o colchão.

Enquanto realizava a verificação final para levantar voo, Lucas se permitiu um sorriso amargurado. Lera em algum lugar que gêmeos idênticos têm o mesmo DNA. Assim, só podem provar que estivemos com uma delas, pensou. Beleza!

O vento ainda estava forte. Não era o melhor dia para voar em um avião leve, mas o enfrentamento do perigo era sempre tranquilizador para Lucas. Serviria agora para aliviar a ansiedade cada vez maior a respeito do que ia acontecer à noite. Esqueça o dinheiro, insistia uma vozinha dentro de sua cabeça. Diga ao Flautista para nos pagar 1 milhão do total transferido eletronicamente. Largue as meninas onde elas serão encontradas. Assim, não há chance de sermos seguidos e presos.

Mas o Flautista não irá topar uma coisa dessas, pensou Lucas amargamente, sentindo que o avião começava a subir. Ou recebemos o dinheiro hoje à noite ou ficamos na pior, sem dinheiro e sujeitos a sermos acusados de sequestro se formos apanhados.

Foi um voo curto, o suficiente apenas para entrar uns poucos quilômetros mar adentro, sustentar a alavanca de comando com firmeza entre as pernas, reduzir a velocidade, abrir cuidadosamente a porta e dar um empurrão na caixa, cuja descida ele ficou observando. O mar estava cinzento e agitado. A caixa desapareceu entre as ondas, levantando uma nuvem de espuma. Lucas fechou a porta com cuidado e segurou novamente a alavanca de comando. Agora, vamos ao trabalho de verdade, pensou.

Quando aterrissou, não viu Charley Fox, o que para ele estava ótimo. Desse modo ele não vai saber se eu trouxe a caixa de volta ou não, pensou.

Eram quase 16 horas. O vento começava a amainar, mas as nuvens eram ameaçadoras. Será que a chuva seria um problema para eles? Lucas se dirigiu para o estacionamento e entrou no carro. Ficou parado ali por alguns minutos, tentando adivinhar se seria melhor com ou sem chuva. Só o tempo vai dizer, decidiu. Por ora, devia tirar a limusine da garagem e levar depressa para o lava a jato a fim de deixá-la impecável para o Sr.

Bailey. Se os agentes federais por acaso estivessem na casa dele, seria um modo de demonstrar que era um motorista dedicado, nem mais nem menos.

Ademais, era algo para mantê-lo ocupado. Se ficasse sentado dentro do apartamento à toa, ficaria maluco. Decisão tomada, ele girou a chave.

Duas horas mais tarde, de banho recém-tomado e barbeado, envergando o uniforme de motorista, Lucas conduziu a limusine limpa e polida pela entrada de carros da casa de Franklin Bailey.

24

— MARGARET, COM TANTA CERTEZA QUANTO UM SER HUmano pode ter a respeito de qualquer coisa, afirmamos que você nada teve a ver com o desaparecimento das gêmeas — disse o agente Carlson. — Seu segundo teste no detector de mentiras não foi conclusivo, mais ainda que o primeiro. Seu estado emocional pode ser a explicação disso. Ao contrário do que se lê nos livros ou se vê na televisão, os testes do detector nem sempre são precisos, motivo pelo qual não são admitidos como provas em julgamentos.

— O que está me dizendo? — perguntou Margaret, seu tom de voz quase indiferente. Que importância tem isso? Era o que ela estava pensando. Quando fiz o teste, mal conseguia ouvir as perguntas. Eram apenas palavras. Uma hora antes Steve insistira para que ela tomasse o sedativo que o médico havia receitado. Era o primeiro do dia, embora tivesse que tomar um de quatro em quatro horas. Ela não gostou da sensação de tontura que o remédio provocava. Ela agora estava tendo problema para se concentrar no que o agente do FBI dizia.

— Em ambos os testes perguntaram a você se conhecia a pessoa responsável pelo sequestro — repetiu Walter Carlson serenamente. — Quando respondeu que não, no segundo teste foi registrado como mentira. — Ele ergueu a mão ante o protesto que viu se formando nos lábios dela — Margaret, me escute, você não está mentindo. Nós sabemos disso. Mas é possível que haja alguém de quem, subconscientemente, você suspeite de estar envolvido no sequestro. E isso está afetando os resultados dos testes, mesmo que você não se dê conta disso.

Está ficando escuro, pensou Margaret. São 19 horas. Dentro de mais uma hora Franklin Bailey estará diante do prédio da Time Warner, esperando que alguém entre em contato com ele. Se ele entregar o dinheiro, terei minhas filhas de volta ainda hoje!

— Margaret, escute! — insistiu Steve.

Margaret ouviu o som de uma chaleira apitando. Rena Chapman aparecera com uma *casserole* de *macaroni* com queijo e fatias de presunto da Virginia recém-assado. Temos vizinhos tão bons, pensou. Mal tive uma chance de conhecê-los. Depois que as meninas voltarem, vou convidar todos para agradecer por tudo o que fizeram.

— Margaret, eu quero que examine de novo os arquivos das pessoas que você defendeu — estava dizendo Carlson. — Reduzimos a três ou quatro o número daqueles que, após o julgamento, a culparam por terem sido condenados.

Margaret obrigou-se a se concentrar nos nomes dos réus.

— Dei a eles a melhor defesa de que fui capaz. As provas condenatórias, no entanto, eram muito fortes — disse ela. — Eram todos culpados, consegui bons acordos, mas eles não quiseram aceitar. Aí então, quando o júri os considerou culpados e eles receberam sentenças mais longas do que se tivessem aceitado os acordos, a culpa passou a ser minha. Isso acontece com os defensores públicos.

— Após a condenação, Donny Mars se enforcou na cela — insistiu Carlson. — E no funeral dele a mãe gritou: "Espere até Frawley descobrir o que é perder um filho."

— Isto ocorreu quatro anos atrás, muito tempo antes de as meninas nascerem. Ela estava histérica — retrucou Margaret.

— É possível que estivesse histérica, mas o fato é que saiu completamente de vista, assim como seu outro filho. Acha que há alguma chance de que, inconscientemente, você desconfie dela?

— A mãe de Donny estava histérica — repetiu Margaret calmamente, espantada consigo própria por conseguir ser tão impassível. — Donny era bipolar. Supliquei ao juiz para que o mandasse para um hospital. Ele deveria ficar sob cuidados médicos. O irmão dele me escreveu um bilhete se desculpando pelo que a mãe disse. Ela não estava falando sério. — Margaret fechou os olhos e os abriu novamente bem devagar. — Esta é a outra coisa que venho tentando lembrar — disse ela, subitamente.

Carlson e Steve a encararam espantados. Margaret estava perdendo os sentidos, pensou Carlson. O sedativo começava a relaxá-la e deixá-la sonolenta. Sua voz soava cada vez mais fraca, e ele teve que se inclinar para a frente para ouvir o que ela dizia.

— Tenho que ligar para a Dra. Harris — murmurou ela. — Kathy está doente. Quando Kathy e Kelly tiverem voltado, quero que a Dra. Harris cuide de Kathy.

Carlson olhou para Steve.

— A Dra. Harris é pediatra?

— É. Ela trabalha no Hospital Infantil Presbiteriano de Nova York, em Manhattan, e tem escrito bastante sobre o padrão de comportamento de gêmeos. Quando soubemos que estávamos esperando gêmeas, Margaret a contatou. Ela cuida das meninas desde então.

— Quando soubermos onde encontrar as meninas, elas serão levadas imediatamente para um hospital próximo, a fim de serem submetidas a uma avaliação completa — disse Carlson. — Talvez a Dra. Harris queira nos encontrar lá.

Estamos falando como se fosse um fato consumado que as teremos de volta, pensou Steve. Gostaria de saber se elas ainda estão usando aqueles pijamas. Ele virou a cabeça e viu a chuva batendo lá fora e nos vidros das janelas, depois olhou para Carlson. Achou que sabia o que ele estava pensando. A chuva tornaria a vigilância dos sequestradores muito mais difícil.

Mas o agente do FBI Walter Carlson não estava pensando no clima. Concentrava-se no que Margaret acabara de dizer. "Esta é a *outra* coisa que venho tentando lembrar." Margaret, pensava ele, o que mais, o que mais? Pode ser que você tenha a chave. *Lembre-se antes que seja tarde demais.*

25

A VIAGEM DE RIDGEFIELD A MANHATTAN LEVOU UMA hora e 15 minutos. Às 19h15 minutos Franklin Bailey estava encolhido no banco de trás da limusine que Lucas estacionara na Central Park South, a meio quarteirão do prédio da Time Warner.

A chuva começou a cair com mais força. No caminho até a cidade, Bailey explicara nervosamente a razão pela qual insistira para que Lucas estivesse disponível.

— O FBI me disse para usar o carro com o qual estou acostumado. Segundo o FBI, é natural que os sequestradores suspeitem que eu esteja sendo conduzido por um agente. Mas, se de algum modo os bandidos puderam me observar em casa, quando me virem chegar com o motorista e a limusine de sempre, vão deduzir que tudo o que queremos é ter as meninas de volta em segurança.

— Entendo, Sr. Bailey — disse Lucas.

— Sei que há muitos agentes em torno do edifício da Time Warner, tanto a pé quanto em carros particulares, prontos para me seguir quando eu receber as instruções.

Lucas deu uma olhada pelo espelho retrovisor. Ele está tremendo tanto quanto eu, pensou, amargurado. Isso tudo é uma armadilha para mim e para Clint. O FBI só está esperando para dar o bote. A esta hora já devem estar algemando Angie.

— Lucas, você está com seu celular? — perguntou Bailey pela décima vez.

— Sim senhor, estou.

— Quando a transferência do dinheiro terminar, eu telefono imediatamente. Você ficará parado aqui por perto?

— Sim senhor. E pronto para apanhar o senhor onde quer que esteja.

— Sei que um dos agentes irá conosco. Eles querem me fazer algumas perguntas sobre as minhas impressões a respeito do elemento de contato dos sequestradores. Sei que é necessário, mas disse a eles que gostaria de estar no meu próprio carro. — Bailey arriscou uma risadinha. — Que dizer, no *seu* carro, Lucas. Não o meu.

— É seu sempre que o senhor quiser, Sr. Bailey. — Lucas sentiu que suas mãos começavam a suar e as esfregou uma na outra. Vamos começar logo, pensou. Chega de esperar.

Às 20h02 ele parou na frente do edifício da Time Warner. Acionou o botão que abria o porta-malas, saltou agilmente da limusine e abriu a porta para Bailey. Seu olhar demorou-se nas duas maletas que Bailey retirou de dentro do porta-malas.

Fora o agente do FBI que estava na casa de Bailey quem as colocara ali junto com um carrinho para transportá-las.

— Quando desembarcar o Sr. Bailey, assegure-se de colocar as malas no carrinho — dissera ele a Lucas. — Elas são muito pesadas para ele carregar.

A chuva se transformara em um aguaceiro constante, e Bailey levantou a gola do paletó. Ele também tinha posto um boné, mas não a tempo de impedir que alguns fios do seu cabelo branco e agora molhado caíssem sobre a testa. Ele tirou do bolso o celular do agente do FBI Walter Carlson e o levou ansiosamente ao ouvido.

— É melhor eu ir, Sr. Bailey — disse Lucas. — Boa sorte, senhor. Estarei esperando sua ligação.

— Muito obrigado. Muito obrigado, Lucas.

Lucas entrou na limusine e deu uma rápida olhada ao redor. Bailey estava parado junto ao meio-fio. O trânsito em torno do Columbus Circle era lento. Por todos os lados as pessoas levantavam os braços procurando, inutilmente, chamar táxis. Lucas saiu lentamente e dirigiu de volta para a Central Park South. Como esperara, não havia vaga para estacionar. Virou à direita na Sétima Avenida e outra vez à direita na rua 55. Entre a Oitava e a Nona Avenidas, ele parou diante de um hidrante e esperou pela ligação do Flautista Mágico.

26

As meninas dormiram durante boa parte da tarde. Quando acordaram, Angie notou que Kathy parecia mais corada que o normal e que, sem dúvida, estava novamente com febre. Eu não devia ter deixado que dormisse com o pijama molhado, disse a si própria, apalpando o tecido. Ainda estava úmido. Ainda assim, esperou dar 17 horas para que Clint saísse e pudesse vesti-la com uma das jardineiras e camisas polo que não tinha jogado fora.

— Quero me vestir também — protestou Kelly. Mas reconhecendo o olhar sério de Angie, ela voltou sua atenção para o canal Nickelodeon na TV.

Às 19h, Clint telefonou para dizer que tinha comprado um carro novo, um Toyota preto, e que o comprara em Nova Jersey. Na verdade, o que ele queria dizer era que roubara um carro, que agora tinha placa de Jersey. Ele encerrou a ligação dizendo:

— Não se preocupe, Angie, vamos comemorar hoje à noite.

Pode apostar, disse Angie a si própria.

Às 20 horas ela pôs as gêmeas de volta no berço. Kathy respirava com dificuldade e ainda estava quente. Angie lhe deu outra aspirina e a viu encolher-se toda numa trouxinha, com o polegar enfiado na boca. Naquele exato momento, pensou, nervosa, que Clint e Lucas estavam em contato com a pessoa que entregaria o dinheiro.

Kelly estava sentada na cama, com o braço envolvendo a irmã. O pijama azul de ursinho que vestia desde a noite anterior estava amarrotado e desabotoado no pescoço. A jardineira que Kathy usava agora era azul-escura e a camisa polo era xadrez azul e branco.

— Duas menininhas de azul, rapaz, duas menininhas de azul... — Angie começou a cantar. — Duas menininhas de azul...

Kelly olhou para ela, os olhos solenes enquanto Angie repetia o último verso do refrão duas vezes:

— Mas nós nos separamos.

Angie apagou a luz, fechou a porta do quarto e foi para a sala. Arrumação perfeita, pensou, sarcasticamente. Melhor que nos últimos tempos. Só que eu devia ter ficado com o nebulizador. Jogá-lo fora tinha sido culpa de Lucas.

Olhou para o relógio. Eram 20h10. A única coisa que Clint sabia a respeito do pagamento do resgate era que tinha de estar parado a duas quadras do Columbus Circle dentro de um carro roubado. A esta altura o Flautista devia ter iniciado o plano.

Não haviam dito a Clint para ir armado, mas, com o encorajamento de Angie, ele decidira levar uma arma.

— Pense no seguinte — dissera-lhe ela. — Suponha que você esteja fugindo com o dinheiro e alguém resolva segui-lo. Você atira bem. Se ficar mesmo encurralado, pode atirar nas pernas do policial ou nos pneus do carro.

Assim, a arma sem registro de Clint estava no seu bolso.

Angie fez café, sentou-se no sofá e ligou a televisão no canal de notícias. Com um copo de café quente que lhe queimava os lábios em uma das mãos e um cigarro na outra, concentrou a atenção no âncora do jornal, que especulava que a transação do pagamento do resgate podia estar se desenrolando naquele instante entre os sequestradores e a família Frawley.

— Nossa página na internet está sendo bombardeada por mensagens de nossos espectadores que rezam para que muito em breve as duas menininhas de azul estejam de volta aos braços de seus angustiados pais.

Angie deu uma risada.

— Adivinha, amigo, adivinha o que vai acontecer — disse, dirigindo-se com um sorriso sorrateiro ao solene jornalista.

27

Um artigo recém-publicado em uma revista a descrevera como “63 anos, olhos cor de avelã, sábios e compassivos, cabeça com fartos cabelos grisalhos ondulados e um corpo cheio, que oferece colo confortável a bebês e criancinhas”. A Dra. Sylvia Harris era diretora de serviços pediátricos no Hospital Infantil Presbiteriano de Nova York, em Manhattan. Quando a notícia do sequestro foi divulgada, ela tentou entrar em contato com Steve e Margaret Frawley, mas só conseguira deixar um recado. Frustrada, telefonara para o escritório de Steve e pedira à secretária dele para lhe dizer que estava fazendo com que todos os seus conhecidos rezassem para que as gêmeas voltassem em segurança.

Nos cinco dias decorridos desde o desaparecimento das gêmeas, ela havia cumprido os compromissos normais e feito todas as visitas médicas que tinha agendado sem deixar de pensar nas meninas um minuto que fosse.

Como uma gravação sendo repetida constantemente, a Dra. Harris se lembrava daquele dia de final de outono, três anos e meio atrás, quando Margaret Frawley telefonara para marcar consulta.

— Qual é a idade do seu bebê? — tinha perguntado a Margaret.

— O parto delas está marcado para o dia 24 de março — respondera Margaret, empolgada e feliz. — Acabo de saber que estou esperando gêmeas. Eu li alguns dos seus artigos sobre gêmeos. Por isso quero que cuide delas depois que nascerem.

Os Frawley apareceram para uma consulta e gostaram da pediatra de imediato, assim como a médica também gostou muito deles. Mesmo antes da chegada das gêmeas seu relacionamento com a Dra. Harris já evoluíra para uma amizade calorosa. A médica lhes deu uma pilha de livros para ler a respeito da ligação especial existente entre gêmeos, e quando fazia palestras sobre o assunto, os Frawley frequentemente estavam na plateia. Tinham ficado fascinados com os casos que ela contava sobre gêmeos idênticos, sobre um sentir a dor física do outro ou receber mensagens telepáticas um do outro, mesmo estando separados por um continente.

Quando Kathy e Kelly nasceram, lindas e saudáveis, Steve e Margaret ficaram extasiados. E eu também, em todos os níveis, profissional e pessoal, pensou Sylvia ao trancar sua gaveta e se preparar para ir para casa. Elas me deram a chance de estudar gêmeos idênticos desde o momento em que nasceram — e as meninas corroboravam tudo que já havia sido escrito sobre o vínculo entre gêmeos idênticos. Lembrava-se da ocasião em que os Frawley tinham levado Kathy para que ela a examinasse porque um simples resfriado evoluíra para algo mais grave. Steve ficou sentado na sala de espera com Kelly. No minuto em que dei a injeção em Kathy, lembrou Sylvia, Kelly começou a gritar desesperadamente. E esse fora apenas uma situação entre outras muito parecidas. Naqueles três anos,

Margaret vinha mantendo um registro para a doutora. Quantas vezes comentara com ela e com Steve que Josh teria adorado estar envolvido na tarefa de cuidar das meninas e estudá-las?

Ela havia falado com Steve e Margaret a respeito do marido falecido, dizendo que os dois faziam com que se lembrasse dela própria e Josh quando se casaram. Os Frawley tinham se conhecido na faculdade de direito. Ela e Josh tinham sido colegas quando cursavam medicina. A diferença é que os Frawley tinham as gêmeas, enquanto ela e Josh não haviam tido a sorte de ter filhos. Depois de terminarem a residência, os dois foram trabalhar em uma clínica pediátrica juntos. Quando estava com apenas 42 anos, Josh admitira que vinha se sentindo terrivelmente cansado. Os exames mostraram que ele estava com câncer em estado avançado no pulmão, uma ironia que somente a enorme fé de Sylvia lhe permitira aceitar sem amargura.

— A única vez em que o vi bravo com uma paciente foi quando uma mãe entrou com a roupa cheirando a fumaça de cigarro — contou Sylvia a Steve e Margaret. — Josh perguntou a ela, muito sério: "Você fuma perto do bebê? Não entende o perigo em que coloca a criança? Tem de parar com isso *imediatamente*."

Na televisão, Margaret havia dito que estava com medo de Kathy ter um resfriado. Pouco tempo depois o sequestrador pusera para tocar uma gravação com as vozes das gêmeas e uma delas estava tossindo. Kathy podia facilmente desenvolver um quadro de pneumonia, pensou Sylvia. Não era provável que o bandido a levasse a um médico. Talvez eu deva telefonar para a delegacia de Ridgefield e explicar que sou a pediatra das meninas e ver se eles podem fazer com que as estações de televisão transmitam algumas precauções que os sequestradores podem tomar se Kathy estiver com febre.

O telefone tocou. Por um momento ela se sentiu tentada a deixar que caísse na secretária eletrônica, mas então, cedendo a um impulso, esticou a mão para pegar o fone. Era Margaret, e sua voz estava quase catatônica.

— Dra. Sylvia. O resgate está sendo pago neste instante, e nós acreditamos que vamos ter as meninas de volta muito em breve. A senhora poderia vir para cá e ficar conosco? Sei que estou pedindo muito, mas não sabemos o que pode ter acontecido a elas. Sei com certeza que Kathy está com uma tosse muito forte.

— Estou a caminho — disse Sylvia Harris. — Deixe-me falar com alguém que me ensine a chegar à sua casa.

28

O TELEFONE CELULAR QUE FRANKLIN SEGURAVA COMEÇOU a tocar. Com os dedos trêmulos, ele o abriu e o pressionou de encontro ao ouvido.

— Franklin Bailey — disse, ao mesmo tempo que sua boca ficava seca.

— O senhor é admiravelmente pontual, Sr. Bailey. Meus parabéns. — A voz não passava de um murmúrio rouco. — Agora deve começar a caminhar imediatamente, descendo a Oitava Avenida até a rua 57. Vire à direita na 57 e siga para oeste na Nona Avenida. Aguarde na esquina noroeste. O senhor será observado a cada passo que der. Ligarei de volta em precisamente cinco minutos.

O agente do FBI Angus Sommers, vestindo as roupas esfarrapadas e sujas de um sem-teto, estava encolhido na calçada, encostado na curiosidade arquitetônica que um dia fora o Museu Huntington Hartford. Ao seu lado estava um carrinho desengonçado, coberto de plástico e cheio de roupas e jornais velhos, a fim de lhe proporcionar alguma proteção contra um observador potencial. Como um monte de outros agentes nas proximidades, seu celular tinha sido programado para captar o chamado que Franklin Bailey receberia do Flautista Mágico. Ele agora observava Bailey começar a empurrar o carrinho de bagagem rua afora. Mesmo de longe, Sommers podia ver que Bailey fazia muita força para rebocar o peso das malas e que estava ficando rapidamente encharcado pela chuva agora pesada.

Com os olhos semicerrados, Sommers examinou o perímetro do Columbus Circle. Estariam o sequestrador e sua gangue misturados àquela multidão que corria para casa debaixo de guarda-chuvas? Ou será que era uma única pessoa que mandaria Bailey em uma corrida infrutífera por toda Nova York numa tentativa de identificar e se livrar de quem quer que o estivesse seguindo?

Enquanto Bailey saía do seu campo visual, Sommers levantou-se vagarosamente, empurrou o carrinho para o canto e esperou o sinal. Sabia que as câmeras instaladas no prédio da Time Warner e na rotunda estavam captando cada detalhe da cena.

Sommers atravessou a rua 58 e virou à esquerda. Ali um agente júnior, metido também nos trajes andrajosos de um sem-teto, assumiu seu carrinho. Sommers entrou em um dos carros do FBI que estavam à espera e dois minutos mais tarde, envergando uma capa de chuva Burberry e um chapéu combinando, foi deixado no Holiday Inn da rua 57, a meio quarteirão da Nona Avenida.

— Bert, aqui é o Flautista Mágico. Diga sua localização.

— Estou estacionado na Rua 57 entre a Oitava e a Nona avenidas. Estou ao lado de um hidrante. Não posso ficar por muito tempo. Estou avisando. De acordo com Bailey, este lugar está tomado de agentes do FBI.

— Eu não esperaria outra coisa. Quero que você siga até a Décima Avenida, depois vire a leste na rua 56. Estacione assim que puder e espere novas instruções.

Um momento mais tarde o celular de Clint tocou. Ele estava parado na rua 46 Oeste, no carro que havia roubado. Foram-lhe dadas as mesmas instruções pelo Flautista.

Franklin Bailey aguardou na esquina noroeste da Nona Avenida com a rua 57. A essa altura estava molhado até os ossos e sem fôlego por arrastar as malas pesadas. Nem mesmo a certeza de que cada passo seu era monitorado por agentes do FBI era capaz de aliviar o estresse do jogo de gato e rato que estava jogando com os sequestradores. Quando o celular tocou de novo, sua mão tremia tanto que ele o deixou cair. Rezando para que ainda estivesse funcionando, abriu-o com um gesto brusco e disse:

— Estou aqui.

— Estou vendo. Agora ande até a esquina da rua 59 com a Décima Avenida. Entre na loja Duane Reade na esquina noroeste. Compre um telefone celular com crédito pré-pago e uma caixa de sacos de lixo. Ligo de novo em dez minutos.

Ele vai fazer com que Bailey se livre do nosso telefone, pensou o agente Sommers, parado na entrada de carros do Holiday Inn, quando ouviu a ordem dada pelo Flautista. Se ele é capaz de observar cada movimento de Bailey, pode ser que esteja em um dos edifícios residenciais da região. Sommers viu um táxi parar do outro lado da rua e percebeu que um casal saltava do veículo. Sabia que uma dúzia de agentes estavam dirigindo táxis por ali, com outros agentes sentados no banco de trás. O plano era largar o suposto passageiro perto de onde Bailey estivesse esperando, de modo que, se o mandassem chamar um táxi, não pareceria estranho o fato de aquele se tornar imediatamente disponível. Só que agora o Flautista Mágico estava tentando se assegurar de que qualquer pessoa que seguisse Bailey se tornasse evidente.

Quatro quarteirões a mais, naquela chuva e puxando o carrinho com as malas pesadas. Sommers se preocupou com Bailey, que virava para o norte, seguindo as instruções do Flautista. Só espero que ele não tenha um colapso antes de entregar o dinheiro.

Um carro com placas da Comissão de Táxis e Limusines encostou no meio-fio. Sommers correu para pegá-lo.

— Vamos contornar o Columbus Circle — disse ao agente que dirigia. — E estacionar na Décima Avenida perto da rua 60.

Franklin Bailey precisou de dez minutos para chegar à Duane Reade e entrar. Quando saiu, segurava um pacotinho com uma das mãos e um telefone com a outra, mas eles não podiam mais ouvir o que o Flautista lhe dizia. Enquanto Sommers olhava, Bailey entrou num carro e foi levado embora.

Dentro da Duane Reade, Mike Benzara, estudante da Fordham/Lincoln Center e que fazia bico como encarregado do estoque, estava andando perto de uma das caixas registradoras e parou quando viu um telefone celular entre as gomas de mascar e balas que estavam no balcão. Que celular chique, pensou, entregando-o para a moça no caixa.

— Uma pena que não se possa seguir o ditado que diz "achado não é roubado" — brincou.

— É o segundo hoje — disse a moça, pegando o aparelho e guardando-o na gaveta sob a máquina registradora. —

Aposto o que você quiser como este aqui pertence ao coroa que estava arrastando aquelas malas. Nem bem pagou os sacos de lixo e o celular que acabou de comprar quando o telefone que tinha no bolso tocou. Ele me pediu para dar o número do telefone novo para a pessoa que estava ligando para ele. Explicou que os óculos estavam embaçados e ele não ia conseguir ler.

— Quem sabe ele tem uma amante e não quer que a esposa descubra o número dela quando for olhar a conta?

— Não. Era um homem que estava falando. Provavelmente seu agenciador de apostas.

— Tem um sedã do lado de fora esperando por você — o Flautista instruíra Bailey. — Seu nome aparece na janela do lado do passageiro. Não precisa ter medo de entrar. É o carro 142 de uma firma chamada Excel Driving Service. Foi reservado no seu nome e previamente pago. Não se esqueça de tirar as malas do carrinho e de mandar o motorista colocá-las no banco de trás ao seu lado.

O motorista da Excel Angel Rosário parou na esquina da Rua 59 com a Décima Avenida em fila dupla. O velho arrastando um carrinho de bagagem e tentando examinar as janelas dos carros estacionados junto ao meio-fio tinha que ser o seu passageiro. Angel saltou.

— Sr. Bailey?

— Sim, sim, sou eu.

Angel estendeu a mão para o carrinho.

— Vou abrir o bagageiro, senhor.

— Não, eu vou ter que tirar uma coisa de dentro dessas malas. Ponha no banco de trás.

— Estão molhadas — objetou Angel.

— Então ponha no chão do carro — retrucou Bailey. — Anda logo. Ponha!

— Está certo, não precisa ter um ataque do coração.

Nos vinte anos em que trabalhava como motorista para a Excel, Angel tivera sua cota de passageiros malucos, mas este velho era definitivamente um tormento. Dava a impressão de estar prestes a ter um ataque do coração, e Angel não pretendia contribuir para que isso acontecesse discutindo com ele. Além do mais, podia ganhar uma boa gorjeta se fosse prestativo, ponderou. Mesmo com as roupas de Bailey encharcadas pela chuva, Angel podia ver que eram caras, do mesmo modo que sua voz era a de um homem de classe, ao contrário da passageira anterior, uma mulher que reclamara por ter que pagar o tempo que ele a esperara. A voz dela era estridente como uma motosserra em ação.

Angel abriu a porta de trás do carro, mas Bailey se recusou a entrar enquanto as malas não fossem retiradas do carrinho e colocadas no chão do banco de trás do táxi. Eu devia pôr o carrinho no colo dele, pensou Angel, ao dobrar o carrinho e jogá-lo no banco do carona. Fechou a porta, contornou o carro e, depois de sentar, perguntou:

— O Museu do Brooklyn, senhor?

— Foi o que lhe disseram. — A frase foi ao mesmo tempo uma pergunta e uma resposta.

— Sim, foi o que me disseram. Vamos pegar o seu amigo e trazê-lo de volta junto até o Pierre Hotel. Vou avisando que vai levar muito tempo. Tem muito trânsito e a chuva piora tudo.

— Eu entendo.

Quando o carro andou, o celular novo de Franklin Bailey começou a tocar.

— Encontrou seu motorista? — perguntou o Flautista Mágico.

— Encontrei. Estou dentro do carro.

— Comece a transferir o dinheiro das malas para dois sacos de lixo. Feche os sacos com a gravata azul que você está usando e com a vermelha que foi instruído a carregar. Telefono de novo em pouco tempo.

Eram 21h20.

29

ÀS 21H15 O TELEFONE TOCOU, UMA CAMPAINHA ALTA E metálica que quase matou Angie de susto. Ela tinha acabado de abrir a porta do quarto para dar uma olhada nas meninas. Mais que depressa ela fechou a porta e correu para atender. Sabia que não podia ser Clint porque ele sempre a chamava pelo celular. Pegou o aparelho.

— Alô.

— Angie, eu me sinto insultado, re-al-men-te insultado. Pensei que meu velho amigo Clint ia me telefonar ontem à noite para tomarmos uma cervejinha.

Ah, não, era aquele idiota do Gus e, pelo barulho ao fundo, ela podia dizer que estava no Danbury Pub. Não me venha mais com esse papo de que sabe quantas cervejas pode beber, pensou Angie, notando a voz pastosa. Ainda assim, sabia que tinha de ser cuidadosa na escolha das palavras, pois Gus tinha aparecido uma vez sem ser convidado, procurando companhia.

— Oi, Gus — disse ela, tentando parecer amigável. — Clint não ligou para você? Eu falei com ele. Clint estava meio mal ontem à noite e foi dormir cedo.

De dentro do quarto ela ouviu Kathy começar a chorar, um grito de dor alto e angustiado, e percebeu que em sua pressa de atender o telefone não fechara completamente a porta. Apertou o telefone com a mão, mas era tarde demais.

— É a criança de quem você está cuidando? Estou ouvindo ela chorar.

— É a criança de quem estou cuidando sim, e tenho que ir atendê-la. Clint foi ver um carro que um sujeito está vendendo em Yonkers. Vou dizer a ele para se encontrar com você amanhã à noite, com toda certeza.

— Bem que vocês estão precisando de um carro novo. Estão andando por aí num verdadeiro calhambeque.

— Concordo. Gus, você ouviu a criança chorar. Amanhã à noite com Clint, garantido, certo?

Angie ia desligar, mas, antes que o fone pousasse na base, Kelly, que tinha acordado, começou a berrar:

— Mamãe! Mamãe!

Será que Gus percebeu que eram duas crianças ou já estaria bêbado demais para perceber a diferença? Angie ficou preocupada. Seria típico de Gus ligar de novo. Foi para o quarto. As duas gêmeas estavam de pé agora, segurando na grade do berço e berrando pela mãe. Bem, posso dar um jeito em uma de vocês, pensou Angie. Ela pegou uma meia na cômoda e amordaçou Kelly.

30

O agente Angus Sommers segurou o celular junto ao ouvido, ao mesmo tempo que o agente Ben Taglione, que estava dirigindo, mantinha os olhos fixos no carro que ia à frente deles, o sedã que levava Franklin Bailey. Assim que viu a logomarca do Excel Driving Service, Sommers entrara em contato com o despachante da companhia. O carro 142 fora alugado em nome de Bailey e pago com seu cartão American Express. Seu destino era o Museu do Brooklyn, onde pegaria um passageiro e de lá seguiria para o Pierre Hotel na rua 66 com a Quinta Avenida. Conveniente demais, pensou Sommers, uma sensação partilhada pelo restante da equipe. Mesmo assim, uma dúzia de agentes do FBI já estava a caminho do museu e diversos outros vigiavam o Pierre.

Como o Flautista conseguira o número do cartão da American Express de Bailey? A ideia de que a pessoa por trás do sequestro era alguém que conhecia a família adquiria cada vez mais força para Sommers. Mas essa não era sua preocupação agora. Primeiro eles tinham que trazer as meninas de volta. Depois podiam se concentrar nos bandidos.

Cinco outros automóveis com agentes seguiam o carro de Bailey. No West Side Drive, o trânsito estava praticamente parado. Quem quer que estivesse planejando se encontrar com Bailey e pegar o dinheiro podia facilmente ficar nervoso esperando no local combinado, pensou Sommers, preocupado. Sabia que todos eles tinham a mesma preocupação. Era vital que a transferência do dinheiro fosse realizada antes que o sequestrador — ou sequestradores — se apavorasse. Se isso acontecesse, não havia como predizer o que poderiam fazer com as gêmeas.

A causa do engarrafamento do trânsito tornou-se evidente junto à saída da West Side Highway para o World Trade Center. Uma pequena colisão bloqueara duas pistas. Quando finalmente alcançaram o local do acidente, o trânsito começou a fluir bem mais rápido. Sommers se inclinou para a frente, observando muito atentamente para garantir que o sedã preto, um dos muitos carros escuros que pareciam iguais debaixo de chuva, não se afastasse deles.

Mantendo uma distância de três automóveis entre eles e o carro da Excel, seguiram-no quando ele contornou a ponta de Manhattan e depois quando virou para o norte pela FDR Drive. A ponte do Brooklyn, com as luzes enfraquecidas por causa da chuva e do vento devastador, tornou-se visível. Depois, na South Street, o carro da Excel fez uma curva brusca à esquerda e desapareceu. O agente Taglione soltou um palavrão quanto tentou mudar de pista e não conseguiu por causa do carro à esquerda deles.

Sommers cerrou os punhos ao mesmo tempo que seu celular tocou.

— Ainda estamos atrás deles — disse o agente Buddy Winters. — Está indo para o norte de novo.

Eram 21h30.

31

A Dra. Sylvia Harris abraçou uma soluçante Margaret Frawley. Palavras não são apenas inadequadas em uma hora dessas, pensou ela. Na verdade, são inúteis. Por cima do ombro de Margaret, Steve encontrou seu olhar. Abatido e pálido, ele parecia vulnerável e mais jovem que os seus 31 anos. Ela podia ver que estava lutando para não chorar.

— Elas têm que voltar hoje à noite — murmurou Margaret, a voz entrecortada. — Elas vão voltar hoje, *sei* que vão!

— Precisamos da senhora, Dra. Sylvia. — A emoção fez com que Steve engasgasse. Depois, com esforço evidente, ele disse: — Mesmo que as meninas tenham sido tratadas decentemente, sabemos que devem estar transtornadas e assustadas. E Kathy está com uma tosse forte.

— Margaret me contou quando telefonou — disse Sylvia, tranquilamente.

Walter Carlson viu a preocupação no rosto da médica e sentiu que era capaz de ler sua mente. Se a Dra. Harris já tinha tratado Kathy de pneumonia, devia estar pensando que uma tosse forte não tratada era bastante perigosa para sua pequena paciente.

— Acendi a lareira no escritório — disse Steve. — Vamos para lá. O problema com casas velhas como esta é que o aquecedor deixa a maior parte dos aposentos quente demais ou fria demais, dependendo do modo como se tenta ajustar o aquecedor.

Carlson viu que Steve estava tentando conduzir os pensamentos de Margaret para longe da apreensão cada vez maior que ela começava a demonstrar. Desde o momento em que tinha telefonado para a Dra. Harris e implorado para que ela fosse até eles, Margaret externara sua convicção de que Kathy estava muito doente. De pé junto à janela, ela dissera: "Se depois que o dinheiro for pago, os sequestradores deixarem as meninas na chuva, Kathy pode ficar com pneumonia."

Margaret pediu a Steve para pegar no quarto do casal o diário que ela mantinha desde o nascimento das gêmeas.

— Eu devia ter escrito nesta semana — explicou a Carlson, falando num tom quase catatônico. — Quer dizer, quando elas voltarem, talvez eu me sinta tão feliz e aliviada que venha a rasurar tudo. Mas quero escrever contando como é esta espera agora. — Em seguida, quase divagando, acrescentou: — Minha avó tinha uma expressão que costumava repetir quando eu era criança e queria que o Natal ou o meu aniversário chegasse logo. A expressão era: "A espera não parece longa depois que o que é esperado acontece."

Quando Steve trouxe seu diário de capa de couro, Margaret leu em voz alta alguns trechos. Um dos mais antigos contava como, mesmo durante o sono, Kathy e Kelly abriam e fechavam as mãozinhas ao mesmo tempo. Outro registro contava que, em um dia do ano anterior, quando Kathy tropeçara e batera com o joelho na cômoda do quarto, Kelly, que se encontrava na cozinha, segurara o joelho ao mesmo tempo, sem razão alguma.

— Foi a Dra. Harris quem me disse para manter um diário — explicou ela.

Carlson deixou-os no escritório e voltou para a sala, onde o telefone grampeado estava em cima da mesa. Tinha a sensação de que o Flautista Mágico ainda podia tentar fazer contato direto com os Frawley.

Eram 21h45, tinham se passado quase duas horas desde que Franklin Bailey começara a seguir as ordens do Flautista para a entrega do resgate.

32

— Bert, nos próximos dois minutos você receberá um chamado de Franklin Bailey instruindo-o a esperar por ele na rua 56, junto àquela viela entre as ruas 56 e 57 — disse o Flautista Mágico a Lucas. — Harry já estará estacionado lá. Quando eu tiver confirmado que você está em posição, mandarei Bailey largar os sacos de lixo com o dinheiro no meio-fio em frente à loja Cohen Fashion Optical, na rua 57. Ele vai colocá-los em cima dos sacos de lixo que estão lá para serem recolhidos pela companhia de limpeza urbana. Eles estarão fechados com duas gravatas. Você e Harry percorrem correndo a viela, pegam os sacos, voltam por ali mesmo, colocam na mala do carro de Harry e ele vai embora. Harry tem que sair de lá antes que os agentes consigam entrar em contato com ele.

— Você está querendo dizer que vamos ter que correr uma quadra inteira carregando os sacos de lixo? Não faz sentido — protestou Lucas.

— Faz muito sentido. Mesmo que o FBI consiga seguir o carro de Bailey, os agentes estarão atrasados o suficiente para permitir que você pegue os sacos e que Harry se afaste. Você ficará lá, e quando Bailey e o FBI aparecerem, você vai declarar, sem ter que mentir, que recebeu ordens do Sr. Bailey para pegá-lo ali mesmo, onde o estava esperando. Nenhum agente se arriscaria a seguir você pela viela, porque seria facilmente reconhecido. Quando os homens do FBI chegarem, você será testemunha deles e dirá que viu dois homens colocarem sacos de lixo em um carro estacionado perto do seu. Aí então você lhes dá uma descrição parcial do tal carro, para despistar — com isso, ele interrompeu a ligação.

Faltavam seis minutos para as 22 horas.

Franklin Bailey se vira obrigado a dizer ao motorista do táxi, Angel Rosário, por que estavam mudando de direção constantemente. Pelo espelho retrovisor, Rosário vira o dinheiro ser transferido das malas para os sacos de lixo e ameaçara se dirigir à delegacia mais próxima. Desesperado, Bailey explicara que aquele dinheiro era para pagar o resgate das gêmeas Frawley e implorara sua cooperação, acrescentando:

— E assim você fará jus a uma recompensa.

— Eu tenho dois filhos — respondeu Angel. — Sigo para qualquer lugar que esse sujeito nos mandar.

Depois da mudança de direção na South Street, eles foram instruídos a subir a Primeira Avenida, virar para oeste na rua 55 e encontrar uma vaga o mais perto possível da Décima Avenida. Quinze minutos se passaram até que o Flautista Mágico ligou novamente.

— Sr. Bailey, estamos na fase final de nossa associação. O senhor deve telefonar agora para o seu motorista pessoal e mandar que o espere na rua 56 Oeste, junto à viela que liga as ruas 57 e 56. Diga a ele que é perto da Sexta Avenida. Faça a ligação. Eu volto a entrar em contato.

Dez minutos depois o Flautista telefonou de novo para Bailey.

— Conseguiu falar com seu motorista?

— Sim. Ele estava por perto. Vai ficar lá por agora.

— Está chovendo, Sr. Bailey. Quero demonstrar consideração pelo senhor. Instrua seu motorista para seguir até a rua 57, virar a direita, seguir no rumo leste, reduzir a velocidade e manter-se perto do meio-fio depois de atravessar a Sexta Avenida.

— Você está falando muito depressa — protestou Bailey.

— Preste atenção se quer que os Frawley vejam as filhas de novo. Na frente de uma ótica chamada Cohen Fashion, verá uma pilha de sacos de lixo esperando para serem recolhidos. Abra a porta do seu sedã, tire os sacos com dinheiro e coloque em cima dos outros, assegurando-se de deixar as gravatas que os amarram bem visíveis. Volte imediatamente para o seu carro e instrua o motorista para continuar na direção leste.

Eram 22h06.

— Bert, aqui é o Flautista Mágico. Atravesse imediatamente a viela. Os sacos de lixo estão sendo colocados lá agora.

Lucas tirara seu boné de motorista e vestira uma capa de chuva com capuz e óculos escuros, que cobriam metade de seu rosto. Saltou do carro, abriu um grande guarda-chuva e seguiu Clint, que estava vestido de modo semelhante e também carregava um guarda-chuva, na travessia da viela. A chuva continuava a cair com tanta força que Lucas teve certeza de que as poucas pessoas transitando por ali de um lado para o outro nem prestavam atenção neles:

Protegido pelo guarda-chuva que ocultava seu rosto, Lucas viu Franklin Bailey entrando em um carro. Esperou um pouco enquanto Clint pegava os sacos de lixo amarrados com gravatas e atravessou correndo a calçada até a passagem.

Aguardou o carro de Bailey se afastar e, quando teve certeza de que não podia mais ser visto, juntou-se a Clint e pegou um dos sacos.

Em questão de segundos os dois estavam de volta à rua 56. Clint acionou o botão da mala do Toyota roubado, mas a mala não abriu. Praguejando baixinho, puxou a porta de trás mais próxima do meio-fio, mas ela também estava trancada.

Lucas sabia que eles dispunham apenas de alguns minutos. Abriu a mala da limusine.

— Joga aí dentro — gritou ao mesmo tempo que examinava histericamente a viela e a rua nas duas direções. As pessoas que estavam na viela quando ele e Clint atravessaram correndo já tinham desaparecido.

Ele estava sentado atrás do volante, a capa de chuva enrolada embaixo do banco, o boné do uniforme de motorista na cabeça, quando alguns homens que sem dúvida eram do FBI vieram correndo pela viela e por ambos os lados do quarteirão. Com os nervos à flor da pele mas aparentando calma, Lucas respondeu à batida ríspida em sua janela.

— Algo errado? — perguntou.

— Você viu um homem carregando sacos de lixo sair dessa viela menos de um minuto atrás? — indagou o agente Sommers.

— Sim, eles estavam estacionados logo ali. — Lucas apontou para a vaga que Clint acabara de deixar.

— Eles? Você quer dizer que havia dois homens?

— Sim, um era atarracado e o outro, alto e magro. Não vi o rosto deles.

Sommers se atrasara e não pudera ver a entrega do dinheiro porque seu carro ficara preso num sinal da Sexta Avenida. Ele e seus colegas chegaram a tempo de vislumbrar o carro da Excel saindo de uma vaga diante de uma ótica. Não vendo sinal das malas em cima das pilhas de lixo, eles continuaram a seguir o carro até a Quinta Avenida.

Alertados para o seu erro por um telefonema de outro agente, eles estacionaram e correram de volta. Um pedestre que tinha parado para atender o telefone celular disse que vira um homem corpulento arrastar para a viela duas malas recém-abandonadas. Ao chegar lá eles encontraram a limusine de Bailey e seu motorista esperando por ele.

— Descreva o carro que você viu — ordenou Sommers a Lucas.

— Azul-escuro ou preto. Último modelo, Lexus quatro portas.

— Os dois homens entraram nele?

— Sim, senhor.

Com as mãos suadas, Lucas conseguiu responder no mesmo tom de voz obsequioso que usava quando se dirigia a Franklin Bailey. Nos minutos seguintes, ainda nervoso mas secretamente achando graça, ele viu que a rua estava ficando cheia de agentes. A esta altura todos os policiais da cidade de Nova York deviam estar procurando um Lexus, pensou ele. Só que o carro roubado por Clint era um Toyota preto mais velho.

Poucos minutos se passaram, e o carro da Excel carregando Franklin Bailey parou atrás dele. Bailey, agora à beira de um colapso, foi ajudado a entrar na limusine. Acompanhado por dois agentes e seguido por outros, Lucas voltou para Ridgefield, ouvindo Bailey ser interrogado a respeito das instruções que recebera do Flautista Mágico. Sentiu-se gratificado ao ouvir Bailey dizer:

— Eu tinha pedido a Lucas para permanecer nas proximidades do Columbus Circle. Por volta das 22 horas, fui instruído a dizer a ele que me esperasse naquele ponto da rua 56. Minha ordem final quando seguíamos para leste depois de jogar fora os sacos de lixo foi para encontrá-lo naquele lugar. O Flautista disse que não queria que eu me molhasse.

À meia-noite e quinze, Lucas parou na frente da casa de Bailey. Um agente o ajudou a entrar. Outro esperou para agradecer a Lucas e lhe dizer que tinha sido muito prestativo. Com o dinheiro do resgate ainda na mala da limusine, Lucas seguiu para sua garagem, transferiu o dinheiro para seu carro velho e se dirigiu para a casa do zelador do clube de Danbury, onde um exultante Clint e uma estranhamente quieta Angie o esperavam.

33

A ENTREGA DO RESGATE TINHA SIDO FEITA, MAS OS AGENtes haviam perdido de vista as pessoas que recolheram o dinheiro. Agora só lhes restava esperar. Steve, Margaret e a Dra. Harris ficaram sentados, rezando silenciosamente para que o telefone tocasse, para que alguém, talvez outro vizinho, dissesse: "Acabo de receber um telefonema dizendo onde as gêmeas estão." Mas só houve silêncio.

Onde eles as deixariam? Margaret agonizava. Talvez tivessem encontrado uma casa vazia e deixado as gêmeas lá dentro. Não poderiam entrar em um lugar público como um terminal rodoviário ou ferroviário sem serem notados. Todo mundo olha para as gêmeas quando eu saio com elas. Minhas menininhas de azul. É como os jornais as chamam — as menininhas de azul.

Os vestidos de veludo azul...

E se não tivermos notícias dos sequestradores? Eles estão com o dinheiro. Suponha que tenham fugido.

A espera não parece longa depois que o que é esperado acontece.

Os vestidos de veludo azul...

34

— O rei estava na casa do tesouro, contando seu ouro — cantarolou Clint, com uma risada — Não posso acreditar que você tenha trazido o dinheiro para casa com os caras do FBI dentro do carro.

As pilhas de notas estavam no chão da sala e eram, na maioria, notas de 50, sendo o restante em notas de 20. Segundo a orientação dada, as notas não eram novas. Uma verificação apressada e aleatória mostrou que não estavam em sequência.

— Pode acreditar — retrucou Lucas. — Comece a jogar sua metade em um dos sacos. Levarei a minha no outro.

Mesmo estando sentado ali com o dinheiro na sua frente, Lucas ainda tinha certeza de que alguma coisa sairia errado. Aquele cabeça de vento , Clint, era tão idiota que não testara a mala do carro que roubara para se assegurar de que ela abriria por dentro. Se eu não estivesse lá com a limusine, Clint teria sido apanhado com as calças na mão, pensou. Agora estavam ali esperando um telefonema do Flautista que lhes diria onde deixar as meninas.

Fosse onde fosse, seria típico de Angie querer parar e comprar um sorvete para as gêmeas. Ainda bem que eles não encontrariam uma Dairy Queen aberta no meio da noite. Lucas tinha a impressão de que seu estômago estava cheio de nós. *Por que o Flautista Mágico não telefonara?*

Às 3h05, o toque estridente do telefone fez com que todos eles dessem um pulo. Angie levantou-se do chão com dificuldade e correu para atender, resmungando

— Tomara que não seja aquele nojento do Gus.

Era o Flautista Mágico.

— Chame o Bert — ordenou.

— É ele — avisou Angie, ofegante.

Lucas se levantou, demorando para atravessar a sala e pegar o aparelho.

— Eu estava me perguntando quando voltaria a nos procurar — falou, irritado.

— Você não parece um homem que está olhando para 1 milhão de dólares. Ouça-me cuidadosamente. Você vai seguir no carro emprestado até o estacionamento do La Cantina, um restaurante na autoestrada Saw Mill River em Elmsford. O restaurante é perto da entrada do Great Hunger Memorial, no parque V. E. Macy. Esteve fechado por muitos anos.

— Eu sei onde é.

— Então deve saber também que o estacionamento fica atrás do prédio e não pode ser visto da estrada. Harry e Mona deverão segui-lo na van de Harry, levando as gêmeas. Os dois as transferirão para o carro emprestado e as trancarão lá dentro. Vocês três voltarão para casa na van. Ligarei por volta das 5 horas para verificar se seguiram as instruções. Aí então explicarei o último passo. Após isso, nenhum de vocês jamais ouvirá falar de mim novamente.

Às 3h15 eles começaram a viagem. Sentado ao volante do carro roubado, Lucas viu Angie e Clint carregarem as meninas adormecidas. Se algum pneu furar; se esbarrarmos numa blitz da polícia; se algum bêbado bater em nós... A gama de possibilidades de desastres surgiu em sua mente quando ele deu a partida no motor. Depois notou alarmado que tinha menos de um quarto de tanque de gasolina.

É o bastante, tentou se tranquilizar.

A chuva ainda estava caindo, mas não com a mesma intensidade de antes; Lucas tentou considerar isso um bom sinal. Enquanto cortava Danbury na direção oeste, obrigou-se a pensar no La Cantina Restaurant. Anos atrás tinha parado lá para jantar depois de um roubo espetacularmente bem-sucedido em Larchmont. A família se encontrava do lado de fora da casa, na piscina, e ele havia entrado pela porta lateral que estava destrancada. De lá, fora direto para o quarto principal. Que sorte! A mulher do dono do hotel deixara a porta do cofre aberta — não apenas destrancada, mas aberta! Depois de negociar as joias roubadas passei três semanas em Vegas, pensou Lucas. Perdi quase tudo, mas me diverti bastante.

Com este meio milhão ele ia ter mais cuidado. Nada de perder no jogo. Minha sorte tende a acabar logo. E não quero passar o resto dos meus dias numa cela. Esta era outra preocupação. Angie seria bem capaz de chamar a atenção sobre si própria fazendo compras.

Ele virou na autoestrada Saw Mill River. Mais dez minutos e estaria lá. Não havia muito trânsito. Seu sangue congelou quando viu um carro da polícia rodoviária. Deu uma olhada no velocímetro. Estava indo a 85 numa região de 80 quilômetros a hora. Sem problema. Estava na pista da direita, a uma velocidade constante. Clint estava tão atrás que ninguém pensaria que ele o estivesse seguindo.

A patrulha rodoviária virou na saída seguinte. Até aqui tudo bem, pensou Lucas. Ele umedeceu os lábios com a ponta da língua. Menos de cinco minutos, pensou. Quatro minutos. Três minutos. Dois minutos.

A estrutura envelhecida que um dia fora o La Cantina Restaurant surgiu à sua direita. Não havia outro carro nem à frente nem atrás. Com um movimento rápido dos dedos no interruptor do painel, Lucas desligou os faróis, virou à direita para pegar a via que passava pelo restaurante e seguiu para o estacionamento que ficava atrás dele. Lá ele desligou o motor e ficou esperando até que o som de um carro que se aproximava lhe informou que a fase final do plano estava prestes a ser completada.

35

— Demora muito tempo para contar 1 milhão de dólares — disse Walter Carlson, tentando transmitir confiança aos Frawley.

— O dinheiro foi transferido pouco depois das 22 horas — replicou Steve. — Ou seja, cinco horas atrás.

Ele se voltou para Margaret, que estava deitada no sofá com a cabeça em seu colo, mas ela não abriu os olhos. Ocasionalmente sua respiração lhe dizia que ela havia cochilado, mas logo em seguida ele ouvia um suspiro e os olhos dela se abriam.

A Dra. Harris estava sentada ereta na *bergère*, com as mãos cruzadas no colo. Não havia nenhum sinal de cansaço, nem na sua postura nem na sua expressão. Ocorreu a Carlson que aquela devia ser sua aparência quando sentada à beira do leito de um paciente em estado desesperador. Uma presença serena e tranquilizadora, pensou ele. Exatamente o que o casal precisava.

A despeito de suas tentativas para encorajar os pais das gêmeas, ele sabia que cada minuto que passava sugeria que não teriam notícias dos sequestradores. O Flautista Mágico me disse que algum tempo depois da meia-noite nós receberíamos um telefonema explicando onde encontrar as meninas. Steve tem razão. Eles já estão de posse do dinheiro há horas. As gêmeas podem estar mortas agora.

Franklin Bailey ouviu suas vozes na terça-feira, pensou ele. Isso significa que sabemos que um dia e meio atrás elas estavam vivas, porque falaram a respeito de terem visto os pais na televisão. Isto é, se acreditarmos na história de Bailey.

Com o passar das horas, um palpite foi se formando na mente de Carlson, o tipo do palpite irracional que tinha sido muito útil nos seus vinte anos de Bureau. O palpite era examinar Lucas Wohl, o ubíquo motorista que estava estacionado exatamente onde pudera ver os sequestradores carregando o dinheiro e descrever o carro que eles supostamente estavam usando.

Carlson aceitava que talvez pudesse ser exatamente como Bailey afirmava, que enquanto estava sendo conduzido pela cidade dentro do táxi da Excel, ele havia recebido instruções do Flautista a respeito de onde Lucas deveria encontrá-lo e que ele tinha retransmitido essas instruções ao motorista. Mas a ideia de que talvez Bailey estivesse fazendo a todos eles de bobos não o abandonava.

Angus Sommers, o agente do FBI encarregado do grupo de Nova York, andara no carro com Bailey e estava convencido de que tanto ele quanto seu motorista eram honestos. Mesmo assim, Carlson decidiu telefonar para Connor Ryan, agente especial encarregado de New Haven e seu chefe imediato. Ryan estava no escritório naquele instante, juntamente com seus homens, pronto para entrar em ação caso fosse divulgada a notícia de que as gêmeas tinham sido deixadas na região norte de Connecticut. Podia começar um relatório sobre Lucas imediatamente.

Margaret se levantou vagarosamente. Ajeitou o cabelo com um gesto tão débil que Carlson achou que o esforço de levantar o braço era quase demais para ela.

— Quando você falou com o Flautista Mágico ele não disse que ia telefonar por volta da meia-noite?

Não havia o que responder exceto a verdade:

— Sim, ele confirmou.

36

CLINT SABIA QUE ESTAVAM SE APROXIMANDO DO RESTAUrante La Cantina e estava preocupado em não passar da entrada. Com os olhos semicerrados, ele examinou ansiosamente o acostamento. Ao ver a viatura da patrulha rodoviária, ele reduziu a velocidade para que o patrulheiro não pensasse que estava seguindo Lucas. Com isso, perdera Lucas de vista.

Angie estava sentada ao seu lado, ninando a menina doente. Desde o instante em que tinham posto o pé na van, ela cantava as "Duas Menininhas de Azul" sem parar.

— *Mas... nós... nos... separamos...* — entoou, esticando o último verso.

Seria Lucas naquele carro mais à frente? Perguntou-se Clint. Não, não era.

— *Duas menininhas de azul, rapaz...* — começou Angie de novo.

— Angie, eu queria que você parasse com essa maldita cantoria — exclamou Clint.

— Kathy gosta que eu cante para ela — retorquiu Angie, inabalável.

Clint olhou nervosamente para ela. Havia algo estranho em Angie naquela noite. Estava irritadiça. Quando entraram no quarto para apanhar as meninas, ele vira que uma delas dormia com um pé de meia ao redor da boca. Angie segurara sua mão quando ele começara a retirar a mordaça improvisada e dissera: "Não quero que ela comece a gritar dentro da van." Depois ela insistira para que Clint pusesse a menina no chão do banco de trás e a cobrisse com um jornal aberto.

Seu protesto de que ela podia se sufocar fez com que Angie tivesse um ataque.

— Ela não vai sufocar e se por algum acaso formos detidos numa blitz, não estou a fim de que os policiais vejam duas gêmeas idênticas.

A outra menina estava meio inquieta e choramingava no colo de Angie. Seria bom que voltasse logo para os cuidados dos pais. Não era preciso ser médico para perceber que estava bastante doente.

Aquilo tem de ser o restaurante, decidiu Clint, observando uma construção mais adiante. Foi conduzindo o carro para a pista da direita. Podia sentir que começava a brotar suor em todas as partes do seu corpo. Era sempre assim nos momentos críticos de um trabalho. Ele passou direto pelo restaurante, entrou na pista da direita ao lado dele e depois mais uma vez à direita para entrar no estacionamento que ficava na parte de trás. Ele viu que Lucas havia parado perto da construção, então ele estacionou logo atrás do carro dele.

— *Elas eram irmãs...* — cantou Angie, e, de repente, sua voz ficou mais alta.

Em seus braços, Kathy se agitou e começou a chorar. Do chão do banco de trás um gemido abafado de Kelly correspondeu ao protesto fatigado da irmã por ter sido acordada.

— Cala a boca! — implorou Clint. — Se Lucas abrir a porta e ouvir você fazendo barulho, não sei o que pode fazer com você.

Ela parou abruptamente.

— Não tenho medo dele. Aqui, segura a menina. — Com um movimento rápido ela empurrou Kathy para os braços dele, abriu a porta, correu até a porta do motorista do carro roubado e bateu no vidro.

Enquanto Clint olhava, Lucas abaixou o vidro e Angie inclinou-se para dentro do carro. Um instante depois, um som alto, que só podia ter sido causado pelo disparo de uma arma, ecoou no estacionamento deserto.

Angie correu de volta para a van, abriu a porta de trás e agarrou Kelly.

Ainda muito aturdido para se mexer ou falar, Clint a viu colocar Kelly no banco de trás do carro roubado e entrar no banco da frente do lado do passageiro. Quando ela voltou, estava segurando os telefones celulares de Lucas e um chaveiro.

— Quando o Flautista ligar, temos que estar preparados para responder — disse ela animadamente, com a voz exaltada.

— Você matou Lucas! — disse Clint, meio tonto, os braços ainda em torno de Kathy, cujo choro mais uma vez se transformara em um ataque de tosse.

Angie pegou Kathy de volta.

— Ele deixou um bilhete. Datilografado na mesma máquina do bilhete em que foi pedido o resgate. Diz que ele não pretendia matar Kathy. Ela chorava tanto que ele pôs a mão sobre sua boca e quando percebeu que estava morta, colocou-a dentro de uma caixa que levou no avião e a jogou no mar. Não foi uma boa ideia? Eu tinha que fazer com que parecesse suicídio. Agora temos todo o milhão de dólares, e *eu* tenho o meu bebê. Anda logo. Vamos dar o fora daqui.

Entrando subitamente em pânico, Clint ligou o motor e meteu o pé no acelerador.

— Mais devagar, seu idiota — advertiu Angie, a animação já tendo desaparecido de sua voz. — Trate de levar sua família de volta para casa, devagar e calmamente.

Quando ele retornou à estrada, Angie começou a cantar de novo, desta vez em voz baixa.

— *Elas eram irmãs... mas se separaram.*

37

As luzes ficaram acesas a noite inteira nas salas do alto escalão da CFG&Y no prédio da Park Avenue. Alguns membros da junta de diretores tinham feito vigília, desejando fazer parte do retorno triunfal das gêmeas Frawley aos braços de seus pais.

Todos estavam perfeitamente cientes de que o Flautista Mágico prometera que, assim que o resgate em dinheiro tivesse sido pago com sucesso, ele faria contato por volta da meia-noite. À medida que o tempo passava, a antecipação de uma cobertura generosa da parte da imprensa e uma imensa operação de relações públicas em prol da firma mudava para preocupação e dúvida.

Robinson Geisler sabia que inúmeros jornais haviam publicado editoriais em que afirmavam que pagar o resgate era fazer o jogo dos sequestradores e tornar a todos vulneráveis, podendo se tornar vítimas de outros criminosos que resolvessem imitar os primeiros.

O filme *Decisão amarga*, com Glenn Ford, em que um pai se senta a uma mesa dentro de um estúdio de televisão, com pilhas e mais pilhas de dinheiro e avisa aos sequestradores do seu filho que não pagará o resgate, mas, ao contrário, usará o dinheiro para rastreá-los, estava sendo exibido por vários canais na televisão. O filme tem um final feliz, e a criança é libertada sã e salva. Haveria um final feliz para esta história?

Às 5 horas, Geisler entrou no seu banheiro particular, tomou banho, fez a barba e trocou de roupa. Lembrou-se de que o falecido Bennett Cerf, a quem ele gostava tanto de assistir na televisão, sempre estava com uma aparência impecável. Cerf usava com frequência gravata borboleta. Seria demais usar uma gravata borboleta quando o filmassem com as gêmeas?

É claro que seria. Mas uma gravata vermelha sempre sugere otimismo ou até mesmo vitória. Ele pegou uma no seu closet.

Voltou a se sentar à sua mesa de trabalho e treinou em voz alta o discurso que faria para a mídia.

— Pode parecer a alguns que pagar o resgate seja o mesmo que cooperar com os criminosos. Falem com qualquer agente do FBI e ele dirá que a primeira preocupação do Bureau é fazer com que as vítimas voltem para casa. Só depois da volta dos sequestrados é que eles podem perseguir os criminosos de maneira implacável. O exemplo a ser dado neste caso não é que os sequestradores tenham recebido o dinheiro do resgate, mas sim que jamais terão uma chance para gastá-lo.

Vamos ver se Gregg Stanford supera essa, pensou ele, com um sorriso discreto.

38

— A PRIMEIRA PROVIDÊNCIA QUE TEMOS QUE TOMAR É nos livrar deste carro — disse Angie, como se fosse a coisa mais natural do mundo, enquanto seguiam para Danbury. — Primeiro tiramos o dinheiro dele da mala do carro, depois você deixa o carro na frente do apartamento onde ele morava. Estarei logo atrás.

— Não vamos conseguir nos safar, Angie. Você não pode esconder essa menina para sempre.

— Claro que posso.

— Alguém pode ligar o Lucas a nós. Depois que tirarem as impressões digitais dele vão descobrir que o verdadeiro Lucas Wohl morreu há vinte anos e que seu nome real era Jimmy Nelson, que esteve na cadeia. E vão descobrir também que fui seu companheiro de cela.

— Seu nome verdadeiro então não é Clint Downes. Mas quem mais sabe disso? Você e o Lucas só estiveram juntos quando se encontraram para um trabalho. As únicas vezes em que ele foi à nossa casa foram nestas últimas semanas, à noite.

— Ele foi ontem à tarde quando pegou todos aqueles troços.

— Mesmo que tenham visto o carro dele virar na estrada do clube, acha que iam pensar: "Ah, lá vai o Lucas no seu velho Ford marrom que é igualzinho a todos os milhões de Fords marrons que andam por aí?" Podia ser diferente se ele tivesse ido na limusine. Sabemos que ele nunca ligou para você naquele telefone especial e, de qualquer maneira, o aparelho agora está comigo.

— Eu *ainda* acho...

— Eu ainda acho que nós temos 1 milhão de dólares, eu tenho a garotinha que queria, e aquele nojento que sempre nos tratou como lixo está fora do nosso caminho, então é melhor você calar a boca.

Às 5h05 o telefone especial que o Flautista Mágico dera a Lucas começou a tocar. Clint e Angie tinham acabado de estacionar na entrada para carros. Clint olhou para o telefone.

— O que é que você vai dizer a ele?

— Nós não vamos responder — disse Angie, com um sorriso pretensioso. — Deixe que pense que estamos na estrada, talvez falando com um policial.

Ela jogou um monte de chaves para Clint.

— São as chaves dele. Vamos nos livrar do carro.

Às 5h20, Clint estacionou o carro de Lucas na frente da loja de ferragens. No segundo andar claridade transparecia através da janela fechada. Lucas deixara uma luz acesa.

Clint saltou do carro e voltou para a van. O suor pingava do seu rosto corado quando se acomodou atrás do volante. O telefone que o Flautista dera a Lucas começou a tocar de novo.

— Ele deve estar morrendo de medo — disse Angie, dando uma risada. — Certo, vamos para casa, meu bebê está acordando de novo.

— Mamãe, mamãe — Kathy fazia movimentos circulares com a mão.

— Ela está querendo ver se acha a irmã — disse Angie. — Não é um amor? — Ela tentou entrelaçar os dedos nos de Kathy, mas a menina recuou.

— Kelly, quero minha Kelly — disse ela, a voz rouca mas nítida. — Não quero Mona. Quero Kelly.

Enquanto virava a chave na ignição, Clint olhou nervosamente para Angie. Ela não gostava de se sentir rejeitada; na verdade, não conseguia tolerar. Clint sabia que antes do fim da semana Angie não aguentaria mais a garota. E aí? Como seria depois? Ele já a vira tendo um ataque de fúria antes. E novamente esta noite. Tenho que dar o fora daqui. Tenho que sair daqui, pensou, preciso sair desta cidade, de Connecticut.

A rua estava silenciosa. Tentando não demonstrar o quanto estava apavorado, Clint dirigiu com os faróis apagados até que chegassem à Rota 7. Só depois de entrarem na área do clube foi que conseguiu respirar fundo.

— Depois que você me deixar, ponha a van dentro da garagem — disse Angie. — Para o caso daquele bêbado do Gus cismar de passar por aí de madrugada. Assim ele vai pensar que você não está.

— Ele nunca aparece sem avisar — disse Clint, sabendo que era inútil protestar.

— Ele telefonou ontem à noite, não telefonou? Está doido para tomar umas e outras com seu amigão. — Angie não se deu ao trabalho de acrescentar que, embora estivesse bêbado quando ligara, Gus podia ter ouvido o choro das duas meninas.

Kathy estava chorando de novo.

— Kelly... Kelly...

Clint parou diante da porta da frente da casa e se apressou em abri-la. Com Kathy no colo, Angie entrou, foi direto para o quarto e largou a menina no berço.

— Pare de chorar, boneca — disse, virando-se e voltando imediatamente para a sala.

Clint ainda estava de pé à porta de entrada.

— Eu lhe disse para guardar a van — ordenou ela.

Antes que Clint pudesse obedecer, o telefone especial tocou e desta vez Angie pegou o aparelho.

— Alô, Sr. Flautista Mágico — disse, depois ficou em silêncio, ouvindo. — Nós sabemos que Lucas não está atendendo o celular. Houve um acidente na estrada e aquilo lá estava fervilhando de policiais. Existe uma lei que proíbe falar ao telefone e dirigir ao mesmo tempo, o senhor sabe. Tudo saiu bem. Lucas pensou que os agentes federais poderiam querer falar com ele de novo e não queria carregar isso por aí. Sim, sim. Deu tudo certo. Diga a alguém onde pegar as Duas Menininhas de Azul. Espero que nunca mais nos falemos. Boa sorte para o senhor.

39

ÀS 4H45 DE QUINTA-FEIRA O TELEFONE DE RECADOS QUE atendia à igreja católica de St. Mary em Ridgefield recebeu uma ligação.

— Estou desesperado — disse uma voz rouca. — Preciso falar com um padre.

Rita Schless, a telefonista que recebeu a ligação, teve certeza que a pessoa tentava disfarçar a voz. Que não seja *aquela* bobagem de novo, pelo amor de Deus, pensou. No ano anterior, um espertalhão que estava terminando o ensino médio, havia telefonado e implorara para falar com um padre, afirmando que algo terrível estava acontecendo em sua casa. Por causa disso ela acordara o monsenhor Romney às 4h da manhã, e quando ele atendeu ao telefone, o garoto, acompanhado por gargalhadas ao fundo, disse: "Estamos morrendo, padre. Acabou a nossa cerveja."

Aquele telefonema não podia ser sério, pensou Rita.

— O senhor está ferido ou doente? — perguntou, em tom áspero.

— Ligue-me imediatamente com um padre. É uma questão de vida ou morte.

— Espere um pouco, senhor — disse Rita. Ela não acreditava, mas preferiu arriscar. Relutantemente, tocou para monsenhor Romney, que instruíra Rita a dirigir todos os chamados da madrugada para ele. "Sou insone, Rita", ele tinha explicado. "Ligue para mim em primeiro lugar." — Não acho que a pessoa que está na linha esteja falando sério — explicou ela. — Sou capaz de jurar que está tentando disfarçar a voz.

— Logo, logo vamos descobrir — disse o monsenhor Joseph Romney secamente, sentando na cama e esticando as pernas. Inconscientemente esfregou o joelho direito, que sempre doía quando ele mudava de posição. Enquanto procurava os óculos, ouviu o clique da transferência da ligação. — Monsenhor Romney — disse. — Como posso ajudá-lo?

— Monsenhor, já ouviu falar das gêmeas que foram sequestradas?

— Sim, claro. Os Frawley são os novos integrantes de nossa paróquia. Estamos rezando uma missa diariamente pelo retorno das meninas em segurança. — Rita tem razão, pensou o padre. Seja quem for, está tentando disfarçar a voz.

— Kathy e Kelly estão a salvo. Podem ser encontradas em um carro trancado atrás do restaurante La Cantina no lado norte da estrada Saw Mill River, perto de Elmsford.

Joseph Romney sentiu o coração começar a bater forte.

— Isso é alguma brincadeira?

— Não é brincadeira, monsenhor. Eu sou o Flautista Mágico. O resgate foi pago, e eu escolhi o senhor para dar a boa notícia aos pais. Lado norte da Saw Mill, atrás do velho restaurante La Cantina, perto de Elmsford. Consegue se lembrar?

— Sim, sim.

— Então sugiro que se apresse em contar para as autoridades. O tempo está cruel esta noite. As garotas se encontram lá há algumas horas, e Kathy está muito resfriada.

40

De madrugada, incapaz de continuar observando o sofrimento cada vez maior nos rostos de Margaret e Steve Frawley, Walter Carlson foi se sentar à mesa da sala de jantar, ao lado do telefone. Quando o aparelho tocou, faltando cinco minutos para as 6 horas, ele se preparou para o pior ao pegar o fone.

Era Marty Martinson, ligando da delegacia de polícia.

— Walt, o monsenhor Romney da igreja de St. Mary recebeu um telefonema de alguém alegando ser o Flautista Mágico. Ele disse ao monsenhor que as gêmeas estão trancadas em um carro estacionado atrás de um velho restaurante na estrada do Saw Mill River. Já chamamos a Polícia Estadual. Eles estarão lá em menos de cinco minutos.

Carlson ouviu os Frawley e a Dra. Harris chegarem correndo na sala de jantar. Obviamente tinham ouvido o toque do telefone. Carlson se virou e olhou para eles. O brilho da esperança em seus rostos era quase tão perturbador quanto o sofrimento de antes.

— Espere um pouco, Marty — disse ele ao capitão Martinson. Não havia nada que pudesse oferecer aos pais e à Dra.

Harris senão a verdade. — Saberemos em poucos minutos se o telefonema que o monsenhor Romney recebeu era trote ou não — disse a eles serenamente.

— Foi o Flautista que ligou? — quis saber Margaret.

— Ele falou onde elas estavam? — perguntou Steve.

Carlson não respondeu.

— Marty — disse ele, voltando a falar ao telefone — A Polícia Estadual vai entrar em contato com vocês?

— Vai. Eu entro em contato com você assim que tiver notícias deles.

— Se isso for de verdade, o nosso pessoal vai precisar que alguns peritos examinem o carro.

— A polícia rodoviária sabe disso — afirmou Martinson. — Estão tentando entrar em contato com o escritório de Westchester.

Carlson desligou.

— Diga-nos o que está acontecendo — insistiu Steve. — Temos o direito de saber.

— Dentro de poucos minutos saberemos se o telefonema recebido pelo monsenhor foi ou não verdadeiro. Em caso afirmativo, as gêmeas foram deixadas dentro de um carro trancado ao lado da estrada do Saw Mill River perto de Elmsford — respondeu Carlson. — Os patrulheiros rodoviários já estão indo para lá.

— O Flautista Mágico cumpriu a palavra — exclamou Margaret. — Minhas meninas estão voltando para casa! — Ela atirou os braços em volta do marido. — Minhas meninas estão voltando para casa!

— Margaret, talvez seja um trote — advertiu a Dra. Harris, abandonando a aparência impassível e retorcendo as mãos.

— Deus não ia fazer uma coisa dessas conosco — disse Margaret, enfaticamente, enquanto Steve, incapaz de falar, mergulhava o rosto em seu cabelo.

Quando se passaram 15 minutos sem que telefonassem novamente, Carlson teve certeza de que alguma coisa terrível ocorrera. Pouco depois, quando a campainha da porta tocou, viu que só podiam ser más notícias. Mesmo que as gêmeas estivessem bem, teriam sido necessários no mínimo quarenta minutos para trazê-las de Elmsford.

Tinha certeza de que o mesmo pensamento atormentava Steve, Margaret e a doutora, que o seguiram até o saguão. Carlson abriu a porta. Monsenhor Romney e Marty Martinson estavam de pé na varandinha.

O religioso se aproximou de Margaret e Steve e, com a voz embargada de emoção, disse:

— Deus mandou de volta para vocês uma de suas filhinhas. Kelly está em segurança. Kathy foi levada pelo Senhor.

41

A NOTÍCIA DE QUE UMA DAS GÊMEAS ESTAVA MORTA desencadeou uma avalanche de compaixão nacional. As poucas fotos que a mídia tinha conseguido tirar de Kelly enquanto os desesperados pais saíam com ela do hospital de Elmsford, onde fora examinada, mostravam a diferença em sua aparência em relação à fotografia do aniversário, apenas uma semana atrás. Seus olhos agora eram grandes e assustados, e havia um leve ferimento no rosto. Em todas as imagens, um dos braços estava sempre em torno do pescoço da mãe, enquanto o outro ficava esticado, e ela mexia os dedinhos, como se quisesse agarrar outra mão.

O policial rodoviário que primeiro chegou ao restaurante La Cantina descreveu a cena:

— O carro foi encontrado trancado. Vi o homem com a cabeça caída sobre o volante. Havia apenas uma menina no interior do carro. Ela tremia encolhidinha no chão do banco de trás. O carro estava frio. A menina só vestia um pijama. Aí então vi que estava amordaçada, que estava tão apertada que é de espantar que ela não tenha sufocado. Quando soltei a mordaça, ela começou a ganir baixinho como um cachorrinho. Tirei meu casaco e a cobri e depois a levei para o carro patrulha a fim de aquecê-la. Logo depois meus colegas e o FBI chegaram e encontrei o bilhete suicida no banco da frente do carro.

Os Frawley se recusaram a ser entrevistados. O depoimento foi lido para a imprensa pelo monsenhor Romney:

— Margaret e Steve gostariam de expressar sua eterna gratidão por todas as mensagens de compaixão que receberam. A esta altura, eles precisam, acima de tudo, de privacidade, a fim de reconfortar Kelly, que sente muita falta da irmã, e lidar com a própria dor causada pela perda de Kathy.

Walter Carlson apareceu diante das câmeras com uma mensagem diferente.

— O homem conhecido como Lucas Wohl está morto, mas seu associado ou associados estão vivos. Iremos encontrá-los, e eles serão levados aos tribunais.

Na CFG&Y, Robinson Geisler não pôde fazer o discurso triunfante com que sonhara. Em vez disso, com a voz trêmula, ele expressou sua mágoa pela perda de uma das gêmeas, mas disse que acreditava que a ajuda que sua empresa prestou pagando o resgate, tinha contribuído para trazer a outra em segurança.

Em uma entrevista, Gregg Stanford, o membro da junta de diretores, apresentou sua discordância com seu presidente e diretor executivo.

— Vocês podem ter ouvido falar que a votação para o pagamento do resgate foi unânime — disse ele —, mas foi uma decisão contra a qual uma fração minoritária liderada por mim lutou bravamente. Há um ditado grosseiro, porém preciso, que diz: "Se você dormir com cachorros, acordará com pulgas." Acredito firmemente que se a exigência de resgate tivesse sido rejeitada prontamente, os sequestradores teriam uma decisão difícil a tomar. Se ferissem as crianças, iriam piorar as coisas. Ainda existe pena de morte em Connecticut. Por outro lado, se libertassem Kathy e Kelly, mesmo que acabassem sendo apanhados, poderiam esperar alguma condescendência. Na CFG&Y nós tomamos uma decisão que acredito estar errada em todos os aspectos, moral e logicamente. E, como membro da junta de diretores, quero assegurar a quem quer que possa acreditar que nossa firma venha outra vez a lidar com criminosos — escutem com toda atenção — *isso não vai mais acontecer*

42

— Sr. Flautista Mágico, Lucas está morto. Talvez tenha se matado. Talvez não. Que diferença faz para o senhor? Na verdade, deveria estar grato. Ele sabia quem o senhor é. Nós não. E para o seu conhecimento, ele estava gravando seus telefonemas. Guardava as fitas cassete no porta-luvas do seu Ford. Provavelmente ia querer mais dinheiro dentro de algum tempo.

— A outra gêmea está morta?

— Ela não está morta. Só está dormindo — disse Angie. — Para falar a verdade, eu a estou segurando no colo neste exato momento. Não telefone de novo. Vai acordar a menina. — Ela desligou e beijou o rostinho de Kathy. — Você também não acharia que 7 milhões de dólares o satisfariam? — perguntou a Clint.

Eram 11 horas. Clint estava assistindo à televisão. Todos os canais falavam do final do sequestro Frawley. Uma criança, Kelly, fora encontrada viva, com uma mordaça na boca. Acreditava-se que a outra gêmea, Kathy, provavelmente não tinha sido capaz de respirar caso tivesse sido amordaçada do mesmo jeito. A informação de que Lucas Wohl tinha levantado voo com seu avião do aeroporto de Danbury na tarde da quarta-feira, carregando uma caixa pesada, e que tinha retornado pouco depois sem a caixa fora confirmada.

— Acredita-se que no interior da caixa estivesse o corpo da pequena Kathy Frawley — especulou o apresentador do noticiário. — De acordo com o bilhete suicida, Lucas Wohl jogou a menina no mar.

— O que nós vamos fazer com ela? — perguntou Clint. A exaustão das noites insones e o choque de ter assistido Angie atirar em Lucas estavam fazendo efeito. Seu corpo pesado estava arriado na cadeira. Os olhos, sempre perdidos no rosto cheio, transformaram-se em fendas congestionadas, muito vermelhas.

— Vamos levá-la para a Flórida, comprar um barco e velejar pelo Caribe. É isso o que vamos fazer. Por ora, tenho que ir à farmácia. Não devia ter posto o nebulizador na caixa que dei a Lucas. Agora vou ter que comprar outro. Ela está respirando com dificuldade de novo.

— Angie, ela está doente. Precisa de remédios, precisa ser examinada por um médico. Se essa menina morrer e nós formos apanhados...

— Ela não vai morrer e pare de se preocupar; ninguém vai nos ligar ao Lucas — interrompeu Angie. — Nós fizemos tudo direito. Agora, enquanto eu estiver fora, quero que leve Kathy para o banheiro e abra o chuveiro até que fique bem quente. Volto logo. Você separou um pouco do dinheiro, como eu pedi, não foi?

Clint baixou a escada do closet do quarto de dormir que levava ao sótão e puxou os sacos de dinheiro. Ele havia separado 500 dólares em notas de 20 para pequenas despesas.

— Angie — disse —, se você começar a pagar tudo por aí com um maço de notas de 20 ou de 50, alguém vai começar a fazer perguntas.

— Todos os caixas eletrônicos deste país fornecem notas de 20. — Angie cuspiu as palavras. — O que não é comum é carregar cédulas de outro valor. Ela empurrou Kathy, adormecida, para os braços de Clint. — Faça o que estou lhe dizendo. Ligue o chuveiro e mantenha o cobertor em volta dela. Se o telefone tocar, não atenda! Eu disse ao seu amigo bêbado que você o encontraria no bar hoje à noite. Pode telefonar para ele mais tarde, mas não quero que ele fique curioso em relação ao bebê de que estou tomando conta.

Os olhos de Angie faiscavam de raiva, e Clint sabia que o melhor era não tentar discutir com ela. O rosto desta menina está na primeira página de todos os jornais do país, pensou ele. Ela não se parece comigo nem com Angie mais do que eu me pareço com Elvis Presley. No minuto em que sairmos com ela em público, alguém nos reconhecerá. A esta altura os policiais já devem ter descoberto que, na verdade, Lucas é Jimmy Nelson e que cumpriu pena em Attica. Logo vão querer saber quem foi amigo dele lá. E aí serão informados da existência de Ralphie Hudson e, mais cedo ou mais tarde, virão procurá-lo batendo nesta porta, e aí ninguém mais me chamará de Clint.

Fui louco em aceitar Angie de volta depois que ela passou aquela temporada no hospício, pensou, enquanto carregava Kathy para o banheiro e abria o chuveiro. Angie quase matou a mãe que tentou pegar o bebê de quem Angie estava cuidando. Eu devia saber que ela não pode se envolver com crianças.

Ele baixou a tampa da privada e se sentou. Desajeitadamente, abriu o botão de cima da camisa polo que Kathy ainda estava usando e virou o corpo dela para que respirasse o vapor que rapidamente enchia o pequeno banheiro.

A menina começou a balbuciar. Nada que fizesse sentido. Seria a tal telepatia entre gêmeos a respeito da qual Angie andara falando?

— Sou a única pessoa que está te escutando, menina — disse ele —, de modo que se tiver alguma coisa a dizer, é bom dizer direito.

43

A DRA. SYLVIA HARRIS SABIA QUE, DE CERTO MODO, Margaret e Steve estavam adiando a hora de enfrentar a terrível dor da perda de Kathy. Por ora, a atenção deles estava focada em Kelly. A menina não tinha pronunciado uma única palavra desde o reencontro com os pais no hospital de Elmsford. Depois do exame médico, verificou-se que ela não fora molestada, mas a mordaça apertada machucara seu rosto. As marcas pretas e azuis nos braços e nas pernas sugeriam que tinha sido beliscada.

Quando viu os pais entrarem no quarto do hospital, Kelly fixou demoradamente os olhos neles e depois desviou o olhar.

— Ela está furiosa com vocês agora — disse, delicadamente, a Dra. Harris. — Amanhã não vai querer perdê-los de vista.

Voltaram para casa às 11 horas, correndo para dentro enquanto os fotógrafos tentavam obter imagens de Kelly. Margaret a carregou para o quarto das gêmeas e a vestiu com seu pijama de Cinderela, ao mesmo tempo que tentava não pensar no pijama igual cuidadosamente dobrado na gaveta. Preocupada com a absoluta falta de reação de Kelly, a Dra. Harris deu-lhe um sedativo fraquinho.

— Ela precisa dormir — murmurou para Steve e Margaret.

Steve deitou-a na cama, pôs o ursinho sobre seu peito e colocou o outro em cima do travesseiro vazio ao lado de Kelly. Os olhos da menina se arregalaram subitamente. Em um gesto espontâneo, ela estendeu o braço, pegou o ursinho de Kathy e se balançou silenciosamente para trás e para a frente, abraçando os dois bichinhos de pelúcia ao mesmo tempo. Só então Steve e Margaret, sentados um em cada lado da cama, começaram a chorar, lágrimas silenciosas que partiram o coração de Sylvia.

Ela desceu e encontrou o agente Carlson se preparando para ir embora. Vendo como ele estava abatido, disse:

— Espero que o senhor agora consiga descansar um pouco.

— Sim, vou para casa. Vou apagar pelo menos por umas oito horas. Caso contrário, não poderei mais ser útil para ninguém. Mas depois eu vou voltar a este caso, e eu prometo, doutora, que não vou descansar enquanto esse tal de Flautista Mágico e seus cúmplices, sejam quem forem, não estiverem atrás das grades.

— Posso fazer um comentário?

— Claro.

— Além do perigo potencial da mordaça, o único ferimento físico que Kelly apresenta são equimoses provavelmente causadas por beliscões. Em meu trabalho de voluntária, às vezes atendo crianças vítimas de maus-tratos. Beliscar é coisa de mulher, não de homem.

— Concordo com a senhora. Sabemos, graças ao depoimento de uma testemunha ocular, que foram dois homens que pegaram os sacos de dinheiro. Faz sentido que houvesse uma mulher tomando conta das meninas enquanto eles estivessem fora.

— Lucas Wohl era o Flautista Mágico?

— Eu duvido, mas é apenas palpite, por enquanto.

Carlson não acrescentou que, dependendo do relatório da necropsia, ainda havia uma séria questão referente ao ângulo em que a bala que matara Lucas estava. Quem se mata não costuma erguer a arma e atirar de cima para baixo. O normal é que apontem diretamente para a testa ou contra o crânio ou que coloquem o cano na boca e puxem o gatilho.

— Dra. Harris, quanto tempo mais a senhora vai ficar aqui?

— Acredito que por mais alguns dias. Eu deveria fazer uma palestra em Rhode Island este fim de semana, mas cancelei. Depois do sequestro, do tratamento que recebeu e agora com a perda de sua irmã gêmea, Kelly está muito fragilizada emocionalmente. Acho que posso ajudar ficando por aqui, tanto a ela quanto a Margaret e Steve.

— E quanto à família dos Frawley?

— Acho que a mãe e a tia de Margaret vêm na próxima semana. Margaret pediu que esperassem. Sua mãe chora tanto que mal consegue falar. Francamente, acho que o melhor seria que os pais ficassem sozinhos com Kelly tanto quanto possível. Ela vai sofrer muito com a falta da irmã.

Carlson balançou a cabeça, concordando.

— A parte irônica é que eu acredito que Lucas não teve a intenção de matá-la. Havia um vago cheiro de Vick no pijama de Kelly. Como ela não está doente, isto significa que provavelmente quem cuidava das gêmeas estava tentando tratar do resfriado de Kathy. Mas não se pode pôr uma mordaça em uma criança cujas narinas estão congestionadas e ainda esperar que continue respirando. Claro, nós checamos imediatamente. Lucas Wohl realmente saiu de avião na quarta-feira. Carregava uma caixa pesada quando decolou e depois voltou sem ela.

— O senhor já trabalhou em algum caso parecido antes?

Carlson pegou sua pasta.

— Um caso. O sequestrador enterrou a garota viva, mas havia ar suficiente para ela se manter viva até que o obrigássemos a dizer onde a colocara. O problema foi que ela hiperventilou e morreu. Ele está apodrecendo numa prisão há vinte anos e vai ficar lá até que o carreguem para o cemitério, só que isso não ajuda a família da menina morta. — Ele sacudiu a cabeça, cansado e cheio de frustração. — Doutora, pelo que entendo, Kelly é uma menina de 3 anos muito inteligente.

— Sim, ela é.

— Vai chegar a hora em que vamos querer conversar com ela ou pedir a um psiquiatra que a interrogue. Mas por ora, se ela começar a falar, a senhora poderia anotar tudo o que ela disser que possa ter relação com a experiência pela qual ela passou?

— Claro. — O sofrimento visível no rosto do agente do FBI comoveu Sylvia Harris e fez com que ela dissesse: — Sei que Margaret e Steve acreditam que o senhor e seus colegas fizeram tudo o que podiam para salvar as meninas.

— Fizemos o melhor que podíamos, mas não foi o suficiente.

Ambos se viraram quando ouviram passos na escada. Era Steve.

— Kelly começou a falar enquanto dormia — disse ele. — Falou dois nomes: Mona e Harry.

— O senhor ou sua esposa conhecem alguém com esses nomes? — indagou Carlson, a exaustão esquecida.

— Não. Definitivamente, não. Acha que ela pode estar se referindo aos sequestradores?

— Acho, sim. Foi tudo o que ela disse?

Os olhos de Steve se encheram de lágrimas.

— Ela está tentando se comunicar com Kathy.

44

O COMPLEXO PLANO PARA SEGUIR A LIMUSINE DE Franklin Bailey a uma distância segura não tinha funcionado. Mesmo com um batalhão de agentes espalhado pela cidade para acompanhar o veículo que o sequestrador usasse depois da entrega do dinheiro do resgate, o bandido fora mais esperto. Angus Sommers, encarregado da fase nova-iorquina da operação, percebia agora que enquanto voltava com Franklin Bailey para Connecticut, o dinheiro podia estar a poucos metros de distância, na mala da limusine.

Lucas Wohl havia sido o sujeito que dissera ter visto dois homens se afastando em um Lexus novo, lembrou, amargurado. Sabiam agora que fora apenas um homem que se afastara, de carro ou a pé. Lucas fora o segundo homem. Recentes manchas de água e um pouco de terra no chão outrora imaculadamente limpo da limusine sugeriam que ali haviam sido colocados objetos sujos e molhados. Objetos como sacos de lixo cheios de dinheiro, pensou Angus, frustrado.

Seria Lucas o Flautista Mágico? Angus achava que não. Se fosse, ele saberia que Kathy estava morta. De acordo com o bilhete suicida, Lucas tinha voado com o corpo da menina e o jogado do avião para que caísse no mar. Se pretendia se suicidar, por que teria se dado ao trabalho de recolher o dinheiro do resgate? Não fazia sentido.

Seria possível que o Flautista Mágico, fosse quem fosse, não soubesse que Kathy estava morta quando telefonou para monsenhor Romney e lhe disse onde as meninas podiam ser encontradas? De acordo com o religioso, o Flautista Mágico dissera que ele podia dizer aos pais que as meninas estavam sãs e salvas. Seria uma brincadeira macabra executada por uma mente sádica, ou era possível que ele não tivesse sido informado da morte de Kathy?

Além disso, estivera o Flautista Mágico realmente dando instruções a Franklin Bailey como o próprio Bailey afirmava? Estas foram algumas das questões que Sommers debateu com Tony Realto enquanto dirigiam à casa de Bailey na tarde da última quinta-feira.

Realto não tinha a menor dúvida quanto a Bailey.

— Bailey é de uma família antiga de Connecticut. É uma das pessoas envolvidas no caso que eu diria estar acima de qualquer suspeita.

— Talvez — disse Sommers, tocando a campainha da casa de Bailey. Sophie, a governanta, uma mulher corpulenta de uns 60 anos, examinou suas identidades com uma expressão de preocupação no rosto e permitiu que entrassem. — O senhor Bailey está esperando os senhores? — perguntou, hesitante.

— Não — respondeu Realto. — Mas precisamos vê-lo.

— Não sei se ele poderá recebê-los. Depois que soube que Lucas Wohl tinha ligação com o sequestro e se matara, sentiu novamente aquelas terríveis dores no peito. Implorei para que fosse ao médico, mas ele só tomou um sedativo e foi para a cama. Há apenas poucos minutos eu o ouvi se deslocando pelo quarto.

— Nós esperamos — contrapôs Realto firmemente. — Diga ao Sr. Bailey que temos que falar com ele de qualquer jeito.

Quando Bailey desceu para a biblioteca, quase vinte minutos depois, Angus Sommers ficou chocado ao ver a acentuada mudança em sua aparência. Na noite anterior ele parecia estar à beira da exaustão. Agora tinha o rosto branco como papel e os olhos vidrados.

Sophie vinha atrás dele com uma xícara de chá. Depois de se sentar, ele pegou a xícara, com as mãos visivelmente trêmulas. Só então se dirigiu aos dois agentes.

— Eu simplesmente não posso acreditar que Lucas estivesse envolvido nesse caso terrível — começou.

— Pois acredite, Sr. Bailey — retrucou Realto, ríspido. — Naturalmente, isso nos obriga a reexaminar os fatos. O senhor nos disse que se ofereceu para atuar como intermediário entre os pais e os sequestradores porque tinha uma pequena relação de amizade com a mãe, Margaret Frawley.

Franklin Bailey se endireitou na cadeira e afastou a xícara de chá.

— Agente Realto, dizer que eu me "coloquei" no sequestro sugere que eu forcei minha presença ou que agi de madeira inadequada. Nenhuma das opções é verdadeira.

Realto o encarou, sem dizer nada.

— Conforme eu disse ao Sr. Carlson, a primeira vez em que vi Margaret ela estava em uma fila no correio. Notei que uma das gêmeas, Kelly, saiu correndo direto para a porta enquanto a mãe conversava com a atendente. Segurei a garotinha antes que ela fosse para o meio da rua e a levei de volta para Margaret, que se mostrou muito agradecida. Além disso, ela e Steve frequentam a missa das 10 horas na igreja de St.

Mary, onde sou membro da congregação. No domingo seguinte ela me apresentou a Steve. De lá para cá conversamos diversas vezes depois da missa. Foi assim que eu soube que eles não tinham família nas proximidades. Ora, fui prefeito desta cidade durante vinte anos e sou bastante conhecido na comunidade. É estranho, mas recentemente eu reli a história do sequestro do bebê Lindbergh, e estava fresco em minha memória que um professor da Universidade Fordham ofereceu seus préstimos como intermediário, e que foi ele com quem finalmente o sequestrador entrou em contato.

O telefone celular de Realto tocou de novo. Ele o abriu, deu uma olhada no número de quem o estava chamando e foi para o saguão. Ao voltar, havia uma notável diferença em sua atitude para com Franklin Bailey.

— Sr. Bailey — disse ele, bruscamente —, não é verdade que o senhor perdeu uma soma considerável de dinheiro num golpe há cerca de dez anos?

— É verdade.

— Quanto foi que o senhor perdeu nesse golpe?

— Sete milhões de dólares.

— Qual era o nome do homem que o tapeou?

— Richard Mason, um vigarista tão esperto quanto todos os vigaristas que eu tive a má sorte de conhecer.

— O senhor sabia que Mason é meio-irmão de Steve Frawley?

Bailey fitou-o espantado.

— Não, não sabia. Como poderia saber?

— Sr. Bailey, Richard Mason deixou a casa da mãe na terça-feira de manhã. Devia estar no seu posto de serviço como bagageiro na quarta-feira, mas não apareceu e tampouco está em casa. O senhor tem certeza de que não entrou em contato com ele?

45

— NINGUÉM DIRIA QUE É A MESMA CRIANÇA. AGORA PArece um garotinho — disse Angie animadamente, ao examinar os efeitos da mudança que fizera na aparência de Kathy. O cabelo louro da menina agora estava castanho-escuro, do mesmo tom do cabelo de Angie. E não ia mais até os ombros. Agora mal cobria as orelhas.

Ela ficou diferente mesmo, admitiu Clint mentalmente. Pelo menos se alguém a visse iria pensar que Angie estava tomando conta de um menino.

— Também tenho um ótimo nome para ela — acrescentou Angie. — Vamos chamá-la de "Stephen". Igual ao pai, entende. Você gosta do seu novo nome, Stevie? Hein?

— Angie, isto é loucura. O que nós temos que fazer é arrumar as malas e dar o fora daqui.

— Nada disso. Seria a pior coisa que poderíamos fazer. Você tem que escrever uma carta para o gerente do clube, quem quer que seja o novo gerente, e dizer que recebeu uma oferta de um emprego para trabalhar o ano todo na Flórida e que a carta é para avisá-lo oficialmente. Se desaparecermos sem motivos, eles vão ficar querendo saber o que aconteceu.

— Angie, *eu sei* como os agentes federais trabalham. Neste momento estão tentando descobrir todas as pessoas que tiveram contato com Lucas. Talvez este número esteja na agenda dele.

— Não me venha com essa. Ele nunca ligou para cá ou deixou que você telefonasse para ele quando os dois estavam metidos em um de seus "negócios", a menos que ambos estivessem usando celulares pré-pagos.

— Angie, se um de nós deixou uma única impressão digital naquele carro, ela vai constar do banco de dados dos federais.

— Você usou luvas quando levou aquele carro, usou luvas quando dirigiu o carro de Lucas para o apartamento dele. De qualquer forma, mesmo que achem alguma digital, nós já teremos desaparecido. Você é conhecido como Clint Downes há uns bons 15 anos. Então, pare, pare, pare!

Kathy tinha quase caído no sono. Quando a voz de Angie ficou mais alta, ela deslizou para fora do colo e ficou de pé olhando para os dois.

Numa abrupta mudança de estado de espírito, Angie disse:

— Juro como Stevie vai ficar a minha cara, Clint. Você deve ter feito um trabalho muito bom com o vapor do banheiro. Ela não parece mais tão incomodada. Mas vou deixar o nebulizador funcionando a noite inteira. Também comeu um pouco de cereal, de modo que acho que vai resistir.

— Angie, ela precisa de remédio de verdade.

— Eu posso resolver isso, se for preciso. — Angie não tinha contado a Clint que fizera uma inspeção no armarinho do banheiro e encontrara dois comprimidos de penicilina e xarope para tosse que Clint tomara quando teve uma bronquite muito séria no ano anterior. Ela começara a dar o xarope a

Kathy. Se não resolver, pensou, eu abro as pílulas e dissolvo em água. Penicilina cura praticamente tudo.

— Por que você tinha que dizer que eu ia me encontrar com Gus hoje à noite? Estou exausto. Não quero sair.

— Você tem que ir porque aquele chato precisa torrar o saco de alguém. Se você for, se livra dele. Pode até contar que vai trabalhar em outro lugar. Você só não pode é tomar meia dúzia de cervejas e começar a chorar pelo seu amigo Lucas.

Kathy virou-se e saiu andando na direção do quarto. Angie se levantou para segui-la e viu a menina puxar o cobertor de cima do berço, embrulhar-se nele e deitar no chão.

— Escute, neném, se você está cansada, tem um berço onde se deitar — exclamou Angie, ríspida. Ela pegou a criança, que não se opôs, e a colocou no berço. — Stevie ama a mamãe, não ama?

Kathy fechou os olhos e virou o rosto. Angie sacudiu-a.

— Estou sendo boazinha com você. Enchi o saco desse seu jeito de me tratar, e não se atreva a começar de novo com aquela conversa que não dá para entender.

O toque súbito da campainha assustou Angie, e ela ficou imóvel. Talvez Clint tivesse razão. Talvez os agentes federais realmente o tivessem rastreado através de Lucas, pensou ela, paralisada pelo medo.

Pela porta parcialmente aberta, ela ouviu Clint se deslocar com passos lentos e pesados, e depois o barulho de uma porta sendo aberta.

— Oi, Clint, meu velho amigo. Achei melhor vir pegar você e poupar sua ida de carro. Pode dizer a Angie que eu prometo que vai ser uma noite de duas cervejas para mim. — Era a voz estrondosa de Gus, o encanador.

Ele suspeita de alguma coisa, pensou Angie, furiosa. Ouviu mesmo o choro das duas meninas e agora veio nos inspecionar. Rapidamente, ela envolveu Kathy num cobertor, deixando à mostra só a parte de trás de sua cabeça, seu cabelo castanho-escuro e curto, e foi para a sala.

— Oi, Gus — disse.

— Oi, Angie. Essa é a criança de que você está tomando conta?

— É, sim. Chama-se Stevie. Foi ele quem você ouviu chorando ontem à noite. A família foi a um enterro no Wisconsin e volta amanhã. Eu amo o rapazinho, mas estou a fim de dormir um pouco. — Com a mão firme por baixo do cobertor ela evitou que Kathy virasse a cabeça e Gus visse seu rosto.

— Até logo mais, Angie — disse Clint, acompanhando Gus na direção da porta.

Angie viu que a picape de Gus estava parada na frente da casa, o que significava que ele tinha entrado pelo portão dos fundos, usando o código. O que queria dizer que ele poderia aparecer a qualquer hora que cismasse.

— Tchau, divirta-se — disse ela, quando a porta se fechou atrás dos dois homens.

Angie ficou olhando da janela até que a picape desaparecesse. Aí então alisou o cabelo de Kathy.

— Bonequinha — disse —, você, eu e o nosso dinheiro vamos dar o fora imediatamente. Pelo menos desta vez o papai Clint estava certo. Não é seguro continuar aqui.

46

Às 19 horas, o monsenhor Romney tocou a campainha da casa dos Frawley. Steve e Margaret atenderam juntos.

— Muito obrigada por ter vindo, monsenhor — disse Margaret.

— Estou satisfeito por ter me chamado, Margaret. — Ele os seguiu até o escritório. Margaret e Steve sentaram-se no sofá, bem próximos. O padre acomodou-se na cadeira mais próxima. — Como está Kelly? — perguntou.

— A Dra. Harris lhe deu um sedativo, de modo que dormiu quase o dia inteiro — respondeu Steve. — A doutora está com ela agora.

— Quando Kelly está acordada, tenta falar com Kathy — contou Margaret. — Não consegue aceitar que a irmã não esteja mais aqui. Eu também não.

— Não há dor maior que a de perder um filho — disse o monsenhor. — Em uma cerimônia de casamento, nós rezamos para que o casal viva para ver os filhos dos filhos. Não importa se o filho é um bebê recém-nascido que mal conseguiu respirar, uma criança pequena ou um jovem adulto, não há dor que se compare à perda de um filho.

— Meu problema — disse Margaret lentamente — é que ainda não consigo acreditar que a Kathy se foi. Não consigo aceitar que ela não entrará por essa porta a qualquer minuto, um passo atrás de Kelly. Das duas, Kelly é a líder, a chefe. Kathy é um pouco mais tímida, um pouco acanhada.

Ela olhou para Steve e depois para monsenhor Romney.

— Quebrei meu tornozelo esquiando no gelo quando tinha 15 anos. Foi uma fratura realmente feia e eu tive de fazer uma cirurgia. Lembro-me de que quando acordei, sentia apenas uma vaga dor e pensei que a recuperação seria fácil e bem-sucedida. Horas depois, a anestesia começou a perder o efeito e a dor foi tanta que entrei em agonia. Acho que agora as coisas se passarão da mesma maneira para mim. Por ora a anestesia ainda está funcionando.

Monsenhor Romney aguardou, sentindo que Margaret estava prestes a fazer um pedido. Ela parece tão jovem, tão vulnerável, pensou. A mãe confiante e sorridente que lhe dissera um dia que fizera uma pausa em sua carreira de advogada para poder estar sempre com as filhas gêmeas era agora uma pálida sombra de si mesma, os olhos azuis fundos e cheios de dor. Ao lado dela, Steve, despenteado, os olhos vermelhos de exaustão, sacudia incessantemente a cabeça, como que a negar o que acontecera.

— Sei que deveríamos planejar algum tipo de serviço religioso ao qual as pessoas pudessem comparecer — disse Margaret. — Minha mãe e minha irmã devem chegar na semana que vem. O pai de Steve contratou uma enfermeira para que a mãe dele possa vir também. Vários amigos nos enviaram e-mails dizendo que gostariam de estar conosco. Mas antes de pensarmos em uma missa a que todos possam comparecer, eu gostaria de saber se amanhã de manhã bem cedo o senhor poderia rezar uma missa em intenção de Kathy apenas para nós quatro, Steve, eu, Kelly e a Dra. Harris. Seria possível?

— Claro que sim. Posso rezar essa missa amanhã, seja antes, seja depois das missas já programadas. Ou seja, antes das 7 horas ou depois das 9 hora.

— Quando a missa é para uma criancinha não é chamada de missa de anjo?

— Algumas pessoas leigas chamam assim, quando a missa é em intenção a uma pessoa jovem. Escolherei algumas leituras apropriadas.

— Querida, marque para depois das 9 horas — sugeriu Steve. — Não nos faria mal se tomássemos um remédio para dormir hoje à noite.

— Para dormir, não para sonhar — disse Margaret, exausta.

Monsenhor Romney levantou-se e dirigiu-se a ela. Colo cou a mão sobre sua cabeça, abençoou-a e depois se virou para Steve e fez o mesmo.

— Às 10 horas na igreja — disse.

Ao contemplar aqueles rostos assolados pela dor, as palavras do De Profundis surgiram em sua cabeça. *"Das profundezas clamo a Ti Senhor: escuta o meu apelo. Senhor, torne atentos os teus ouvidos à voz da minha súplica!"*

47

NORMAN BOND NÃO SE ESPANTOU QUANDO DOIS AGENTES do FBI chegaram ao seu escritório na manhã da sexta-feira. Sabia que haviam descoberto que ele preterira três empregados qualificados da CFG&Y para poder empregar Steve Frawley. Presumia também que eles haviam percebido que era preciso alguém com sofisticado know-how financeiro para perceber que alguns bancos estrangeiros, mediante o pagamento de honorários, seriam capazes de receber e processar dinheiro ilegalmente obtido.

Antes de dizer à sua secretária para mandar os agentes do FBI entrarem, ele se enfiou apressadamente no banheiro privativo e estudou-se no espelho de corpo inteiro pendurado atrás da porta. O primeiro dinheiro que ganhara depois de conseguir um emprego na CFG&Y, 25 anos atrás, ele gastara com o dispendioso tratamento de laser para livrar-se das marcas de acne que tinham feito de sua adolescência uma tortura interminável. Em sua mente as cicatrizes ainda estavam lá, da mesma forma que os óculos grossos que o deixavam parecido com uma coruja, necessários para curar uma ambliopia. Agora eram lentes de contato que melhoravam a visão de seus olhos azuis. Era agradecido pela bela cabeleira que tinha, mas se perguntava se não havia sido um erro deixá-la sem tintura. Herdara os cabelos brancos prematuros da família da mãe e, aos 48 anos, a cabeça deixara de ser grisalha e passara a ser quase totalmente branca.

Conservadores ternos feitos por Paul Stuart tinham substituído as roupas de segunda mão da infância, mas era necessário um olhar no espelho para se assegurar de que uma mancha não tinha se materializado de algum modo na sua lapela ou gravata. Jamais pudera se esquecer dos velhos tempos na CFG&Y quando, na presença do presidente, usara um garfo comum para abrir sua ostra. Quando a ostra caiu dos dentes do garfo, ela deslizara pelo seu paletó, pingando molho de coquetel. Naquela noite mesmo, morrendo de vergonha, comprou um livro de etiqueta e um conjunto completo de jantar, e por alguns dias treinou sem parar o uso dos talheres.

O espelho lhe assegurou que sua aparência estava boa. Feições aceitáveis. Bom corte de cabelo. Camisa branca impecável. Gravata azul. Sem joias. A rápida visão em sua mente de quando jogou sua aliança de casado nos trilhos, segundos antes de um trem atravessar acelerado a sua frente. Após todos aqueles anos, ele ainda não sabia dizer ao certo se fora raiva ou tristeza que desencadeara aquela reação. Agora não tinha mais importância, disse a si próprio.

Voltou para sua mesa e fez um sinal à secretária para que permitisse a entrada dos agentes do FBI. O primeiro, Angus Sommers, ele conhecera na quarta-feira. O segundo, na verdade, era uma mulher, esbelta, com cerca de 30 anos, que foi apresentada como agente Ruthanne Scaturro. Ele sabia que devia haver outros agentes espalhados pelo prédio fazendo perguntas.

Norman Bond cumprimentou seus visitantes com um aceno de cabeça. Como cortesia, fez que ia se levantar, mas permaneceu sentado, o rosto impassível.

— Sr. Bond — começou Sommers —, foi uma declaração muito forte a que o seu diretor financeiro, Gregg Stanford, fez para a mídia ontem. O senhor concordou com ela?

Bond ergueu uma das sobrancelhas, um truque que lhe custara muito tempo para aperfeiçoar.

— Como sabe, agente Sommers, a diretoria votou unanimemente pelo pagamento do resgate. Ao contrário do meu distinto colega, eu era muito a favor de que se fizesse o pagamento. Trata-se de uma tragédia terrível o fato de uma das gêmeas estar morta, mas pode ser que a outra tenha voltado em segurança justamente graças ao pagamento do resgate. O bilhete deixado pelo motorista da limusine não indicava que ele não tivera a intenção de matar a outra criança?

— É verdade. Quer dizer então que o senhor não concorda de jeito nenhum com a posição do Sr. Stanford?

— Jamais concordo com as decisões de Gregg Stanford. Ou, explicando de outro modo: ele é diretor financeiro porque sua família detém dez por cento das ações com direito a voto. Ele sabe que todos nós o consideramos uma pessoa sem a menor importância. Ele tem o ridículo pensamento de que, defendendo um ponto de vista oposto ao do nosso presidente, Robinson Geisler, atrairá seguidores. O que ele cobiça é a cadeira de presidente. Mais que isso, ele a deseja fervorosamente. Em relação ao pagamento do resgate, ele percebeu uma oportunidade de se aproveitar dessa tragédia.

— O senhor ambiciona a cadeira do presidente, Sr. Bond? — perguntou a agente Scaturro.

— No devido tempo, eu espero ser considerado para ocupá-la. Por ora, depois da desagradável turbulência do ano passado e da pesada multa paga pela companhia, penso que seria muito melhor que a atual diretoria apresentasse uma frente unida a nossos acionistas. Na minha avaliação, Stanford só causou prejuízos com o seu ataque público ao Sr. Geisler.

— Vamos mudar de assunto, Sr. Bond — sugeriu Angus Sommers. — Por que o senhor contratou Steve Frawley?

— Parece-me que tratamos deste assunto dois dias atrás, Sr. Sommers — respondeu Bond, deixando um tom de aborrecimento transparecer em sua voz.

— Pois vamos conversar de novo. Há três homens muito amargurados na companhia que acham que o senhor não precisava procurar fora da empresa uma pessoa para a posição que deu a Steve Frawley. Foi um avanço espetacular para ele em termos de emprego, não foi?

— Deixe que eu lhe explique algo sobre política corporativa, Sr. Sommers. Os três homens que o senhor menciona querem o meu lugar. Eles foram protegidos do antigo presidente. Foram e ainda são leais a ele. Sou ótimo na avaliação de pessoas, e Steve Frawley é inteligente, muito inteligente. A combinação de um MBA com um diploma em direito, juntamente com cérebro e personalidade, indicam um longo caminho à sua frente no mundo corporativo. Tivemos uma longa conversa a respeito desta companhia, acerca dos problemas pelos quais passamos no ano anterior e sobre perspectivas futuras, e eu gostei do que ouvi. Ele também me parece ser um homem ético, uma raridade nos dias de hoje. Finalmente, eu sei que ele me seria leal, e isso é o fundamental para mim.

Norman Bond recostou-se na cadeira e comprimiu as mãos uma na outra, os dedos apontando para a frente.

— E agora, se me desculpam, eu tenho uma reunião lá em cima.

Nem Sommers nem Scaturro fizeram qualquer gesto no sentido de se levantarem.

— Só mais umas perguntas, Sr. Bond — disse Sommers. — O senhor não nos contou que já morou em Ridgefield, Connecticut.

— Já morei em muitos lugares desde que comecei a trabalhar nesta empresa. Ridgefield foi há mais de vinte anos, quando eu era casado.

— Não é fato que sua mulher teve filhos gêmeos que morreram no parto?

— É fato. — Os olhos de Bond tornaram-se absolutamente inexpressivos.

— O senhor era apaixonado por sua mulher, mas ela o deixou logo depois, não foi?

— Ela se mudou para a Califórnia. Queria começar uma vida nova. O sofrimento tanto separa quanto aproxima as pessoas, agente Sommers.

— Depois que ela se foi o senhor teve uma espécie de colapso, não foi?

— O sofrimento também causa depressão, Sr. Sommers. Eu sabia que precisava de ajuda e por isso me internei. Hoje em dia, os grupos de apoio são comuns. Vinte anos atrás, não eram.

— O senhor manteve contato com sua ex-esposa?

— Ela casou de novo logo depois. Foi melhor para nós dois que encerrássemos esse capítulo de nossas vidas.

— Mas lamentavelmente o capítulo dela não se fechou, não é mesmo? Sua ex-mulher desapareceu alguns anos depois de ter se casado de novo.

— Sei disso.

— O senhor foi interrogado a respeito do desaparecimento dela?

— Assim como seus pais, irmãos e amigos, me perguntaram se eu tinha conhecimento de onde ela poderia estar. Claro que não tinha. Na verdade, contribuí para a recompensa a ser dada por uma informação que ajudasse no seu retorno.

— Recompensa essa que nunca chegou a ser reclamada por ninguém, certo, Sr. Bond?

— Não, nunca.

— Sr. Bond, quando o senhor conheceu Steve Frawley, viu algo de si próprio nele: um homem jovem, inteligente e ambicioso, com uma esposa sedutora e inteligente, e duas lindas crianças?

— Sr. Sommers, este interrogatório tornou-se irracional. Se o estou compreendendo, e acredito que estou, o senhor está sugerindo que eu possa ter tido algo a ver com o desaparecimento de minha finada esposa, assim como com o sequestro das gêmeas Frawley. Como se atreve a me insultar desse modo? Saia da minha sala!

— Sua *finada* esposa, Sr. Bond? Como sabe que ela está morta?

48

— Sempre fui uma pessoa prevenida, minha bonequinha — disse Angie, mais para si própria que para Kathy, que estava deitada na cama do motel, apoiada em travesseiros e coberta com uma manta. — Penso à frente o tempo todo. Essa é a diferença entre mim e Clint.

Eram 10 horas da manhã de sexta-feira e Angie sentia-se satisfeita consigo mesma. Na noite anterior, uma hora depois que Clint e Gus haviam saído para beber, tinha arrumado tudo na van e estava na estrada com Kathy. Pusera o dinheiro do resgate em malas e depois juntara de qualquer maneira algumas roupas, os telefones pré-pagos que o Flautista Mágico dera para Lucas e Clint e a licença de motorista que roubara de uma mulher de cujo filho tinha cuidado no ano anterior.

Por fim, em uma reflexão tardia, rabiscou um bilhete para Clint: "Não se preocupe. Ligo para você de manhã. Precisei fazer um serviço extra como babá."

Dirigiu durante três horas e meia direto até Cape Cod e o motel Hyannis, onde havia ficado anos atrás quando ela e um sujeito tinham saído para passar um fim de semana juntos.

Gostara tanto do Cape que conseguiu um emprego durante o verão no Seagull Marina, em Harwich.

— Sempre tive um plano de fuga em mente, para o caso de Clint ser apanhado num dos trabalhos que realizou com Lucas — disse ela a Kathy com uma risada. Mas depois, vendo que Kathy estava caindo de sono, franziu a testa, aproximou-se da cama e bateu no ombro da garotinha. — Preste atenção quando eu estiver falando com você — repreendeu. — Talvez aprenda alguma coisa.

Os olhos de Kathy permaneceram fechados.

— Pode ser que eu tenha lhe dado muito xarope — especulou Angie. — Se deixou Clint sonolento quando ele o tomou no ano passado, acho que pode realmente derrubar você.

Ela dirigiu-se à bancada onde restava uma caneca com um pouco do café que fizera mais cedo. Estou com fome, pensou. Bem que eu podia tomar um café da manhã decente, só que não posso ficar andando por aí com a menina meio adormecida e sem um casaquinho. Quem sabe eu a deixo trancada no quarto, como qualquer coisa e depois compro umas roupinhas para ela. Deixo as malas debaixo da cama e penduro um daqueles avisos de NÃO PERTURBE na porta. Talvez lhe dê mais um pouco de xarope — então ela vai dormir *de verdade*.

Angie podia sentir que seu bom humor estava se esvaindo e reconheceu que, quando estava com fome, sempre ficava meio nervosa e irritada. Tinham chegado ao motel um pouco depois da meia-noite. Estava com tanto sono que mal conseguia manter os olhos abertos. Pusera a menina para dormir e desabara na cama ao lado dela. Caíra no sono imediatamente, mas havia acordado antes do sol nascer, quando a menina começou a tossir e a chorar.

Não consegui dormir de novo, pensou Angie. Só cochilei um pouco, e é por isso que não me sinto tão atenta agora. Mas fui esperta o bastante para lembrar de trazer aquela carteira de motorista, de modo que agora serei conhecida oficialmente como "Linda Hagen" por aqui.

No ano anterior trabalhara algumas vezes para Linda Hagen, e um dia Linda chegara em casa furiosa por achar que tinha deixado a carteira no restaurante. Na outra vez em que tomou conta do bebê Hagen, teve que usar o carro da família para levá-la a uma festa de aniversário. Foi nesta oportunidade que descobriu a carteira caída entre os dois bancos da frente. Dentro dela, Angie encontrou 200 dólares em dinheiro e, mais importante, uma carteira de motorista. Claro que a Sra. Hagen tinha cancelado os cartões de crédito, mas a carteira de motorista foi um achado.

Nós duas temos rosto fino e cabelo castanho-escuro, pensou Angie. A senhora Hagen usava óculos grossos na foto, e, se algum dia eu for parada, ponho óculos escuros. Seria realmente necessário estudar a foto de perto para descobrir a fraude. De qualquer forma, eu estou registrada aqui como Linda Hagen. A menos que os agentes federais rastreando a van tenham, por acaso, topado com Clint, eu estou bem por enquanto. Mesmo que eu decida pegar um avião para qualquer lugar, com a foto de Linda não terei problema.

Angie imaginou que se os agentes federais *realmente* prendessem Clint, ele provavelmente diria que ela estava a caminho da Flórida, porque era o que Clint pensaria. Mas Angie também sabia que precisava se livrar da van e comprar um carro de segunda mão com o dinheiro do resgate.

Aí então vou poder ir para onde bem entender, pensou. Abandono a van em algum lixão por aí. Sem as placas, ninguém poderá descobrir de quem era.

Manterei contato com Clint e, depois de me assegurar de que a polícia não o está seguindo, talvez lhe diga onde estou para que ele possa nos encontrar. Ou talvez não diga. Mas por ora ele não vai ter nenhuma pista. Só que como eu disse que iria telefonar hoje de manhã, é melhor telefonar.

Ela pegou um dos pré-pagos e discou o número de Clint. Ele atendeu no primeiro toque.

— Onde é que você está? — indagou.

— Clint, querido, foi melhor eu ter saído daí depressa. Peguei o dinheiro, não se preocupe. Se por acaso os agentes federais aparecessem atrás de você, o que teria acontecido se eu ainda estivesse aí com a criança e o dinheiro? Agora preste atenção: livre-se do berço! Você falou para o Gus que ia pedir demissão do clube?

— Falei, falei. Disse para ele que tinham me oferecido uma colocação em Orlando.

— Ótimo. Avise ao clube hoje. Se o metido do Gus aparecer de novo, diga a ele que a mãe da criança de quem eu estava cuidando me pediu para levá-la para o Wisconsin. Diga que o pai dela morreu e que ela precisa ficar lá ajudando a mãe. Diga também que vou me encontrar com você na Flórida.

— Não me enrole, Angie.

— Não estou enrolando você. Se os agentes o procurarem, você estará limpo. Falei para o Gus que você tinha ido procurar um carro para comprar no Yonkers quarta-feira à noite. Diga a ele que vendeu a van e depois alugue um carro.

— Você não me deixou um centavo do dinheiro — disse ele, amargurado. — Nem mesmo as 500 pratas que deixei em cima da cômoda.

— E se eles tiverem anotado os números de série? Eu só estou protegendo você. Use o cartão de crédito. Não faz mal. Daqui a uns 15 dias vamos desaparecer da face da terra. Estou com fome. Tenho que ir. Adeus.

Angie fechou o celular, aproximou-se da cama e deu uma olhada em Kathy. Estaria dormindo ou só fazendo de conta? Kathy estava ficando tão malcriada quanto a outra, pensou Angie. Por mais que eu me esforce, ela também me ignora.

O xarope para tosse estava ao lado da cama. Angie desatarraxou a tampa e encheu uma colher. Inclinando-se, abriu os lábios de Kathy à força e virou a colher até que todo o xarope foi parar dentro da boca da menina.

— Agora engole — ordenou.

Sonolenta, Kathy engoliu tudo num reflexo. Algumas gotas caíram na traqueia, e ela começou a tossir e a chorar. Angie empurrou-a de volta para cima do travesseiro.

— Ah, pelo amor de Deus, cala essa boca — disse, por entre os dentes.

Kathy fechou os olhos e puxou o cobertor para tapar o rosto enquanto se virara, tentando não chorar. Mentalmente podia ver Kelly sentada na igreja, ao lado da mamãe e do papai. Não se atreveu a falar em voz alta, mas mexeu os lábios silenciosamente ao sentir que Angie começava a amarrá-la à cama.

Na primeira fila da igreja St. Mary, em Ridgefield, Margaret e Steve seguravam ajoelhados as mãos de Kelly, durante a missa em Ridgefield. Ao lado deles a Dra. Sylvia Harris tentava conter as lágrimas ao ouvir a prece inicial proferida pelo monsenhor Romney.

> Deus Nosso Senhor, de quem a tristeza humana
> nunca pode se ocultar
> O Senhor conhece o fardo da dor
> Que sentimos com a perda desta filha
> Quando choramos sua passagem desta vida

Conforte-nos com a certeza
De que Kathryn Ann agora vive nos seus braços
amorosos.

Kelly puxou a mão de Margaret.

— Mamãe — disse ela, falando alto e claro pela primeira vez desde que voltara para casa. — Kathy está com muito medo daquela mulher. Ela está chorando. Quer que você também busque ela e traga para casa. Agora!

49

O agente especial Chris Smith, chefe do escritório do FBI na Carolina do Norte, telefonou para marcar um rápido encontro com os pais de Steve Frawley em Winston-Salem.

O pai de Frawley, Tom, um aposentado e altamente condecorado capitão dos bombeiros de Nova York, não gostou.

— Soubemos ontem da morte de uma de nossas duas netas. Como se isso não fosse suficientemente devastador, minha mulher ainda passou por uma cirurgia no joelho três semanas atrás e ainda está com dores terríveis. Por que você quer nos ver?

— Precisamos falar com o senhor a respeito do filho mais velho da Sra. Frawley, o seu enteado, Richie Mason — foi a explicação de Smith.

— Ah, pelo amor de Deus, eu deveria ter imaginado. Passem aqui lá pelas 11 horas.

Smith, um afro-americano de 52 anos, trouxe consigo Carla Rogers, uma agente de 26 anos recentemente designada para sua equipe.

Às 11 horas, Tom Frawley atendeu à porta e convidou os agentes a entrar. A primeira coisa que Smith viu foi uma montagem com retratos das gêmeas na parede oposta à porta. Lindas meninas, pensou. Que pena não terem conseguido resgatar as duas.

A convite de Frawley pai, os dois agentes do FBI o seguiram até a sala da família, um cômodo aconchegante que era uma extensão da cozinha. Grace Frawley estava sentada em uma espaçosa poltrona de couro com os pés apoiados em uma banqueta estofada. Smith aproximou-se dela.

— Sra. Frawley, sinto muitíssimo esta intrusão. Sei que a senhora acaba de perder uma de suas netas e foi submetida recentemente a uma cirurgia. Prometo que não vou tomar muito do seu tempo. O escritório de Connecticut nos mandou aqui para fazermos algumas perguntas para a senhora e o seu marido, a respeito do seu filho, Richard Mason.

— Sente-se, por favor — Tom Frawley apontou para o sofá e depois puxou uma cadeira para se acomodar ao lado da mulher. — Em que encrenca Richie se meteu agora?

— Sr. Frawley, eu não disse que ele estava encrencado. Não sei por onde anda. Queríamos falar com Richie, mas ele não se apresentou para o trabalho no aeroporto de Newark na quarta-feira à noite e, de acordo com seus vizinhos, não tem sido visto no prédio onde mora desde a semana passada.

Os olhos de Grace Frawley estavam inchados. Sob o olhar dos agentes, ela levou o lenço de linho repetidas vezes ao rosto. Smith percebeu que ela tentava esconder o tremor dos lábios.

— Ele nos disse que estava voltando a trabalhar — falou, nervosamente. — Fui operada três semanas atrás. Foi por isso que Richie apareceu no último fim de semana. Será que aconteceu alguma coisa com ele? Se não voltou ao trabalho, pode ter sofrido um acidente no caminho de casa.

— Grace, sejamos realistas. — insistiu Tom delicadamente. — Richie odiava aquele trabalho. Dizia que era inteligente demais para passar o dia inteiro empurrando malas de um lado para o outro. Não me admiro se num impulso repentino ele tiver ido para Las Vegas ou algum lugar do tipo. Richie já fez esse tipo de coisa dezenas de vezes. Ele está bem, querida. Você já tem problemas demais para que se preocupe com *ele*.

O tom de voz de Tom Frawley era tranquilizador, mas Chris Smith percebeu a irritação nas palavras de consolo que ele dirigia à mulher, e não tinha dúvida de que Carla Rogers estava entendendo também. Pelo que tinha lido a respeito de Richie Mason, parecia que ele tinha sido motivo de preocupação para a mãe a vida toda. Abandonara os estudos, se envolvera em algumas encrencas quando jovem e passara cinco anos no xadrez por conta de um esquema que custara uma fortuna a dezenas de investidores — inclusive Franklin Bailey, que perdera 7 milhões de dólares.

Grace Frawley tinha o aspecto exausto e tenso de uma pessoa que sofria muita dor, tanto física quanto emocional. Ela tinha cerca de 60 anos, ponderou Smith, uma mulher atraente, de cabelos grisalhos e constituição delicada. Tom Frawley era um sujeito grande, de ombros largos, talvez alguns anos mais velho que ela.

— Sra. Frawley, sua cirurgia foi realizada três semanas atrás. Por que Richie esperou tanto para visitá-la?

— Eu fiquei em um centro de reabilitação por duas semanas.

— Entendo. A que horas Richie chegou aqui e a que horas saiu? — indagou Smith.

— Chegou por volta das 3 horas da manhã de sábado. Saiu do trabalho no aeroporto às 15 horas e nós esperávamos que chegasse à meia-noite — Tom Frawley respondeu pela esposa. — Mas então ele ligou dizendo que o trânsito estava engarrafado e que nós devíamos ir dormir e deixar a porta aberta para ele entrar. Saiu daqui por volta das 10 horas da manhã de terça-feira, depois de nós todos termos visto Steve e Margaret na televisão.

— Ele fez ou recebeu muitas ligações?

— Não do nosso telefone. Mas ele tinha um celular, que usou algumas vezes. Não sei dizer quantas.

— Mas Richie tinha o hábito de visitá-la, Sra. Frawley? — perguntou Carla Rogers.

— Ele foi nos ver quando visitamos Steve, Margaret e as gêmeas logo depois deles terem se mudado para Ridgefield. Antes, nós não o víamos havia quase um ano.

Desta vez foi Grace Frawley quem falou, a voz cansada e triste.

— Eu telefono para ele regularmente — prosseguiu ela. — Richie quase nunca atende, mas deixo recado no seu celular, dizendo apenas que estamos pensando nele e que o amamos. Sei que ele pode estar metido em encrenca, mas no fundo é um bom menino. O pai de Richie morreu quando ele tinha apenas 2 anos. Casei-me com Tom três anos mais tarde e nenhum ser humano poderia ter sido melhor pai do que ele foi para Richie. Mas na adolescência ele se meteu com maus elementos e nunca mais voltou a andar nos trilhos.

— Como é o relacionamento dele com Steve?

— Não é dos melhores — admitiu Tom Frawley. — Richie sempre teve ciúme de Steve. Richie poderia ter feito faculdade. Suas notas no ensino médio foram irregulares, mas seus exames vestibulares foram excelentes. Na verdade, ele começou a frequentar a Universidade do Estado de Nova York. Richie é inteligente, muito inteligente mesmo, mas largou os estudos no primeiro ano e foi para Las Vegas. Foi assim que se envolveu com um bando de jogadores e impostores. Como o senhor deve saber, passou algum tempo na cadeia por causa de um esquema fraudulento em que se envolveu.

— O nome Franklin Bailey significa alguma coisa para o senhor?

— É o homem com quem o sequestrador das minhas netas entrou em contato. Nós o vimos na televisão, foi ele quem entregou o dinheiro do resgate para os sequestradores.

— Ele também é uma das vítimas da fraude que Richie ajudou a montar. E que custou 7 milhões de dólares ao Sr. Bailey.

— Bailey sabe quem é Richie? Quer dizer, ele é meio-irmão de Steve. — perguntou rapidamente o Sr. Frawley, ao mesmo tempo atônito e preocupado.

— Agora sabe. O senhor saberia dizer se Richie viu o Sr. Bailey quando o visitou em Ridgefield?

— Eu não teria como saber.

— Sr. Frawley, o senhor diz que Richie saiu cerca de 10 horas da manhã de terça-feira? — perguntou Smith.

— Exatamente. Menos de meia hora depois que Steve e Margaret apareceram na televisão com Bailey.

— Richie sempre afirmou que não sabia que a companhia na qual ele persuadiu as pessoas a investirem era uma farsa. Acredita nisso?

— Não, não acredito. Quando ele nos falou a respeito da companhia, parecia tão boa que nos oferecemos para investir nela, mas ele não permitiu. Será que isso lhe diz alguma coisa?

— Tom! — protestou Grace Frawley.

— Grace, Richie pagou sua dívida para com a sociedade por ter feito parte daquele golpe. Fingir que ele foi um inocente bode expiatório é desonesto. O dia em que Richie assumir a culpa pelo que fez será o dia em que começará a fazer algo a favor de sua vida.

— Nós soubemos que antes de perceber que tinha sido tapeado, Franklin Bailey estabeleceu uma amizade sólida com

Richie. Acha possível que Bailey tenha acreditado na história de Richie e permanecido amigo dele depois de sua saída da prisão? — indagou Smith.

— Onde o senhor está querendo chegar com essas perguntas, Sr. Smith? — perguntou Frawley com toda a calma.

— Sr. Frawley, seu enteado tem muita inveja do meio-irmão. Sabemos inclusive que ele tentou namorar sua nora antes de ela conhecer Steve. Richie tem bons conhecimentos sobre finanças, razão pela qual foi capaz de enganar tanta gente. Franklin Bailey se tornou parte de nossa investigação e, durante a investigação, descobrimos uma ligação feita a partir do seu telefone, neste prédio, para Bailey, aproximadamente às 10h10 minutos da manhã de terça-feira.

As rugas da fisionomia áspera de Frawley ficaram mais acentuadas.

— Eu certamente não entrei em contato com Franklin Bailey. — Ele virou-se para a mulher. — Grace, você não telefonou para ele, telefonou?

— Claro que telefonei — disse Grace, com firmeza. — Deram o número dele na televisão, e eu liguei para agradecer a ajuda dada a Steve e Margaret. Quando ele não atendeu e a secretária eletrônica entrou, não deixei recado.

Ela encarou o agente Smith, a raiva substituindo o sofrimento em seus olhos.

— Sr. Smith, sei que o senhor e sua agência estão trabalhando para que seja feita justiça às pessoas que sequestraram minhas netas e causaram a morte de Kathy. Mas preste muita atenção no que vou dizer. Não me importo se Richie apareceu ou não para trabalhar no aeroporto de Newark. Acho que o senhor está insinuando a existência de algo entre ele e Franklin Bailey e que isso pode ter ligação com o sequestro de nossas netas. Trata-se de uma ideia absolutamente ridícula, de modo que é melhor o senhor não gastar o *seu* tempo ou o *nosso* se dedicando a essa linha de investigação.

Ela empurrou a banqueta e se levantou, apoiando-se nos braços da poltrona.

— Minha neta está morta. Estou sentindo tantas dores que não sei como aguento. Meu filho e minha nora estão inconsoláveis com a perda da filha. Meu outro filho é fraco, tolo e até mesmo um ladrão, mas não é capaz de algo tão desprezível como sequestrar as próprias sobrinhas. Chega, Sr. Smith. Diga para o seu pessoal que chega. Eu já não tive o suficiente? Eu já não tive o suficiente?

Num gesto de extremo desespero, ela lançou as mãos para o alto, caiu novamente na poltrona e se inclinou para a frente até que seu rosto tocou os joelhos.

— Saiam! — Tom Frawley apontou para a porta, enquanto cuspia as palavras. — Vocês não conseguiram salvar minha neta. Saiam daqui e procurem o sequestrador dela. Estão desperdiçando suas forças se querem ligar Richie ao crime. É melhor não perderem tempo pensando que ele está envolvido.

Smith ouviu, o rosto impassível.

— Sr. Frawley, se tiver notícias de Richie, poderia fazer o favor de lhe dizer que precisamos entrar em contato com ele? Aqui está meu cartão.

Despedindo-se de Grace Frawley com um aceno de cabeça, virou-se e, seguido pela agente Rogers, foi embora.

Quando chegou ao carro, ele colocou a chave na ignição antes de perguntar:

— O que é que você achou daquilo?

Carla sabia a que ele estava se referindo.

— O telefonema para Franklin Bailey? Acho que a mãe pode estar querendo proteger o filho.

— Eu também. Richie não chegou aqui senão na manhã de sábado, o que significa que teve tempo para participar do plano. Ele esteve na casa de Ridgefield há uns dois meses, de modo que conhecia a disposição da casa. É possível também que tenha visitado a mãe para estabelecer um álibi. Talvez ele seja um dos dois homens que pegaram o dinheiro do resgate.

— Se ele foi um dos sequestradores, teve que usar uma máscara. Sem ela, mesmo que as gêmeas praticamente não o conhecessem, ainda assim poderiam ser capazes de identificá-lo.

— E se uma delas o identificou? E se isso se tornou um motivo para ela não poder voltar para casa? E se a morte de Lucas Wohl não foi suicídio?

Rogers encarou seu superior.

— Eu não sabia que em Nova York e Connecticut estavam pensando desse modo.

— Os caras de Nova York e Connecticut estão pensando de todos os modos possíveis e considerando absolutamente todas as possibilidades. O caso é deles e foi sob sua responsabilidade que uma criança de 3 anos morreu. Alguém que se autodenomina o Flautista Mágico ainda está andando por aí. O sangue daquela criança está em suas mãos e na de todas as pessoas que participaram do sequestro. Como os Frawley acabaram de me dizer, Richie Mason pode não passar de um vigarista comum, mas não posso deixar de pensar que sua mãe o esteja protegendo.

50

Depois do rompante na igreja, Kelly ficou em silêncio. Quando chegaram em casa, subiu diretamente para o quarto e desceu com os dois ursinhos nos braços.

Rena Chapman, a amável vizinha que tinha preparado o jantar para eles diversas vezes e que recebera um dos telefonemas do Flautista Mágico, estava à espera deles.

— Vocês precisam comer — disse ela. Tinha arrumado a mesa redonda da cozinha em que a família tomava o café da manhã e foi lá que se sentaram. Margaret com Kelly no colo, Steve e a Dra. Harris em frente a elas. Rena colocou os pratos na mesa e foi embora.

— Vocês não precisam de mim agora — disse, com firmeza.

Os ovos mexidos muito quentes com presunto cortado em fatias finas e torradas, juntamente com o café forte, esquentaram a todos. Tomavam a segunda xícara quando Kelly saiu do colo da mãe.

— Você lê para mim, mamãe? — perguntou a menina.

— Eu leio, querida — disse Steve. — Traga seu livro para mim.

Margaret esperou que Kelly saísse da cozinha para falar. Sabia a reação que suas palavras iam causar, mas tinha que falar o que sentia.

— Kathy está viva. Ela e Kelly estão em contato uma com a outra.

— Margaret — disse a Dra. Harris gentilmente —, Kelly ainda está tentando se comunicar com Kathy para contar sua própria experiência. Ela tinha medo da tal mulher, a que estava tomando conta delas. Queria voltar para casa.

— Ela estava falando com Kathy — disse Margaret firmemente. — Sei que estava.

— Ah, querida — protestou Steve. — Não sofra ainda mais nutrindo alguma esperança, por menor que seja, de que Kathy esteja viva.

Margaret passou os dedos em torno da xícara de café, lembrando-se de como tinha feito exatamente a mesma coisa na noite em que as gêmeas desapareceram, tentando aquecer as mãos. Percebia agora que o desespero das últimas 24 horas tinha sido substituído pela necessidade desesperada de encontrar Kathy — antes que fosse tarde demais.

É preciso ter cuidado, disse a si própria. Ninguém vai acreditar em mim. Se pensarem que enlouqueci, vão querer me sedar. Aquele remédio que tomei à noite me derrubou por horas a fio. Não posso deixar que isso aconteça de novo. *Tenho que encontrar Kathy.*

Kelly voltou com o livro de histórias do Dr. Seuss, que era o que estavam lendo para ela antes do sequestro. Steve empurrou a cadeira para trás e pegou-a no colo.

— Vamos lá para dentro ler na poltrona grande do meu escritório, está bem?

— Kathy também gosta desse livro — disse Kelly.

— Pois então a gente finge que está lendo para vocês duas. — Steve conseguiu falar com a voz firme, mesmo que seus olhos tenham ficado cheios de lágrimas.

— Ah, papai, que bobagem. Kathy não pode ouvir. Ela está dormindo agora e está sozinha. Aquela moça amarrou ela na cama.

— Você quer dizer que a moça amarrou você na cama, não é mesmo, Kelly? — apressou-se em perguntar Steve.

— Não, papai. A Mona botou a gente no berço grande e não dava para sair. Kathy está na cama agora — insistiu a menina, que depois fez um carinho no rosto de Steve. — Papai, por que é que você está chorando?

— Margaret, quanto mais depressa Kelly voltar para a rotina normal, mais fácil será para ela acostumar-se a não estar com a irmã — disse a Dra. Harris mais tarde, ao se preparar para ir embora. — Acho que Steve tem razão. Levá-la para o jardim de infância será o melhor para ela.

— Desde que Steve não a perca de vista — ponderou Margaret, receosa.

— Claro! — concordou Sylvia Harris, abraçando Margaret rapidamente. — Tenho que dar um pulo no hospital para ver uns pacientes, mas volto à noite, isto é, se vocês ainda acharem que posso ajudar em mais alguma coisa.

— Lembra-se de quando Kathy teve pneumonia, e aquela enfermeira jovenzinha estava prestes a lhe dar penicilina? Se você não estivesse lá, Deus sabe o que poderia ter acontecido. Vá até o hospital, trate de seus pacientes e depois volte — disse Margaret. — Precisamos de você.

— Nós logo descobrimos que Kathy nunca mais poderia tomar penicilina — concordou a Dra. Harris, acrescentando: — Margaret, chore a perda de Kathy, mas não vá nutrir esperanças de que ela esteja viva com base no que Kelly possa dizer. Acredite em mim, ela está revivendo a própria experiência.

Não tente convencê-la! Margaret advertiu a si própria. Ela não acredita em você. Steve não acredita em você. Tenho que falar com o agente Carlson, decidiu. Tenho que falar com ele logo.

Com um aperto final da mão de Margaret, Sylvia foi embora. Sozinha pela primeira vez em uma semana, Margaret fechou os olhos, respirou fundo, correu para o telefone e discou o número do agente Walter Carlson.

Ele atendeu no primeiro toque.

— Margaret, o que posso fazer por você?

— Kathy está viva — disse ela e, antes que Carlson pudesse dizer qualquer coisa, prosseguiu: — Sei que não vai acreditar em mim, mas ela está viva. Kelly tem se comunicado com ela. Uma hora atrás Kathy estava adormecida e amarrada a uma cama. Kelly me disse.

— Margaret...

— Não tente me acalmar. *Confie* em mim. Você tem apenas o bilhete de um homem morto afirmando que ela morreu. Não temos o corpo dela. Tudo o que sabemos é que Lucas entrou no avião com uma caixa grande, mas isso não quer dizer que o corpo de Kathy estivesse lá dentro. Você está me ouvindo? *Encontre-a!*

Antes que ele pudesse responder, Margaret desligou o telefone e depois desabou numa cadeira segurando a cabeça com ambas as mãos. Há algo que eu tenho que me lembrar. Sei que tem a ver com os vestidinhos que comprei para as meninas no dia do aniversário delas. Vou até o armário ver os vestidos e tentar lembrar.

51

No início da tarde de sexta-feira, os agentes do FBI Angus Sommers e Ruthanne Scaturro tocaram a campainha do número 415 da rua Walnut, em Bronxville, Nova York, onde Amy Lindcroft, primeira mulher de Gregg Stanford, morava. Em contraste com as casas grandes e elegantes à volta, aquela era uma modesta casa no estilo Cape Cod pintada de branco, com persianas verde-escuras que reluziam ao sol da tarde repentinamente clara.

A propriedade fez com que Angus Sommers se recordasse da casa em que crescera, do outro lado do rio Hudson, em Closter, Nova Jersey. Uma lembrança familiar passou por sua mente: eu deveria ter comprado aquela casa quando mamãe e papai se mudaram para a Flórida; ela dobrou de valor nos últimos dez anos.

Ali o terreno devia valer mais que a casa, foi seu pensamento seguinte, quando ouviu o som de passos se aproximando do outro lado da porta.

Segundo a experiência de Sommers, mesmo pessoas com a consciência limpa podiam experimentar uma reação nervosa ao receber uma visita do FBI. Neste caso, contudo, Amy Lindcroft é que tinha telefonado e pedido para vê-los, dizendo que queria falar sobre seu ex-marido. Ela os cumprimentou com um sorriso breve ao examinar as credenciais dos dois agentes e depois os convidou para entrar. Com o corpo bem-feito, com cerca de 45 anos, olhos castanhos esfuziantes e cabelo grisalho penteado em volta do rosto, ela usava um avental de pintor por cima da calça jeans.

Os dois agentes a seguiram até uma sala de estar decorada com extremo bom gosto em estilo colonial norte-americano e dominada por uma excelente aquarela representando as paliçadas do rio Hudson. Sommers adiantou-se para examiná-la. A assinatura era de Amy Lindcroft.

— Que coisa linda — disse ele, sinceramente.

— Ganho a vida como pintora. Ainda bem que é boa — respondeu ela, em tom casual. — Agora sentem-se, por favor. Não vou tomar muito do seu tempo, mas o que tenho a dizer talvez valha a pena ser ouvido.

No carro, Sommers dissera à agente Scaturro para conduzir a conversa.

— Sra. Lindcroft — disse ela, seguindo o combinado —, estou certa ao presumir que o que a senhora tem a nos dizer é relevante para o sequestro Frawley?

— *Pode ser que sim* — enfatizou Lindcroft. — Sei que vai parecer coisa de mulher rejeitada, e talvez seja, mas Gregg já magoou tantas pessoas que se o que vou dizer o magoar, que seja. Eu fui colega de quarto de Tina Olsen na faculdade, a herdeira da indústria farmacêutica, e sempre fui convidada para visitar as várias casas da família. Olhando para trás, percebo hoje que Gregg se casou comigo para ter acesso ao mundo de Tina. Teve sucesso absoluto. Gregg é inteligente e sabe muito bem como obter a aprovação de todos. Quando nos casamos, ele trabalhava para uma pequena firma de investimentos. Tanto bajulou o Sr. Olsen que ele finalmente pediu para que trabalhasse em sua empresa. Ele conseguiu dar um jeito e acabou por se tornar o braço direito de Olsen. Foi nesse tempo que ele e Tina de repente anunciaram que estavam apaixonados. Depois de dez anos de casamento, eu finalmente conseguira engravidar. O choque de saber que meu marido e minha melhor amiga me traíam fez com que eu sofresse um aborto. A fim de parar a hemorragia, fui obrigada a fazer uma histerectomia.

Ela é muito mais que uma mulher rejeitada, pensou Angus Sommers, ao observar a tristeza que transparecia dos olhos de Lindcroft.

— Aí então ele se casou com Tina Olsen — disse Scaturro compreensivamente.

— Sim. Durou seis anos, até que Tina descobriu que ele a traía com outra mulher e se livrou dele. Desnecessário dizer que o pai dela também se livrou dele. O senhor precisa compreender, Gregg é simplesmente incapaz de ser fiel.

— O que está nos dizendo, Sra. Lindcroft? — perguntou Angus Sommers.

— Cerca de seis anos e meio atrás, depois que Gregg se casou de novo, Tina telefonou e se desculpou. Disse que não esperava que eu aceitasse seu pedido de desculpas, mas que precisava fazer aquilo. Explicou que não se tratava apenas das conquistas dele; o pai dela descobrira que Gregg vinha roubando a firma com a apresentação de despesas falsas. O Sr. Olsen cobriu as despesas com seu próprio dinheiro a fim de evitar escândalo. Tina disse, se isso servia de consolo para qualquer um de nós, que Gregg estava enrascado com sua nova noiva, Millicent Alwin Parker Huff. Millicent é durona, e Tina ouviu dizer que ela obrigara Gregg a assinar um contrato pré-nupcial que dizia que se o casamento não durasse ao menos sete anos, ele não receberia nada, zero, nem um único dólar.

O sorriso de Amy Lindcroft não expressava qualquer alegria.

— Tina telefonou novamente ontem, depois que viu a entrevista de Gregg. Disse que ele está tentando desesperadamente impressionar Millicent. O contrato pré-nupcial termina em poucas semanas mais, e Millicent tem passado muito tempo na Europa, longe dele. O último marido que ela detonou não sabia o que estava acontecendo até que chegou no edifício onde moravam, na Quinta Avenida, e o porteiro disse que não era autorizado a entrar.

— A senhora está querendo nos dizer que se Gregg receia que algo semelhante possa lhe acontecer, ele pode estar por trás do sequestro porque talvez precise de dinheiro? Não será um exagero, Sra. Lindcroft?

— Poderia ser, se não fosse por mais um fato.

Mesmo treinados para serem impassíveis como eram, o que Amy Lindcroft lhes contou com alegre malícia produziu uma expressão de surpresa em ambos os agentes do FBI.

52

Margaret estava sentada na beira da cama do quarto das gêmeas com os vestidos azuis de veludo que comprara para o aniversário delas sobre seu colo. Tentou reviver a lembrança daquele dia, uma semana atrás, quando vestira as duas para a festa. Steve chegara cedo do trabalho, porque depois da festa eles iam ao jantar da companhia. As meninas ficaram tão entusiasmadas que Steve por fim teve que segurar Kelly no colo, enquanto Margaret abotoava o vestido de Kathy.

Elas estavam conversando telepaticamente aos risinhos, Margaret se lembrava, e estava convencida de que podiam ler a mente uma da outra. *É por isso que sei que Kathy está viva: ela disse a Kelly que quer voltar para casa.*

A imagem de Kathy assustada e amarrada a uma cama fez com que Margaret tivesse vontade de gritar de raiva e medo. *Onde posso procurar Kathy?*, indagou a si própria, agoniada. *Por onde começar? E o que há com os vestidinhos? Há qualquer coisa a respeito deles de que preciso lembrar. O que será?* Ela passou as mãos pelo suave veludo azul, lembrando-se de como, mesmo que o preço tenha sido reduzido, ainda tinham custado mais do que queria pagar. Procurei em toda loja, mas sempre voltava a eles. A vendedora me disse o quanto custavam na Bergdorf. Aí então ela falou que por coincidência acabara de atender uma outra mulher que fizera compra para gêmeas.

Margaret ficou boquiaberta. Era *isso* que eu queria lembrar! Foi onde comprei os vestidos. A moça que me atendeu. Ela me disse que acabara de vender roupas para gêmeas de 3 anos a uma mulher que não tinha a menor noção do tamanho que devia comprar.

Margaret se levantou e deixou os vestidos escorregarem para o chão. Eu vou reconhecer a pessoa que me atendeu assim que puser os olhos nela. Provavelmente foi apenas uma coincidência maluca alguém comprar roupas para gêmeas de 3 anos na mesma loja algumas noites antes de as meninas serem sequestradas, mas, por outro lado, se o sequestro foi planejado, era evidente que Kathy e Kelly estariam de pijama quando fossem levadas e que precisariam de uma muda de roupas novas. Tenho de falar com aquela mulher da loja.

Quando Margaret desceu, Steve tinha acabado de voltar com Kelly da creche.

— Todos os amiguinhos dela ficaram muito felizes por ver a nossa garotinha de novo — disse ele, a voz pesada com o falso entusiasmo. — Não é verdade, querida?

Sem responder, Kelly largou a mão dele para tirar o casaco. Quase ao mesmo tempo começou a falar muito baixo, quase inaudível.

Margaret olhou para Steve.

— Ela está falando com Kathy.

— Ela está *tentando* falar com Kathy — corrigiu ele.

Margaret estendeu a mão.

— Steve, me dê a chave do carro.

— Margaret...

— Steve, eu sei o que estou fazendo. Você fica com a Kelly. Não a deixe nem por um minuto. E anote tudo o que ela disser, *por favor*.

— Aonde você vai?

— Aqui perto. Na loja da Rota 7, onde comprei os vestidos da festa de aniversário. Tenho que conversar com a moça que me atendeu.

— Por que não telefona para ela?

Margaret respirou fundo, silenciosamente.

— Steve, só quero que você me dê a chave do carro. Estou bem. Não vou demorar.

— Ainda tem uma van da imprensa aí na rua. Você vai ser seguida.

— Impossível. Sairei antes que se deem conta de que era eu. Quero a chave, Steve.

Em um gesto súbito, Kelly girou e abraçou a perna do pai.

— Desculpe! — Ela gemeu. — Desculpe!

Steve pegou-a no colo e embalou-a carinhosamente.

— Kelly, está tudo bem. Tudo bem.

Kelly estava segurando o braço. Margaret levantou a manga da camisa e viu que a pele da menina ficava vermelha no mesmo lugar da marca escura que tinham notado quando ela voltara para casa.

Margaret sentiu a boca seca.

— A tal mulher acaba de beliscar Kathy — murmurou. — Tenho certeza. Ah, meu Deus, Steve, você não entende? Me dê as chaves!

Relutante, ele tirou as chaves do bolso, Margaret arrancou-as de sua mão e correu porta afora. Quinze minutos depois virava na Rota 7 e entrava na Abby's.

Havia cerca de 12 pessoas na loja, todas elas mulheres. Margaret andou de um lado para o outro pelos corredores procurando a moça que a atendera, mas não a viu em parte alguma. Finalmente, desesperada por respostas, aproximou-se da caixa, que a encaminhou à gerente.

— Ah, sim, se refere a Lila Jackson — disse a gerente quando Margaret descreveu a vendedora. — É o dia de folga dela e eu sei que ela levou a mãe à Nova York para jantar e assistir a um show. Qualquer outra de nossas vendedoras terá muito prazer em atendê-la...

— Lila tem celular? — interrompeu Margaret.

— Tem, mas na verdade não posso lhe dar esse tipo de informação. — A gerente, uma mulher de cerca de 60 anos, com o cabelo pintado de louro, de repente tornou-se mais formal e menos afável. — Se a senhora tem alguma queixa a fazer, pode falar diretamente comigo. Meu nome é Joan Howell e sou a responsável aqui.

— Não é queixa. É só que Lila Jackson também atendeu uma outra mulher que comprou roupas para gêmeas sem saber o tamanho delas e isso aconteceu quando estive aqui na semana passada. Eu queria que ela me falasse a respeito dessa mulher.

Howell sacudiu a cabeça.

— Não posso lhe dar o número do telefone de Lila — disse, enfaticamente. — Ela estará aqui amanhã, às 10 horas da manhã. A senhora pode voltar.

Dispensando Margaret com um sorriso, ela lhe deu as costas.

Margaret segurou Howell pelo braço quando ela tentou se afastar.

— A senhora não está entendendo — suplicou, o tom da voz aumentando. — Minha filhinha está desaparecida. Ela está viva. Tenho que encontrá-la. Tenho que encontrá-la antes que seja tarde demais.

A esta altura ela já havia chamado a atenção das outras compradoras que estavam por perto. Não faça uma cena, advertiu a si própria. Vão pensar que você é maluca.

— Desculpe — gaguejou, soltando a manga do casaco de Howell. — A que horas mesmo Lila chega amanhã?

— Dez horas — respondeu Joan Howell, agora com uma expressão simpática. — A senhora é a mãe das gêmeas sequestradas, não é? Lila me disse que comprou os vestidos para o aniversário das suas meninas com ela. Lamento muito o que aconteceu a Kathy. E peço desculpas por não a ter reconhecido. Eu lhe darei o telefone de Lila, mas é provável que ela não o tenha levado para o teatro ou, no mínimo, que o tenha desligado. Por favor, venha à minha sala.

Margaret podia ouvir os murmúrios das pessoas que tinham escutado seu desabafo.

— Essa é a Margaret Frawley, aquela que teve as filhas gêmeas sequestradas...

Profundamente abalada por uma onda de tristeza que a assaltou, Margaret virou-se e saiu correndo. Uma vez dentro do carro, girou a chave e acelerou ao máximo. Foi em frente, sem saber ainda para onde estava indo. Mais tarde lembrou-se de que pegou a I-95 Norte e que foi até Providence, Rhode Island. Lá, ao ver o primeiro sinal indicando Cape Cod, parou para abastecer o carro e só então percebeu o quanto tinha ido longe. Retornou pela I-95 Sul e dirigiu até ver o sinal da Rota 7, onde virou, sentindo que precisava encontrar o aeroporto de Danbury. Quando finalmente chegou lá, estacionou perto da entrada.

Ele carregou o corpinho dela numa caixa, pensou. Foi o seu caixão. Colocou a caixa dentro do avião e voou para o mar, e aí abriu a porta ou a janela e largou o corpo da minha linda garotinha dentro da água. Deve ter sido uma longa queda. Será que a caixa se quebrou? Será que Kathy caiu de dentro da caixa e mergulhou? A água devia estar tão fria.

Não pense nisso, advertiu a si própria. Pense em quanto ela amava mergulhar nas ondas do mar.

Tenho que fazer com que Steve alugue um barco. Se eu sair mar adentro em um barco e lançar nas águas algumas flores, poderei sentir que realmente me despedi dela. Talvez...

Uma luz brilhou subitamente na janela do motorista, e Margaret levantou os olhos.

— Sra. Frawley. — A voz do patrulheiro rodoviário era gentil.

— Sim.

— Gostaríamos de ajudá-la a voltar para casa, senhora. Seu marido está terrivelmente preocupado.

— Eu acabei de mandar um recado.

— Senhora, são 23 horas. A senhora saiu da loja às 16 horas.

— É mesmo? Acho que foi porque eu parei de ter esperanças.

— Sim, senhora. Agora permita que eu a leve para casa.

53

No final da tarde de sexta-feira, os agentes do FBI Angus Sommers e Ruthanne Scaturro foram diretamente da casa de Amy Lindcroft para a sede da CFG&Y na Park Avenue e requisitaram um encontro imediato com Gregg Stanford. Após uma espera de meia hora, finalmente foram admitidos na sala dele, que obviamente fora mobiliada e decorada para refletir seu gosto um tanto rebuscado.

Em vez de uma típica mesa de escritório, ele tinha uma escrivaninha antiga. Sommers, ele próprio um interessado em móveis, reconheceu-a como sendo do início do século XVIII e que provavelmente valia uma pequena fortuna. Em vez de estantes de livros, na parede da esquerda um *bureau-cabinet*, também do século XVIII, refletia o sol de fim de tarde. Em lugar da típica cadeira de executivo, Sommers optara por uma poltrona ricamente estofada. Em contraste, as cadeiras na frente da sua escrivaninha eram comuns e sem braços, estofadas com um tecido bastante comum, uma clara indicação para Sommers de que os visitantes não eram considerados do mesmo nível social de Gregg Stanford. O retrato de uma bela mulher em traje de noite dominava a parede à direita da escrivaninha. Sommers tinha certeza de que aquela criatura de fisionomia fechada e ar insolente era a atual esposa de Stanford, Millicent.

Sommers gostaria de saber se Stanford tinha chegado ao ponto de proibir o pessoal que trabalhava com ele de fitá-lo diretamente nos olhos. Que farsante. E aquele escritório — seria ele o único autor daquela decoração, ou a mão da mulher estaria ali presente? Millicent fazia parte do conselho diretor de dois museus, de modo que provavelmente entendia do assunto.

Quando os dois agentes interrogaram Norman Bond, ele havia se levantado ligeiramente da cadeira quando eles entraram na sua sala. Stanford não manifestou cortesia aos dois. Permaneceu sentado, as mãos cruzadas à sua frente, até que os dois agentes do FBI se sentaram sem terem sido convidados.

— Fizeram algum progresso na busca do Flautista Mágico? — perguntou ele bruscamente.

— Fizemos — respondeu Angus Sommers de maneira pronta e convincente. — Na verdade, estamos apertando o cerco em torno dele com bastante rapidez. Mais que isso não tenho permissão para lhe contar.

Ele notou que Stanford contraiu os lábios. Nervos? Esperava que sim.

— Sr. Stanford, acabamos de receber uma informação que precisamos discutir com o senhor.

— Não posso imaginar o que possam ter para discutir comigo — retrucou Stanford. — Tornei perfeitamente clara a minha posição quanto ao pagamento do resgate. Acho que esse é o único assunto relacionado a mim que pode ser do seu interesse.

— Não é bem assim — contrapôs Sommers, enunciando cada palavra devagar e com prazer. — Quando soube que Lucas Wohl era um dos sequestradores, o senhor deve ter ficado em choque.

— Do que você está falando?

— O senhor deve ter visto o retrato dele nos jornais e na televisão, não é verdade?

— Vi o retrato dele, claro.

— Então deve ter reconhecido o ex-condenado que foi seu motorista por vários anos.

— Não sei do que está falando.

— Acho que sabe *sim*, Sr. Stanford. Sua segunda mulher, Tina Olsen, era muito ativa em uma organização de caridade que ajudava ex-condenados a ingressar no mercado de trabalho. Por intermédio dela, o senhor conheceu Jimmy Nelson, que veio a usar o nome de seu falecido primo, Lucas Wohl. Tina Olsen tinha um motorista que a servia há muito tempo, mas Jimmy, ou Lucas, ou seja lá qual for o nome que ele usava, atendeu o senhor frequentemente durante o tempo em que esteve casado com ela. Ontem, Tina Olsen telefonou para sua primeira mulher, Amy Lindcroft, e disse acreditar que Lucas continuou a servi-lo durante um longo período após o término do casamento. Isso é verdade, Sr. Stanford?

Stanford encarou com firmeza um agente e depois o outro.

— Se existe uma coisa pior do que uma mulher desprezada, são duas mulheres desprezadas — disse. — Durante meu casamento com Tina, eu usei um serviço de transporte. Com toda franqueza, nunca estabeleci ou quis estabelecer qualquer grau de relacionamento com os vários motoristas que trabalhavam para esse serviço. Se me diz que um deles era o sequestrador, eu acredito, embora fique, é claro, chocado. A ideia de que vi o retrato dele no jornal e deveria tê-lo reconhecido é ridícula.

— Então o senhor não nega que o conheceu? — perguntou Sommers.

— O senhor pode me dizer que *qualquer* pessoa me serviu como motorista de tempos em tempos, anos atrás, e eu não seria capaz de confirmar ou tampouco de negar. Agora, fora daqui.

— Nós vamos examinar os registros mantidos por Lucas, que começaram há alguns anos — disse Sommers ao se levantar. — Acho que ele foi seu motorista muito mais frequentemente do que o senhor quer admitir, o que me leva a imaginar que outras coisas mais o senhor teria a esconder. Nós vamos descobrir o que é, Sr. Stanford, posso lhe prometer isso.

54

— AGORA PRESTE ATENÇÃO, KATHY — DISSE ANGIE, ÀS 9 horas da manhã de sábado. — De tanto chorar e tossir, você fez com que eu ficasse acordada metade da noite, e eu estou cansada disso. Não posso ficar enjaulada neste quarto o dia inteiro e não posso fazê-la ficar caladinha pondo uma mordaça em sua boca, porque com esse resfriado pode ser que você não consiga respirar; por isso, vou levá-la comigo. Comprei umas roupinhas para você ontem quando saí, mas os sapatos não serviram. Pequenos demais. Por isso, vamos voltar hoje à Sears, e eu vou entrar e trocar por um número maior, enquanto você fica quieta no chão da van sem dizer uma palavra, está entendendo?

Kathy balançou a cabeça afirmativamente. Angie a tinha vestido com uma camisa polo, macacão de veludo cotelê e uma jaqueta com capuz. O cabelo castanho curto ficara colado na testa e nas bochechas, ainda molhado do banho de chuveiro que Angie lhe dera. Uma colher de sopa cheia de xarope para tosse já a estava deixando sonolenta. Ela queria muito falar com Kelly, mas as conversas de gêmeas foram proibidas. Por isso Angie a havia beliscado com tanta força no dia anterior.

— Mamãe, papai — murmurou ela mentalmente —, quero ir pra casa, quero ir pra casa.

Kathy sabia que precisava fazer força para não chorar mais. Não tinha sido por querer, mas enquanto dormia procurou em vão a mão de Kelly e percebeu que não estava em sua cama e que mamãe não vinha ver se as duas estavam cobertas, não conseguiu se conter e começou a chorar.

Os sapatos que Angie comprara eram pequenos demais. Apertavam seus dedos e não eram nem um pouco parecidos com os tênis de cordões cor-de-rosa ou os sapatos que usara com o vestido da festa. Talvez, se fosse boazinha e tentasse não tossir ou insistir em se comunicar com sua irmã gêmea, mamãe viesse pegá-la para levá-la para casa. E Angie era o nome verdadeiro de Mona. Era como Harry a tinha chamado algumas vezes. E o nome dele não era Harry, mas sim Clint. Era como Angie o tinha chamado algumas vezes.

Quero ir pra casa, ela pensou, os olhos marejados de lágrimas.

— Não comece a chorar. — Angie abriu a porta do quarto, saiu e puxou Kathy pela mão. Chovia forte e Angie largou a mala grande no chão do estacionamento e puxou o capuz da jaqueta por cima da cabeça da menina. — Você não precisa piorar do resfriado — disse. — Já está bastante doente.

Angie levou a mala para o carro e fez Kathy deitar sobre o travesseiro no chão do banco de trás e cobriu-a com uma manta.

— Tem mais uma coisa. Preciso arranjar uma cadeirinha para você. — Ela suspirou. — Meu Deus do céu, você dá mais trabalho do que vale.

Ela bateu a porta de trás, sentou no banco do motorista e girou a chave na ignição.

— Por outro lado, eu sempre quis uma criança — disse, mais falando consigo mesma do que com Kathy. — Foi assim que me meti em encrenca daquela vez. Acho que aquele garotinho realmente *gostava* de mim e queria ficar comigo. Quase fiquei maluca quando a mãe dele o levou. Seu nome era Billy. Era lindinho e eu o fazia rir. Não era como você, sempre chorando. Meu Deus.

Kathy sabia que Angie não gostava mais dela. Encolheu-se no chão do banco de trás do carro e pôs o polegar na boca. Costumava fazer isso quando era bebê, mas depois tinha parado. Agora precisava chupar o dedo para não chorar.

Quando Angie saiu do estacionamento do motel disse:

— Para o caso de estar interessada, bonequinha, você está em Cape Cod. Esta rua aqui vai dar no cais de onde saem as barcas que vão para Martha's Vineyard e Nantucket. Eu fui a Martha's Vineyard uma vez, com o sujeito que me trouxe aqui. Eu gostava mais ou menos dele, mas nunca mais nos vimos. Puxa vida, eu gostaria de poder dizer a ele que estou andando por aí com 1 milhão de dólares dentro de uma mala no meu carro. Não seria formidável?

Kathy sentiu que o carro fez uma curva.

— Main Street, Hyannis — disse Angie. — Bem mais vazia do que será daqui a poucos meses. Aí então estaremos no Havaí. Quer dizer, provavelmente lá será muito mais seguro do que na Flórida.

Seguiram em frente por mais algum tempo. Angie começou a cantar uma canção sobre Cape Cod. Como não conhecia muito bem os versos, cantarolava de boca fechada e depois meio que gritava "In old Cape Cod". Cantou os mesmos versos repetidamente, muitas e muitas vezes. Quando o carro parou, cantou mais uma vez "Here in Old Cape Cod" e então disse:

— Puxa, como sei cantar!

Logo em seguida, ela se debruçou por cima do encosto do banco e olhou para baixo com uma expressão maldosa em seu rosto.

— Muito bem, chegamos — disse. — Escuta aqui, não se atreva a se levantar, está me entendendo? Vou puxar o cobertor por cima da sua cabeça para que, se por acaso alguém olhar aqui para dentro, não a veja. Vou sair, e se descobrir que você se mexeu um centímetro que seja, você sabe o que vai acontecer, não sabe?

Os olhos de Kathy se encheram de lágrimas e ela balançou a cabeça.

— Muito bem. Estamos entendidas. Volto logo. Depois vamos ao McDonald's ou ao Burger King. Você e eu juntas. Mamãe e Stevie.

Kathy sentiu o cobertor sendo puxado por cima de sua cabeça, mas não se importou. A sensação era boa, tudo escuro e quente, e de qualquer modo ela estava com sono e era bom dormir. Mas o cobertor era felpudo e fazia cócegas no seu nariz. Tinha certeza de que ia começar a tossir de novo, mas conseguiu se controlar até que Angie saltou do carro e fechou e trancou a porta.

Aí então caiu no choro e começou a falar com Kelly.

— Não quero estar aqui em Old Cape Cod. Não quero estar em Old Cape Cod. *Quero ir para casa.*

55

— Lá está ele — murmurou o agente Sean Walsh para o parceiro, Damon Philburn. Eram 9h30 da manhã de sábado. Ele estava apontando para um homem magro e desengonçado vestindo um moletom com capuz que tinha estacionado o carro perto de um edifício em Clifton, Nova Jersey, e que agora se dirigia para a porta da frente do prédio. O carro em que os agentes o tinham esperado estava estacionado do outro lado da rua. Em um movimento rápido e simultâneo, os dois saltaram e colocaram-se um de cada lado do homem antes que ele pudesse sequer girar a chave na fechadura.

Richard Mason, o meio-irmão de Steve Frawley, não pareceu surpreso por vê-los.

— Entrem — disse —, mas estão perdendo tempo. Não tive nada a ver com o sequestro das filhas de meu irmão. Sei como trabalham, provavelmente grampearam o telefone da minha mãe e ouviram quando ela me telefonou para avisar que vocês foram à casa dela me procurar.

Nenhum dos dois agentes se deu ao trabalho de responder enquanto Mason acendia a luz do vestíbulo e entrava na sala.

Para Walsh, tinha a aparência de um hotelzinho de estrada: um sofá estofado em sarja marrom, duas poltronas simples da mesma cor, duas mesinhas laterais com abajures idênticos, uma mesa de centro e um carpete bege. Eles tinham sido informados de que Mason morava ali há dez meses, mas não havia nada naquela sala que confirmasse isso. As estantes embutidas não exibiam um único livro. Não havia retratos de família ou itens pessoais que pudessem sugerir a existência de um hobby ou qualquer tipo de atividade para as horas de lazer. Mason sentou-se em uma das cadeiras, cruzou as pernas, então tirou do bolso um maço de cigarros, acendeu um, deu uma olhada na mesa ao lado e pareceu ficar aborrecido.

— Joguei fora os cinzeiros para não me sentir tentado a fumar.

Dando de ombros, ele se levantou, desapareceu na cozinha, voltou com um pires e se acomodou novamente.

Está tentando nos mostrar que é um cara frio, pensou Walsh. Mas nós todos somos capazes de jogar esse joguinho. Trocou um rápido olhar com Philburn e teve a certeza de que pensavam a mesma coisa. Os dois agentes deixaram que o silêncio se estendesse.

— Escutem, dirigi muito nos últimos dias e preciso dormir. O que é que vocês querem? — perguntou Mason, insolente.

— Quando o senhor voltou a fumar, Sr. Mason? — perguntou Walsh.

— Há uma semana, quando soube que as filhas de meu irmão tinham sido sequestradas — respondeu Mason.

— Não foi quando o senhor e Franklin Bailey decidiram sequestrá-las, foi? — O agente Philburn fez a pergunta como se fosse algo sem importância.

— Você é louco! As filhas do meu irmão!

Walsh observou Mason virar a cabeça para encarar Philburn. Pôde ver o fluxo sanguíneo que subiu pelo seu pescoço e corou-lhe o rosto. Tinha estudado as fotos do arquivo policial e notara a forte semelhança física que tinha com seu meio-irmão. Mas era só nisso que se pareciam, pensou. Vira as aparições de Steven Frawley na televisão e ficara impressionado com seu controle emocional, mesmo estando claramente sob muita tensão. Mason havia sido preso por ser um vigarista que ludibriava as pessoas para roubar seu dinheiro. E está tentando nos tapear agora, pensou Walsh, representando o papel do tio ultrajado.

— Não falo com Franklin Bailey há oito anos — disse Mason. — Considerando as circunstâncias, duvido muito que ele fosse querer falar comigo, também.

— Não parece uma coincidência e tanto que ele, praticamente um estranho, tenha corrido para oferecer seus préstimos como intermediário para os Frawley? — indagou Walsh.

— Se eu tivesse que dar um palpite, pelo que me lembro de Bailey, eu diria que ele adora a luz dos holofotes. Era prefeito quando investiu na minha firma, e me lembro que costumava brincar dizendo que iria prestigiar até mesmo a abertura de um envelope, se houvesse cobertura da imprensa. Quando finalmente teve de largar o cargo, quase morreu de tristeza. Sei que ele estava ansioso para depor contra mim no meu julgamento, e é claro que ficou desapontado quando aceitei o acordo oferecido pela promotoria. Com todos os mentirosos que os agentes federais arranjaram para testemunhar contra mim, eu não teria a menor chance se fosse a julgamento.

— O senhor visitou seu irmão e a mulher dele em Ridgefield logo depois que eles se mudaram para lá, alguns meses atrás, não foi? — quis saber Walsh. — Não aproveitou e deu uma passadinha na casa de Franklin Bailey para lembrar os velhos tempos?

— Essa é uma pergunta idiota — replicou Mason sem se abalar. — Ele teria me posto para fora a pontapés.

— O senhor nunca foi muito ligado ao seu irmão, foi? — perguntou Philburn.

— Muitos irmãos não são próximos. Ainda mais em se tratando de meios-irmãos.

— O senhor conheceu Margaret, a esposa de Steve, antes dele. Foi num casamento, pelo que sei. O senhor telefonou para ela e a convidou para sair, mas ela o rejeitou. Logo depois ela conheceu Steve na faculdade de direito. Isso o incomodou?

— Nunca tive problemas em conseguir mulheres bonitas. Me divorciei duas vezes de mulheres atraentes e elegantes. Nunca voltei a pensar em Margaret.

— O senhor quase conseguiu se safar montando um esquema criminoso que poderia ter feito com que ganhasse milhões de dólares. Como Steve foi contratado para uma posição que representa uma linha direta para o topo, por acaso lhe ocorreu que mais uma vez ele o superou?

— Nunca passou pela minha cabeça. E como eu já disse antes, nunca enganei ninguém.

— Sr. Mason, carregar malas e bagagens é um emprego bastante exaustivo. Não me parece que seja o tipo de ocupação que o senhor escolheria de bom grado.

— Trata-se de uma posição intermediária — replicou Mason calmamente.

— O senhor não receia perdê-la? Faltou ao trabalho a semana inteira.

— Telefonei dizendo que não estava me sentindo bem e que precisava de uma semana de folga.

— Engraçado, não me disseram isso — comentou Philburn.

— Então alguém confundiu as coisas por lá. Eu lhe asseguro que dei o telefonema.

— Aonde o senhor foi?

— Fui de carro até Vegas. Estava me sentindo com sorte.

— Não lhe ocorreu fazer companhia a seu irmão enquanto as filhas dele estavam desaparecidas?

— Ele não ia querer. Sou uma vergonha para ele. Já imaginou o irmão ex-vigarista nas proximidades, com a mídia toda por lá? Você mesmo falou. Steve vai crescer na CFG&Y. Aposto como ele não pôs meu nome como referência em seu currículo.

— O senhor é perito em transferências eletrônicas de dinheiro e conhece que tipos de banco que as aceitam. E também em repassar fundos e destruir os registros, não é mesmo?

Mason levantou-se.

— Fora daqui. Prendam-me ou ponham-se daqui para fora.

Nenhum dos dois agentes do FBI fez qualquer movimento.

— Não é uma coincidência que no fim de semana passado o senhor tenha visitado sua mãe na Carolina do Norte, justo no fim de semana em que as filhas do seu irmão estavam sendo sequestradas? O senhor poderia estar tentando forjar um álibi.

— Fora daqui.

Walsh sacou o bloco de anotações.

— Onde foi que se hospedou em Vegas, Sr. Mason, e que pessoas podem confirmar sua estada lá?

— Não vou responder a mais nada enquanto não falar com um advogado. Conheço vocês. Estão tentando me pegar numa armadilha.

Walsh e Philburn se levantaram.

— Nós voltaremos — disse Walsh, calmo.

Deixaram o apartamento, mas pararam no carro de Mason. Walsh pegou uma lanterna e iluminou o painel.

— Oitenta e um mil, quinhentos e sete quilômetros — disse.

Philburn anotou.

— Ele está olhando para nós — comentou.

— Eu quero que ele nos veja. Ele sabe o que estou fazendo.

— Quantos quilômetros a mãe disse que o hodômetro dele estava marcando?

— Naquele telefonema grampeado que ela deu depois que saímos, lembrou a ele que o padrasto notara que o carro estava quase alcançando o limite da garantia, 80.500 quilômetros, e por isso ela insistiu para que ele mandasse fazer uma revisão. Talvez o Sr. Frawley seja rigoroso com essa coisa de manutenção de automóvel.

— Mason andou uns mil quilômetros a mais do que a garantia neste carro. Mil quilômetros é a distância daqui até Winston-Salem, aproximadamente. Ele nunca foi a Vegas dirigindo este automóvel. E aí, para onde será que ele foi?

— Meu palpite é que estava por aqui, bancando a babá — respondeu Philburn.

56

NA MANHÃ DE SÁBADO, LILA JACKSON MAL PODIA ESPERAR para contar a todo mundo na loja o quanto gostara da peça que ela e a mãe tinham visto na véspera.

— Foi uma nova montagem de *Our Town* — disse Lila a Joan Howell. — Dizer que foi algo maravilhoso não basta. Eu amei! A cena final, quando George se joga no túmulo de Emily! Não dá para descrever. As lágrimas simplesmente escorriam sem parar dos meus olhos. Você sabe, quando eu tinha 12 anos, encenamos essa peça no St. Francis Xavier. Fiz o papel da primeira morta. Minha fala era: "É na mesma estrada onde moramos. Hum-humm."

Quando Lila ficava entusiasmada, ninguém conseguia detê-la. Howell aguardou pacientemente que ela fizesse uma pausa na narrativa e disse:

— Também tivemos um bocado de animação por aqui ontem à tarde. Margaret Frawley, a mãe das gêmeas sequestradas, apareceu à sua procura.

— Ela *o quê*? — Lila estava prestes a sair da sala de Howell e passar ao salão de vendas, mas tirou a mão da maçaneta da porta. — *Por quê*?

— Não sei. Ela pediu o número do seu celular, e quando eu não quis dar, disse qualquer coisa sobre uma das meninas estar viva e que precisava encontrá-la. Acho que a pobrezinha estava tendo um colapso nervoso. Não a culpo, claro, depois de perder uma das filhas. Na verdade, chegou a me agarrar pelo braço, e por um minuto pensei estar lidando com uma lunática. Foi quando a reconheci e tentei conversar, mas ela começou a chorar e saiu correndo. Hoje de manhã ouvi no noticiário que ela estava desaparecida, e que haviam expedido um alerta. A polícia a encontrou às 23 horas, perto do aeroporto de Danbury. Disseram que parecia aturdida e desorientada.

Lila se esqueceu da peça.

— Eu sei o motivo pelo qual ela queria falar comigo — disse baixinho. — Havia outra mulher fazendo compras aqui na mesma noite em que a Sra. Frawley comprou os vestidinhos para a festa de aniversário das filhas. Essa mulher estava escolhendo roupas para suas filhas, que também eram gêmeas e tinham 3 anos, só que não tinha ideia do tamanho que devia comprar. Contei isso à Sra. Frawley, porque achei uma coisa muito estranha. Cheguei inclusive a...

Lila não completou a frase. Não achava que Joan Howell, que cumpria estritamente todos os regulamentos, fosse gostar de saber que ela praticamente forçara a moça da contabilidade a telefonar para a companhia do cartão de crédito e obter o endereço da tal mulher que comprara roupas para gêmeas sem saber o tamanho das crianças.

— Se fosse ajudar a Sra. Frawley, eu realmente gostaria de falar com ela — completou.

— Ela não deixou o número. Eu diria, esqueça.

Joan Howell deu uma olhada no relógio, uma clara indicação para Lila de que já passavam cinco minutos das 10 horas e que ela era paga para trabalhar a partir daquele horário.

Lila se lembrava do nome da cliente que não sabia o manequim das filhas de 3 anos. Era Downes, pensou, ao se dirigir para uma das araras de vendas. Ela assinara o documento do cartão de crédito como Sra. Clint Downes, mas quando falara com Jim Gilbert a respeito dela, ele lhe dissera que seu verdadeiro nome era Angie e que não era casada de fato com Clint Downes. Disse mais, que Clint era o zelador do Danbury Country Clube e que eles moravam em uma casinha no terreno do clube.

Ciente de que os olhos de Joan Howell estavam voltados para ela, virou-se para uma mulher junto da arara que agora tinha diversos terninhos sobre o braço.

— Posso separar esses para a senhora? — perguntou. A cliente aceitou com um aceno de cabeça agradecido e, enquanto esperava, Lila pensou em como antes estava convencida de que não faria mal mencionar o acontecido à polícia. Eles tinham implorado para que qualquer um desse a menor informação que pudesse ajudá-los a encontrar os sequestradores.

Jim Gilbert me fez sentir como uma idiota, pensou, ao falar sobre a quantidade de pistas a polícia estava recebendo. E por ser detetive aposentado, eu o ouvi.

A cliente escolheu dois outros terninhos e já estava pronta para ir experimentar.

— Tem uma cabine vazia logo ali — disse Lila a ela. Eu poderia falar com a polícia agora, pensou, mas eles podem desconsiderar as informações do mesmo modo que Jim. Tenho uma ideia melhor. O country Clube fica a apenas dez minutos daqui. Na hora do almoço pego o carro e vou até lá, toco a campainha da casa do zelador e digo que percebi que as camisas polo que vendi eram defeituosas e que quero substituí-las. Se eu sentir que há alguma coisa de estranho, ligo para a polícia.

Às 13 horas Lila levou duas camisas polo tamanho 4 até o caixa.

— Kate, jogue isso numa sacola — disse. — Registre quando eu voltar. Estou com pressa.

Por algum motivo, Lila sentia que era preciso andar depressa.

Tinha começado a chover de novo, e com a pressa ela não se dera ao trabalho de pegar o guarda-chuva. Ah, e daí se eu me molhar, pensou enquanto corria pelo estacionamento. Doze minutos mais tarde estava diante do portão do Danbury Country Clube. Para sua frustração, viu que ele estava trancado com um cadeado. Tinha que haver outra entrada, pensou. Prosseguiu vagarosamente e parou ainda diante de outro portão trancado com cadeado, até achar uma estrada de serviço com o acesso bloqueado por uma barra e uma caixa com um teclado para digitar o código que levantaria a barra. A distância, bem à direita e atrás da sede do clube, conseguia ver uma pequena edificação que só *podia* ser a casinha do zelador que Jim Gilbert mencionara.

A chuva caía com mais força. Se vim até aqui, decidiu Lila, vou em frente. Pelo menos fui esperta o bastante para vestir uma capa de chuva. Saltou do carro, mergulhou por debaixo da barra e, protegendo-se tanto quanto possível sob os arbustos, correu na direção da casa, a sacola com as camisas protegidas debaixo do paletó.

Passou por uma garagem de um carro à direita da casa. Com a porta aberta, dava para ver que estava vazia. Talvez não houvesse ninguém em casa, pensou. Neste caso, o que faria?

* * *

Mas ao se aproximar da casa, viu que havia uma luz acesa no aposento da frente. Pronta para o que der e vier, pensou, ao subir os dois degraus da varandinha e tocar a campainha.

Na noite de sexta-feira, Clint havia saído com Gus novamente, voltado para casa tarde, dormido até o meio-dia e agora estava com ressaca e nervoso. No bar, enquanto jantavam, Gus disse ter ouvido com nitidez, na noite em que falara com Angie, o choro de duas crianças ao fundo.

Tentei levar na gozação, pensou Clint. Disse a ele que devia estar de porre para pensar que tínhamos duas crianças neste galinheiro. Falei que não me incomodava que Angie ganhasse dinheiro trabalhando como babá, mas que se algum dia ela aparecesse com duas crianças, eu a colocaria no olho da rua. Acho que ele acreditou, mas nunca se sabe. Ele é linguarudo. E se ele comentar com alguém que ouviu o choro de duas crianças de quem Angie estava tomando conta? Além do mais, me contou que também viu Angie comprando um nebulizador e aspirina na farmácia. Pelo que sei, pode ter contado essas coisas para qualquer um.

Tenho que alugar um carro e me livrar do berço. Pelo menos eu o desmontei, mas agora tenho que tirá-lo daqui e jogá-lo no mato ou sei lá onde. Por que Angie teve que ficar com uma das meninas? Por que matou Lucas? Se as duas tivessem sido devolvidas, teríamos dividido o dinheiro com Lucas e ninguém ia sair levando vantagem. Agora o país inteiro está uma confusão porque todo mundo pensa que uma das crianças está morta.

Angie vai ficar farta de tomar conta da garota. Aí então vai largá-la em algum lugar. Sei que vai. Só espero que não... Clint não terminou o pensamento, mas a imagem de Angie se inclinando pela janela do carro e atirando em Lucas não saía de sua cabeça. Ela o havia chocado, e ele agora estava aterrorizado, com medo do que ela ainda pudesse fazer.

Ele estava debruçado sobre a mesa da cozinha, usava um suéter grosso e calça jeans; seu cabelo estava despenteado; a barba de dois dias sombreava seu rosto; uma segunda xícara de café continuava intocada na sua frente. Foi quando a campainha tocou.

A polícia! Só podia ser a polícia, ele não tinha dúvida. O suor começou a escorrer por todo o seu corpo. Não, talvez seja o Gus, pensou, tentando se agarrar a qualquer coisa. Tinha de abrir a porta. Se fosse a polícia, teriam visto que a luz estava acesa e não iriam embora. Ainda descalço, ele entrou correndo na sala, os pés gordos batendo silenciosamente no tapete surrado. Pôs a mão na maçaneta, girou e abriu a porta com um puxão.

Lila levou um susto. Estivera esperando ver a mulher que comprara as roupas, mas agora estava diante de um homem corpulento e desmazelado, que a encarava com um olhar desconfiado.

Para Clint, o alívio de não ser confrontado pela polícia foi substituído pelo medo de que aquilo fosse uma espécie de armadilha. Talvez aquela mulher fosse uma policial disfarçada bisbilhotando, pensou. Não aparente nervosismo, disse a si próprio. Se eu não tivesse nada com que me preocupar, seria educado e perguntaria o que posso fazer por ela.

Ele forçou algo parecido com um sorriso.

— Olá.

O primeiro pensamento de Lila foi que ele estava doente. Suava demais.

— A Sra. Downes, quer dizer, Angie está em casa? — perguntou.

— Não. Ela viajou a trabalho. Eu sou Clint. Por que quer vê-la?

Provavelmente ia bancar a idiota, pensou Lia, mas vou dizer assim mesmo.

— Meu nome é Lila Jackson — explicou. — Trabalho na Abby's da Rota 7. Minha chefe me mandou entregar uma coisa a Angie. Estão me esperando de volta à loja dentro de alguns minutos. Importa-se se eu entrar?

Desde que eu dê a impressão de que as pessoas sabem onde estou e me esperam, tudo vai correr bem, pensou. Não queria ir embora enquanto não tivesse certeza de que Angie não estava escondida em alguma parte da casa.

— Claro, entre. — Clint abriu a porta e Lila entrou. Com um rápido olhar, ela viu que não havia mais ninguém na sala de jantar ou na área da cozinha e que a porta do quarto estava aberta. Tudo indicava que Clint Downes estava sozinho em casa, e caso as crianças tivessem estado ali, não havia sinais delas agora. Lila desabotoou o casaco, pegou a sacola com as camisas polo e entregou-a a ele. — Quando a Sra. Downes, digo, Angie, esteve na loja semana passada, comprou camisas polo para meninas gêmeas — explicou. — Recebemos um aviso do fabricante de que toda a remessa de camisas, das quais vendi duas a ela, estava com defeito e por isso eu vim trazer outras duas para trocar.

— Foi muita delicadeza sua — disse Clint vagarosamente, esforçando-se para inventar uma desculpa para a compra. Angie certamente pagara por aquilo com o cartão de crédito dele, pensou Clint. Era burra o bastante para deixar um rastro atrás de si. — Minha namorada trabalha em tempo integral cuidando de crianças — explicou ele a Lila. — Foi de carro para o Wisconsin ajudar uma família e vai ficar lá por duas semanas. Ela comprou as camisas porque a mãe telefonou com antecedência para dizer que tinha esquecido uma das malas delas.

— A mãe das gêmeas de 3 anos? — perguntou Lila.

— Isso mesmo. Na verdade, pelo que a Angie me falou, as meninas têm menos de um ano de diferença de idade, mas são mais ou menos do mesmo tamanho. A mãe veste as duas com roupas iguais e gosta de chamar as meninas de gêmeas, mas não são realmente irmãs gêmeas. Por que não deixa as camisas? Vou mandar um pacote de coisas para a Angie e não me custa colocar as camisas dentro dele.

Lila não soube como recusar a oferta. Tinha se metido numa empreitada que dificilmente poderia ser bem-sucedida, decidiu. Agora era aguentar firme. Aquele sujeito parecia inofensivo, e era verdade, sim, que algumas pessoas tinham mania de chamar crianças com muito pouca diferença de idade de gêmeas. Sei que chamam. Ela passou a sacola a Clint.

— Vou andando — disse. — Por favor, peça desculpas a Angie, ou à patroa dela.

— Claro, será um prazer. Sem problema.

O telefone tocou.

— Bem, de qualquer forma, adeus — disse Clint ao sair apressadamente para atender. — Alô — disse ele, os olhos fixos em Lila, cuja mão estava na maçaneta da porta.

— Por que não está atendendo ao telefone? Já liguei mais de dez vezes — berrou uma voz.

Era o Flautista Mágico.

Por causa de Lila, Clint tentou parecer à vontade.

— Hoje não, Gus — disse ele. — Nada de sair hoje. Estou realmente precisando descansar.

Lila abriu a porta o mais vagarosamente que pôde, na esperança de ouvir o que Clint dizia. Mas não havia como se demorar mais, e, além disso, tinha claramente se arriscado em uma empreitada inútil. Jim Gilbert lhe dissera que Angie era babá, e era algo perfeitamente natural que a mãe das crianças pedisse para levar umas roupinhas extras. Agora estou encharcada e sem o dinheiro das camisas, pensou ao correr para o carro.

— Quem está aí com você? — quis saber o Flautista.

Clint esperou até ver Lila passar pela janela e disse:

— Angie se mandou com a menina. Achou que não era seguro permanecer aqui. Está com o telefone celular que você deu a Lucas para falar comigo. Ela pagou algumas roupas que comprou para as meninas com o meu cartão de crédito. A loja mandou uma mulher aqui para trocar umas camisas que estavam com defeito. Não sei se ela está ou não sendo sincera. — Ele sabia que sua voz estava ficando mais alta quando disse: — Tenho que pensar no que fazer. Não sei nem onde Angie está.

Clint ouviu a inspiração profunda do outro lado da linha e soube que o Flautista também estava nervoso.

— Fique calmo, Clint. Você acha que Angie vai ligar de novo?

— Acho que sim. Ela confia em mim. Acho que sabe que precisa de mim.

— *Mas você não precisa dela.* O que acha que aconteceria se lhe dissesse que um policial esteve aí procurando por ela?

— Entraria em pânico.

— Então diga isso a ela. Marque um encontro onde quer que ela esteja. E, lembre-se, o que ela fez com o Lucas, ela pode fazer com você.

— Não pense que não estou pensando nisso.

— Aproveite enquanto está pensando nisso para se lembrar de que se a criança ainda estiver viva, também será capaz de identificar você.

57

— Todo mundo tem um limite, Margaret — disse a Dra. Harris delicadamente, no início da tarde de sábado. Eram 13 horas, e ela e Kelly tinham acabado de acordar Margaret.

Margaret agora estava sentada. Kelly se aninhou ao seu lado. Ela tentou sorrir.

— O que foi que você me deu que fez com que eu desabasse desse modo? Percebe que dormi por mais de 12 horas?

— Já se deu conta de quantas horas deixou de dormir na semana passada? — A voz da Dra. Harris era cordial, mas seu olhar era atento. Margaret estava tão magra, pensou ela, tão terrivelmente pálida! — Detestei ter de acordá-la agora, mas o agente Carlson telefonou. Quer dar uma passada aqui. Steve está a caminho e me pediu que a acordasse.

— O FBI provavelmente está querendo saber o que eu pretendia fazer quando sumi ontem à noite. Não sei se vão pensar que estou louca. Logo depois que você saiu ontem, eu liguei para o agente Carlson. Disse aos berros que a Kathy estava viva e que ele tinha de encontrá-la. — Margaret interrompeu-se e pegou Kelly no colo. — Depois fui para a loja onde comprei os vestidinhos da festa e praticamente ataquei a gerente, ou sei lá quem ela era. Eu simplesmente perdi o controle, acho eu.

— Você tem ideia de para onde foi depois que saiu da loja? — perguntou a Dra. Harris. — Ontem à noite você me disse que tinha dado um branco e que não se lembrava de nada.

— Eu não me lembro realmente de nada até ver uma placa indicando Cape Cod. Isso me acordou e eu senti que tinha de voltar. Sinto-me tão culpada. Pobre Steve, já está tão estressado e ainda tem que me aturar chegando ao fundo do poço.

A médica pensou na expressão de desespero que havia visto no rosto de Steve na noite anterior, quando ela o encontrou em casa às 20 horas e ficou sabendo que Margaret estava desaparecida.

— Dra. Sylvia — tinha explicado ele, a voz agonizante —, assim que cheguei com Kelly da creche, quando ela estava tirando o casaco, soltou um grito e agarrou no mesmo lugar do seu bracinho que já estava machucado. Deve ter batido na perna da mesa do vestíbulo. Mas Margaret ficou *enlouquecida*! Tinha certeza de que aquilo significava que alguém estava machucando Kathy e que Kelly sentia a dor junto com a irmã. Arrancou as chaves do carro da minha mão e me disse que tinha de falar com alguém na loja onde comprou os vestidos do aniversário. Quando não voltou para casa, e como não consegui me lembrar do nome da loja, finalmente liguei para a polícia e informei o seu desaparecimento. Dra. Sylvia, ela ia acabar se machucando, não ia?

Passaram-se mais três horas de agonia até que a polícia telefonou para dizer que tinha encontrado Margaret, sentada dentro do carro, perto do aeroporto de Danbury. Quando finalmente a trouxeram para casa, ela não foi capaz de dizer onde estivera por todo aquele tempo. Dei a ela um forte calmante, pensou a Dra. Harris, o que era a coisa certa a se fazer. Não posso amenizar sua dor, mas pelo menos posso lhe dar uma chance de fugir da realidade e descansar.

Ela ficou observando Margaret roçar o dedo carinhosamente no rosto da filha.

— Ei, tem alguém aí bem quietinha — disse Margaret, com suavidade. — Como está se sentindo, Kel?

Kelly levantou os olhos solenemente para a mãe, mas não respondeu.

— É mesmo, nossa garotinha esteve muito quieta a manhã inteira — observou Harris. — Dormi com você ontem à noite, não foi, Kelly?

Kelly assentiu silenciosamente.

— Ela dormiu bem? — indagou Margaret.

— Ela estava reagindo a tudo um pouco, penso eu. Chorou enquanto dormia e tossiu um bocado. Foi por isso que achei melhor ficar com ela.

Margaret mordeu o lábio e disse, tentando conservar a voz firme:

— Provavelmente está apresentando os sintomas de gripe da irmã. — Ela beijou a parte de cima da cabeça de Kelly. — Mas vamos ver isso com todo o cuidado, não vamos, Dra. Sylvia?

— Vamos sim, mas posso lhe assegurar que o peito dela está absolutamente limpo.

Na verdade, a Dra. Sylvia Harris tinha estranhado. Não havia razão para tanta tosse. A menina não estava nem gripada. A médica levantou-se.

— Margaret, por que não lhe damos uma chance para tomar um bom banho e trocar de roupa? Eu e Kelly vamos descer, e lá embaixo ela escolhe a história que quiser que eu leia.

Kelly hesitou.

— Acho uma ideia maravilhosa — disse Margaret com firmeza.

Em silêncio, Kelly deslizou para fora da cama e deu a mão à Dra. Harris. As duas desceram para o escritório. Lá, Kelly escolheu um livro e se acomodou no colo da médica. O aposento estava um pouco frio. Sylvia pegou a manta de lã que estava dobrada sobre o braço do sofá e a ajeitou em torno da menina. Começou a abrir o livro e depois puxou a manga de Kelly pela segunda vez naquele dia.

O hematoma roxo no seu antebraço era quase exatamente no mesmo lugar do anterior, que já estava sumindo. A impressão que dava era que alguém a havia beliscado ali com força, pensou Sylvia.

— Você não fez isso batendo o braço em uma mesa, Kelly — disse em voz alta, depois ficou imaginando se seria possível. Será que Margaret tinha razão ao dizer que Kelly estava realmente sentindo a dor que Kathy sentia? Não conseguiu deixar de enunciar em voz alta a pergunta que lhe queimava o cérebro. — Kelly — perguntou —, você às vezes é capaz de sentir o que a Kathy sente?

A menina olhou para ela e sacudiu a cabeça, com os olhos amedrontados.

— Ssshhh — murmurou, pedindo silêncio, depois se enrolou como uma bolinha, pôs o polegar de uma das mãos na boca e puxou a manta para cobrir a cabeça.

58

O AGENTE ESPECIAL CONNOR RYAN CONVOCOU UMA REUnião em seu escritório em New Haven, às 11 horas da manhã de sábado. Determinados a descobrir o paradeiro dos sequestradores, ele, os agentes Carlson e Realto, e Jed Gunther, capitão da polícia do estado de Connecticut, assumiram seus lugares em torno da mesa de reuniões, analisando o andamento das investigações.

Como chefe do FBI em Connecticut, foi Ryan quem liderou a discussão.

— Wohl, como era conhecido, pode ter se matado. Isso era fisicamente possível, mas não do modo como a maioria das pessoas teria feito. O suicida típico enfia a pistola na boca ou encosta o cano na fronte e puxa o gatilho. Deem uma olhada nestas fotos.

Ryan passou as fotografias da necropsia de Lucas Wohl.

— Pelo ângulo da bala, podemos afirmar que ele teria de estar segurando a arma acima da cabeça ao dispará-la. Então, temos o bilhete suicida, que é outro problema — disse, sem rodeios. — Há impressões digitais de Wohl no papel, mas não espalhadas, como estariam se ele tivesse enrolado o papel primeiro para dentro da máquina de escrever e depois para tirá-lo, após terminar sua confissão. A menos, é claro, que estivesse de luvas quando datilografou o bilhete. — Ryan passou o bilhete para Carlson.

"Vamos repassar — prosseguiu Ryan. — Sabemos que há pelo menos duas pessoas envolvidas. Uma era Lucas Wohl. Na noite do sequestro, a babá estava a caminho do quarto das gêmeas porque uma delas tinha chorado. Então foi agarrada pelas costas no corredor do andar de cima. Ela acha que havia alguém no quarto com as crianças quando foi atacada. Faz sentido, porque sabemos que foram dois homens que carregaram o dinheiro do resgate.

— Você pensa que um deles era o Flautista Mágico? — perguntou Gunther.

— Eu penso que o Flautista era outra pessoa, um terceiro homem, que dava as ordens de fora sem estar envolvido no sequestro propriamente dito, mas isso é só um palpite — respondeu Ryan.

— Pois eu acredito que havia uma terceira pessoa envolvida — disse Walter Carlson. — Uma mulher. Depois que Kelly voltou para casa, disse dois nomes durante o sono, "Mona" e "Harry". O pai estava sentado perto da cama e ouviu. Os Frawley têm certeza de que não conhecem ninguém com esses nomes. Assim, Harry pode ser o nome do outro sequestrador, e Mona pode ser a mulher que tomava conta das gêmeas.

— Então nós concordamos que talvez estejamos à procura de duas ou três pessoas, sem contar com Lucas Wohl: o segundo sequestrador, cujo nome pode ser Harry, e uma mulher, cujo nome talvez seja Mona. E se nenhum destes dois for o Flautista Mágico, estamos procurando também uma terceira pessoa — finalizou Ryan.

O modo como os outros homens balançaram discretamente a cabeça em sinal de assentimento indicou a ele que todos pensavam da mesma maneira.

— O que nos leva às pessoas que nos interessam de fato, os "suspeitos" — prosseguiu ele. — Para mim, talvez sejam quatro. Temos o meio-irmão de Steve Frawley, Richard Mason, que tem ciúme de Steve e que pode ter sido apaixonado por Margaret. Ele conhecia Franklin Bailey e mentiu quando afirmou que foi para Las Vegas. Depois, temos o próprio Bailey. Há também Norman Bond, o homem da CFG&Y que contratou Steve, que morou em Ridgefield, cuja vida anterior corria em paralelo com a do jovem pai das gêmeas, que já teve diversos colapsos e que se referiu à ex-mulher desaparecida como "finada esposa".

Ryan contraiu os lábios.

— Finalmente temos Gregg Stanford, que se opôs vigorosamente à votação que decidiu pelo pagamento do sequestro pela CFG&Y e que pode estar tendo problemas em casa com sua esposa rica além de, durante algum tempo, ter usado os serviços de Lucas Wohl como seu motorista particular.

"Quando tivermos acabado de verificar esses quatro, Mason, Bailey, Bond e Stanford, saberemos até mesmo quando pronunciaram a primeira palavra de suas vidas e qual foi. Tenho certeza disso. Mas isso não quer dizer que vamos nos limitar a eles. Pode haver outras pessoas envolvidas.

— Nosso pessoal acredita que a pessoa que esteve lá naquela noite conhecia a casa dos Frawley — disse Gunther. — Estamos examinando todos os registros do corretor imobiliário que vendeu a casa para ver se encontramos alguma ligação. Além do mais, estive conversando com o patrulheiro que foi o primeiro a se aproximar de Kelly. Ele fez algumas observações interessantes. Kelly vestia o pijama que, segundo sabemos agora, era o mesmo da noite em que foi sequestrada, mas estava razoavelmente limpo. Nenhuma criança de 3 anos que eu conheço é capaz de usar o mesmo pijama por cinco dias seguidos sem dar a impressão que não o tirou do corpo por cinco meses. Isso significa que ou alguém trocou sua roupa, ou lavou e secou aquele pijama umas duas vezes pelo menos. Para mim, isso indica que havia uma mulher envolvida.

— Senti a mesma coisa — concordou Carlson. — Outra questão é saber se Lucas carregou Kelly para aquele estacionamento no carro roubado. Neste caso, ela pode tê-lo visto se matando. Onde estavam então os outros sequestradores? É possível supor que seus comparsas não soubessem que estava planejando cometer suicídio e o estivessem seguindo até o estacionamento com a intenção de deixar Kelly ou talvez as duas, Kathy e Kelly, no carro e levar Lucas de volta com eles? É preciso lembrar que, quando o Flautista Mágico ligou para o monsenhor Romney, disse que *ambas* as meninas estavam em segurança. Àquela altura ele não tinha razão para mentir. Pode ter sido um choque para ele saber que Kathy estava morta.

"Se vocês me permitem, eu penso que ela está morta e que tudo aconteceu conforme Lucas descreveu. Foi um acidente. Acredito que ele atirou seu corpo no mar. Falei com o mecânico que viu Wohl carregando a caixa pesada para dentro do avião e também conversei com o motorista do serviço de alimentação que o viu sair do avião uma hora mais tarde sem a caixa. Nós todos sabemos que sequestradores profissionais que desejam receber um resgate não machucam deliberadamente suas vítimas, particularmente quando são crianças. Eis o que imagino que possa ter acontecido: Lucas acidentalmente matou Kathy, ficou apavorado e até mesmo histérico com o que aconteceu. Preocupou os outros. Eles podem tê-lo acompanhado na ida ao estacionamento e um deles o matou para evitar que se enchesse de bebida e desse com a língua nos dentes. Temos que falar com Kelly e tentar descobrir o que ela sabe. No dia em que saiu do hospital, ela praticamente não disse uma palavra e parece que tem andado bastante quieta desde que foi para casa. Mas na noite de quinta-feira, disse dois nomes enquanto dormia: "Mona" e "Harry". Talvez consigamos fazer com que fale mais alguma coisa a respeito do que aconteceu durante o tempo em que esteve sob o poder dos sequestradores. Quero pedir licença aos pais para levar uma psicóloga infantil que possa interrogá-la."

— E Margaret Frawley? — quis saber Ryan. — Tony, você falou com o marido dela hoje?

— Falei com ele ontem à noite, depois que os policiais levaram a mulher para casa. Ele me contou que ela estava em choque e que a pediatra das gêmeas lhe deu um forte sedativo. Parece que ela não sabia onde tinha estado e nem mesmo tinha ideia de que fora até a loja onde comprara os vestidos do aniversário.

— Por que ela foi à loja?

— Falei com a gerente hoje de manhã. Margaret estava fora de si quando esteve lá ontem. Queria falar com a vendedora que a atendera e, quando a gerente já ia lhe dar o número do celular da moça, ela teve uma espécie de colapso e saiu correndo. Deus sabe o que passou pela cabeça dela. Mas seu marido me disse que ela estava insistindo em afirmar que um novo ferimento no braço de Kelly era causado por algo que estava acontecendo a Kathy e que Kelly estava sentindo, na verdade, a dor da irmã.

— Você não acredita nessa bobagem, acredita, Tony? — Ryan era claramente incrédulo.

— Não, claro que não. Não penso nem por um minuto que Kelly se comunique com Kathy, mas quero sim que ela comece a se comunicar conosco, e quanto mais cedo melhor.

59

Norman Bond morava no quadragésimo andar de um edifício residencial que margeava o East River, na Rua 72, em Manhattan. Sua visão panorâmica, num ângulo de 360 graus, sempre enriquecera sua solitária vida. De manhã, ele geralmente levantava a tempo de ver o nascer do sol. À noite tinha particular satisfação em contemplar o brilho das luzes nas pontes que cruzavam o rio.

Na manhã de sábado, depois do tempo horrível da semana anterior, o dia amanheceu revigorante e claro, mas nem mesmo o sol brilhante foi capaz de animá-lo. Por horas a fio ficou sentado no sofá da sala, analisando metodicamente suas opções.

Elas não eram muitas, pensou. O que está feito está feito e não pode ser alterado.

— O dedo do destino escreve, e tendo escrito... E nem piedade nem astúcia... serão capazes de movê-lo para cancelar ou substituir uma palavra que tenha sido escrita — recitou Norman para si próprio.

Não me lembro direito, mas é qualquer coisa assim, decidiu.

Como pude ser tão estúpido, perguntou a si próprio. Como pude me descuidar e me referir a Theresa como "minha falecida esposa"?

Os agentes do FBI tinham se lançado sobre isso. Muito tempo atrás tinham desistido de interrogá-lo a respeito do desaparecimento de Theresa. Agora começaria tudo novamente. Mas quando uma pessoa está desaparecida há sete anos e já foi declarada morta, não é natural referir-se a ela como falecida?

Claro que é.

Tudo bem quanto a andar com a aliança que ele dera a Theresa, a que ela deixara para ele em cima da cômoda. Mas era seguro continuar a usar a outra, a que o segundo marido lhe dera? Ele abriu a correntinha onde as alianças estavam penduradas em volta do pescoço e segurou-as, estudando-as intensamente. O AMOR É ETERNO estava inscrito em letras minúsculas no lado de dentro de ambas.

A que ele lhe deu é de brilhantes, pensou Norman, cheio de inveja. A que eu lhe dei não passa de uma simples aliança de prata. Era tudo o que podia pagar naquele tempo.

— Minha *falecida* esposa — disse, em voz alta.

Depois de tanto tempo, o sequestro de duas garotinhas tinha chamado a atenção do FBI novamente para ele.

Minha falecida esposa!

Seria perigoso afastar-se da CFG&Y e mudar-se para o exterior — algo muito abrupto e por demais contraditório com tudo o que ele andara falando.

Ao meio-dia ele se deu conta de que estava apenas com a roupa de baixo. Theresa costumava ficar irritada quando isso acontecia.

— As pessoas que sabem das coisas não ficam sentadas por aí de cueca e camiseta, Norman — dizia sempre, desdenhosamente. — Elas vestem um roupão ou colocam roupas. Uma coisa ou outra.

Theresa havia chorado muito quando os gêmeos nasceram prematuros e não sobreviveram, mas apenas uma semana depois dissera algo como "talvez tenha sido melhor". Logo depois ela o deixou, mudou-se para a Califórnia, conseguiu se divorciar e em menos de um ano tinha se casado de novo. Ele entreouvira alguns dos empregados da CFG&Y rindo a respeito do acontecido.

— O cara que ela escolheu agora é farinha de outro saco, diferente do pobre do Norman — ouviu um deles dizer.

Ainda se sentia magoado.

Quando se casaram, ele dissera a Theresa que um dia ela ia vê-lo como presidente da CFG&Y.

Sabia agora, é claro, que isso jamais aconteceria, mas, de algum modo, não tinha mais importância. Não precisava mais dos aborrecimentos inerentes à posição e tampouco precisava do dinheiro. Mas não posso deixar de andar com as alianças, pensou, fechando novamente a correntinha ao redor do pescoço. São elas que me dão força. Fazem com que eu me lembre de que não sou aquele trabalhador inseguro e compulsivo que os outros pensam que sou.

Norman sorriu, lembrando-se da expressão de terror no rosto de Theresa naquela noite em que ela se virou e o viu escondido no banco de trás do carro.

60

— Estes sapatos são grandes demais — disse Angie —, mas não vou me preocupar com isso. Parou o carro diante do McDonald's, perto do shopping onde comprara os sapatos, e agora os ajeitava nos pés de Kathy. — Lembre-se de ficar de boca calada, mas se alguém perguntar seu nome, diga que é "Stevie". Entendeu? Diga para mim agora.

— Stevie — murmurou Kathy.

— Excelente. Agora vamos.

Os sapatos machucavam de um modo diferente dos outros que Angie tinha comprado para ela. Era difícil andar com eles porque seus pés ficavam deslizando e querendo sair de dentro deles a toda hora. Mas Angie a puxava pela mão tão depressa que tinha medo de lhe dizer isso.

Kathy sentiu que um pé saía de dentro do sapato.

Na calçada do McDonald's, Angie parou para comprar um jornal. Depois as duas entraram e foram para a fila. Quando pegaram seus lanches, sentaram-se em uma mesa de onde Angie podia ver a van.

— Nunca tive que me preocupar com essa lata-velha antes — disse ela. — Mas com toda aquela grana na mala, seria muita falta de sorte se alguém decidisse roubá-la logo agora.

Kathy não quis o sanduíche de ovo e o suco de laranja que Angie comprou para ela. Não estava com fome e realmente só queria dormir. Mas também não queria fazer com que Angie ficasse zangada, de modo que tentou comer um pedaço do sanduíche.

— Acho que daqui vamos voltar para o motel e depois procurar algum lugar onde possa comprar um carro usado — disse Angie. — O problema é que aparecer com um monte de notas de 50 e de 20 na hora de pagar vai chamar um bocado a atenção.

Kathy percebeu que Angie estava ficando furiosa e observou-a abrir o jornal e dizer sem fôlego algo que ela não conseguiu entender. Depois, se inclinou para a frente e puxou o capuz para cima da cabeça de Kathy.

— Meu Deus do céu — disse —, a sua cara está espalhada em todo este jornal. A não ser pelo cabelo, qualquer idiota pode reconhecê-la. Vamos dar o fora daqui.

Kathy não queria que Angie ficasse zangada de novo. Deslizou para fora do banco e estendeu a mão para ela.

— Onde está seu outro sapato, menininho? — perguntou uma senhora que estava limpando a mesa ao lado.

— *Seu outro sapato*? — perguntou Angie. Ao olhar para baixo, ela viu que Kathy estava só com um pé calçado. — Mas que inferno! — exclamou. — Você desfez o laço de novo dentro do carro?

— Não — murmurou Kathy. — Ele caiu. Está muito grande.

— O outro também é grande demais — disse a senhora. — Qual é o seu nome, garotinho?

Kathy se esforçou, mas não conseguiu se lembrar do que Angie mandara ela dizer.

— Diga-me seu nome — insistiu a senhora.

— Kathy — murmurou ela, mas quando Angie apertou sua mão com força, lembrou o nome que tinha que dizer. — Stevie — disse. — Meu nome é Stevie.

— Ah, aposto como você tem uma amiga imaginária chamada Kathy — disse a mulher. — Minha neta também tem.

— É — concordou Angie apressadamente. — Bem, temos que ir andando.

Kathy olhou para trás e viu que a mulher apanhava um jornal em cima da cadeira da mesa que estava limpando. Nele, Kathy pôde ver sua fotografia e a de Kelly também. Não conseguiu se conter. Começou a conversar com a irmã, mas aí Angie apertou sua mão com muita, muita força mesmo.

— Vamos — disse Angie, puxando-a.

O outro pé de sapato ainda estava na calçada, no lugar onde tinha saído do pé. Angie se abaixou, o pegou e depois abriu a porta de trás da van.

— Entra — ordenou furiosa, jogando o sapato dentro do carro.

Kathy subiu engatinhando e, sem esperar que Angie mandasse, foi deitando em cima da almofada e puxando a manta para se cobrir. Mas aí ouviu a voz de um homem dizer:

— Onde está a cadeirinha de segurança para seu filho, senhora?

Kathy levantou os olhos e viu que era um policial.

— Estamos indo justamente comprar uma nova — respondeu Angie. — Não tranquei o carro quando paramos em um motel ontem à noite e ela foi roubada.

— Em que motel a senhora ficou?

— No Soundview.

— A senhora comunicou o furto?

— Não — respondeu Angie. — Era velha e não valia a pena.

— Nós queremos saber se estão acontecendo furtos em Hyannis. Posso ver sua carteira de motorista e os documentos do carro, por favor?

— Claro. Aqui estão. — Kathy observou enquanto Angie tirava os documentos da carteira.

— Sra. Hagen, de quem é esta van? — indagou o policial.

— Do meu namorado.

— Eu entendo. Pois bem, vou lhe dar uma chance. Quero que a senhora vá até o shopping e compre uma nova cadeirinha para o seu carro. Não permitirei que saia com essa criança desse jeito.

— Muito obrigada, policial. Farei isso imediatamente. Venha, Stevie.

Angie se abaixou e pegou Kathy no colo, comprimindo o rosto da menina de encontro ao seu casaco. Fechou a porta da van e começou a andar o quarteirão de volta na direção do shopping.

— Aquele policial está de olho em nós — sussurrou. — Não sei se foi uma boa mostrar para ele a carteira de motorista de Linda Hagen. Ele me olhou de um jeito esquisito, mas por outro lado estou registrada no motel com esse nome. Meu Deus, que confusão!

Assim que entrou no shopping, pôs Kathy no chão.

— Me deixe calçar esse sapato em você. Vou enfiar um lenço dentro dele. Você tem que andar. Não posso carregar uma criança desse tamanho por toda Cape Cod.

Kathy teve a impressão de que iam andar a vida toda. Quando por fim encontraram uma loja que vendia cadeirinha de criança, Angie ficou furiosa com o vendedor.

— Escuta, abra a caixa para mim — disse a ele. — Vou carregar a cadeira debaixo do braço.

— Assim vai disparar o alarme — explicou ele. — Posso abrir a caixa, mas a senhora vai ter que carregar a cadeira dentro dela até sair do shopping.

Kathy percebeu que Angie estava ficando muito zangada de novo e por isso não quis lhe contar que, mesmo com o lenço, o sapato tinha saído do pé novamente. Aí então, no caminho de volta para o carro, uma senhora deteve Angie.

— Seu menininho perdeu um dos sapatos — disse ela.

Angie pegou Kathy no colo.

— Um idiota vendeu um sapato dois números maior que o dela, quer dizer, o dele — explicou. — Vou comprar outro.

Angie afastou-se rapidamente da senhora que falou com elas e depois parou, segurando Kathy com uma das mãos e arrastando a cadeirinha com a outra.

— Ah, meu Deus, aquele policial ainda está aí. Não se *atreva* a responder se ele falar com você. Ao chegar à van ela pôs Kathy no banco ao lado do motorista e tentou fixar a cadeirinha que comprara no banco de trás. — Melhor eu fazer isso direito — disse. Levantou Kathy para sentá-la no banco de trás. — Vire a cabeça — murmurou. Vire agora. Não olhe para ele.

Kathy ficou com tanto medo de Angie que caiu no choro.

— Cala a boca! — cochichou Angie. — Cala a boca! O policial está olhando para nós.

Ela bateu a porta de trás e foi para o banco do motorista. Finalmente saíram dali. No caminho de volta para o motel, gritou com Kathy:

— Você disse o seu nome! Você andou conversando com sua irmã! Eu mandei você ficar quieta! *Eu mandei você ficar quieta!* Poderia ter causado um problema enorme. Nem mais uma palavra, está me ouvindo? Na próxima vez que abrir a boca te dou um tapa!

Kathy fechou os olhos com força e tapou os ouvidos com as mãos. Tinha certeza de que Kelly estava tentando falar com ela, mas sabia que não podia responder, senão Angie a machucaria.

Quando voltaram para o quarto, Angie largou Kathy em cima da cama e disse:

— Não mova um músculo ou diga uma palavra. Aqui, tome mais um pouco de xarope para tosse. E engula esta aspirina. Você está quente de novo.

Kathy tomou o xarope, engoliu a aspirina e fechou os olhos, tentando não tossir. Alguns minutos depois, antes de cair no sono, ouviu Angie falando ao telefone.

— Clint — estava dizendo Angie. — Sou eu, querido. Escuta, estou meio assustada. Todo mundo repara na menina quando saio com ela. Seu rosto está em todos os jornais. Acho que você tinha razão. Eu devia ter deixado que a devolvessem com a outra. O que devo fazer? Tenho que me livrar dela. Como é que eu faço?

Kathy ouviu o barulho da campainha da porta e depois a voz assustada de Angie tentando sussurrar.

— Clint, depois eu ligo para você. Agora tem alguém batendo. Meu Deus, acho que deve ser o policial.

Kathy enterrou o rosto no travesseiro quando o telefone foi desligado. Minha casa, pensou, enquanto caía no sono. Quero ir para minha casa.

61

Na manhã de sábado, Gregg Stanford, loucamente irrequieto, foi ao clube para jogar squash e voltou para a propriedade de Greenwich, a principal residência de sua mulher. Tomou banho, vestiu-se e mandou que servissem o almoço no escritório. Com suas paredes almofadadas, tapeçaria antiga e tapetes orientais, mobília Hepplewhite e vista fantástica do mar de Long Island, aquele era seu cômodo favorito na mansão.

Mas nem mesmo o salmão perfeitamente preparado servido com uma garrafa de Château Cheval Blanc, 1º Grand Cru Classe, fez com que relaxasse ou ficasse confortável. O sétimo aniversário de casamento dele com Millicent era na quarta-feira seguinte. O acordo pré-nupcial dizia que se estivessem legalmente separados ou divorciados antes desse aniversário, ele não receberia nada dela. Se o casamento sobrevivesse ao sétimo aniversário, ele receberia irrevogavelmente a quantia de 20 milhões de dólares, mesmo que se separassem depois disso.

O primeiro marido de Millicent morrera. O segundo casamento durara alguns poucos anos. Ela entregara os papéis do divórcio ao terceiro marido poucos dias antes do sétimo aniversário. Tenho de durar mais quatro dias, pensou Gregg. Mesmo naquele belo aposento, começou a sofrer só de pensar.

Gregg tinha certeza de que Millicent estava brincando de gato e rato com ele. Tinha passado as três últimas semanas viajando pela Europa e visitando amigos, mas telefonara de Mônaco na terça-feira aprovando a posição que ele tomara quanto ao pagamento do resgate.

— É um milagre que outros vinte filhos de nossos empregados ainda não tenham sido sequestrados — fora o que ela disse. — Você demonstrou bom-senso.

Quando saímos juntos, ela também parece gostar de estar comigo, pensou Gregg, num esforço para se sentir mais seguro.

— Considerando suas raízes, é um milagre que tenha conseguido se tornar tão cortês — dissera-lhe ela.

Gregg aprendera a aceitar as provocações com um sorriso indiferente. Pessoas muito ricas são diferentes. Ele aprendera isso quando se casara com Millicent. O pai de Tina era rico, mas subira na vida sozinho, vindo do nada. Vivia extremamente bem, mas era como uma vela ao lado de uma estrela, se comparados o seu estilo de vida e o de Millicent. Ela podia rastrear — e o fazia — sua linhagem até a Inglaterra da época anterior à viagem do *Mayflower*. E, como ressaltava desdenhosamente, diferentemente das hordas de aristocratas bem-nascidos e empobrecidos, gerações após gerações da sua família sempre tiveram dinheiro, uma enorme quantidade de dinheiro.

A terrível possibilidade era de que Millicent tivesse, de algum modo, tomado conhecimento de um dos seus casos. Tenho sido discreto, pensou ele, mas se ela tiver descoberto qualquer um deles, será o meu fim.

Começava a servir seu terceiro copo de vinho quando o telefone tocou. Era Millicent.

— Gregg, eu não tenho sido justa com você.

Ele sentiu a boca seca.

— Não sei o que você quer dizer, querida — disse ele, esperando que seu tom de voz fosse natural.

— Vou ser sincera. Achei que você podia estar me traindo e simplesmente não conseguiria tolerar isso. Mas você acaba de receber um atestado de bom comportamento, de modo que... — neste ponto Millicent deu uma risada — quando eu voltar, que tal celebrarmos nosso sétimo aniversário de casamento e brindarmos aos próximos sete?

Desta vez Gregg Stanford não precisou fingir emoção.

— Ah, minha querida!

— Volto na segunda. Eu... Eu realmente gosto muito de você, Gregg. Adeus.

Ele desligou o telefone lentamente. Como suspeitava, tinha sido vigiado. Por pura sorte, seu instinto fizera com que não saísse com nenhuma mulher nos últimos meses.

Agora nada podia atrapalhar a celebração do sétimo aniversário. Era o clímax de tudo por que tinha trabalhado durante toda a sua vida. Sabia que muita gente andava se perguntando se Millicent ia continuar com ele. Até mesmo Page Six, a coluna de fofocas do *New York Post*, publicara uma notinha intitulada ADIVINHA QUEM ESTÁ PRENDENDO A RESPIRAÇÃO? Com o apoio de Millicent, sua posição no conselho de diretores estava consolidada. Ele seria o primeiro da fila para presidente do conselho e CEO.

Gregg Stanford olhou em torno, admirando a tapeçaria antiga presa nas paredes apaineladas, o tapete persa e a mobília Hepplewhite.

— Farei qualquer coisa para não perder isso tudo — disse ele em voz alta.

62

DURANTE A SEMANA ANTERIOR, QUE LHE PARECEU INTERminável, Margaret teve a impressão de que os agentes Tony Realto e Walter Carlson tinham se tornado seus amigos, embora nunca se esquecesse de que também eram agentes da lei. Quando chegaram naquele dia, o cansaço e a preocupação expressa no olhar deles representou para ela uma medida de conforto. Sabia que para eles, o fracasso no resgate de Kathy era algo tão profundamente pessoal quanto profissional.

É ridículo me sentir envergonhada por ter apagado ontem à noite, pensou ela, mortificada com a lembrança de ter agarrado o braço da gerente da loja. Sei que estou apelando para tudo.

Ou não?

Realto e Carlson apresentaram-na ao homem que estava com eles, o capitão Jed Gunther, da Polícia Estadual de Connecticut. Ele é mais ou menos da nossa idade, pensou ela. Deve ser muito inteligente para já ser capitão. Margaret sabia que a Polícia Estadual trabalhava em tempo integral junto com a polícia de Ridgefield, indo de porta em porta, perguntando se alguém vira estranhos andando à toa pelas redondezas. Também sabia que na noite do sequestro, e no dia seguinte, eles tinham levado roupas das gêmeas e vasculhado a cidade e os parques e jardins com seus cães treinados, procurando qualquer pista.

Seguidos pela Dra. Sylvia, ela e Steve levaram os investigadores para a sala de jantar — nosso "posto de comando", pensou. Quantas vezes na semana anterior sentaram-se em torno daquela mesa esperando por um telefonema, rezando para que trouxessem as meninas de volta?

Kelly trouxera as duas bonecas e os dois ursos que eram os brinquedos favoritos das gêmeas. Colocou tudo por cima de cobertores de boneca no chão da sala e agora arrumava a mesa e as cadeiras para brincar de chá das cinco. Ela e Kathy adoravam brincar de tomar chá, pensou Margaret. Ela trocou um olhar com a Dra. Sylvia, do outro lado da mesa. Ela está pensando a mesma coisa. Sylvia sempre perguntava às meninas sobre as brincadeiras de chá quando íamos ao seu consultório.

— Como está se sentindo, Margaret? — perguntou o agente Carlson.

— Estou bem, eu acho. Tenho certeza de que você soube que fui à loja onde comprei os vestidos do aniversário e pedi para falar com a moça que me atendeu.

— Pelo que eu soube ela não estava lá — disse o agente Realto. — Pode nos dizer qual era a sua intenção?

— Ela tinha me contado que naquele mesmo dia havia atendido uma mulher que também fora procurar roupas para gêmeas, mas que achara muito esquisito o fato de ela não saber o tamanho certo de nada. Eu então tive a louca ideia de que podia ser uma pessoa antecipando o sequestro das minhas filhas e... e... — ela engoliu em seco. — A moça que me atendeu não estava lá, e a princípio a gerente não quis me dar o telefone celular dela. Quando me dei conta de que estava fazendo uma cena, saí correndo. Aí então acho que fiquei dirigindo, sem ter noção do que fazia. Quando vi a placa anunciando Cape Cod, recuperei meus sentidos não sei como e dei meia-volta. A primeira coisa de que me lembro depois disso é de um policial com a luz da lanterna bem no meu rosto. Eu estava estacionada no aeroporto.

Steve puxou a cadeira para perto da dela e passou um braço pelo seu ombro. Margaret lhe deu a mão e cruzou os dedos com os dele.

— Steve — disse o agente Realto —, você nos disse que Kelly falou os nomes "Mona" e "Harry" enquanto dormia e que você tem certeza de que não conhece ninguém com esses nomes.

— Exato.

— Kelly disse mais alguma coisa que possa ser útil na identificação das pessoas que a mantinham presa?

— Ela disse algo a respeito de um berço, o que me deu a impressão de que elas foram mantidas em um berço. Mas foi só isso que fez realmente sentido.

— O que *não* fez sentido para você, Steve? — perguntou Margaret, muito séria.

— Marg querida, se ao menos eu fosse capaz de compartilhar de sua esperança. — Os olhos dele se encheram de lágrimas. — Juro por Deus que eu queria acreditar que existe ao menos uma única *possibilidade* de ela estar viva...

— Margaret, você me telefonou ontem dizendo que acredita que Kathy ainda está viva — disse Carlson. — Por que você acredita nisso?

— Porque a Kelly diz que está. Porque na missa ontem de manhã ela falou que Kathy queria voltar para casa também. Depois, no café da manhã, quando Steve disse que ia ler um livro de histórias para ela e fingiu que estava lendo também para Kathy, Kelly disse algo como: "Ora, papai, que bobagem. A Kathy está amarrada em cima da cama. Não pode ouvir você." E em algumas ocasiões ela tentou se comunicar telepaticamente com a irmã.

— Conversa de gêmeas? — estranhou Gunther.

— Elas têm uma língua especial. — Sentindo que começava a elevar o tom de voz, Margaret calou-se. Depois, procurando com o olhar todas as pessoas sentadas àquela mesa, implorou, num murmúrio: — Tentei me convencer de que é apenas uma reação à minha dor, mas *não é.* Se Kathy estivesse morta, eu saberia, mas ela não está. Vocês não *veem*? Será que não entendem?

Ela deu uma olhada na sala e, antes que qualquer pessoa pudesse falar, levou um dedo aos lábios e apontou. Todos se viraram para observar Kelly. A menina tinha colocado os ursinhos sentados à mesa de brinquedo. A boneca que fora de Kathy jazia deitada em um cobertor no chão. Kelly tinha prendido uma meia na boca da boneca. Agora ela estava sentada ao lado, com sua própria boneca no colo. Ela acariciava o rosto da boneca de Kathy e murmurava qualquer coisa. Como que sentindo que todos a observavam, ela ergueu os olhos e disse:

— Kathy não pode mais falar comigo.

63

Depois da visita dos agentes Walsh e Philburn, Richie Mason fez um café e considerou com frieza suas opções. O FBI estava de olho nele. A ironia de como tudo saíra do controle o atingia em ondas, enfurecendo-o. Tudo vinha funcionando tão bem, e aí o único elo fraco na corrente, o elo que ele sempre soube que poderia se romper, tinha de fato se tornado um problema.

Agora os agentes federais apertavam o cerco. O fato de eles ainda não saberem quão perto estavam de descobrir a verdade era um milagre. Ao se concentrarem na ligação que Bailey tinha com ele, lhe proporcionavam um pouco mais de tempo, mas Mason não tinha dúvida de que eles logo entenderiam.

Eu não vou voltar para a cadeia, ele pensou. A imagem da cela minúscula apinhada de gente, os uniformes, a comida horrível e a monotonia da vida na prisão o faziam estremecer. Pela décima vez nos últimos dois dias ele olhou para o passaporte que proporcionaria sua segurança.

O passaporte de Steve. Mason o roubara da gaveta da cômoda no dia em que estivera em Ridgefield. Ele se parecia o suficiente com Steve para passar pela alfândega sem que fizessem perguntas. Tudo o que tenho de fazer é sustentar um enorme e caloroso sorriso como o do meu irmão mais moço na hora que examinarem o passaporte.

Sempre havia o risco de um funcionário da imigração perguntar: "O senhor não é o pai das gêmeas que foram raptadas?" Neste caso ele simplesmente diria que a tragédia acontecera a um primo dele. "Temos o mesmo nome, em homenagem ao nosso avô", explicaria. "E somos tão parecidos quanto dois irmãos."

O Bahrein não tinha acordo de extradição com os Estados Unidos. Mas a esta altura já teria uma nova identidade, de modo que isso não tinha importância.

Devo ficar satisfeito com o que tenho ou devo buscar o resto do pote de ouro?

Por que não? De qualquer modo, era sempre melhor não deixar pontas soltas.

Satisfeito com a decisão tomada, ele sorriu.

64

— Sra. Frawley — disse Tony Realto lentamente. — Não posso agir com base em sua crença de que Kelly mantém contato com a irmã. No entanto, os únicos indicadores de que ela está morta são o bilhete de suicídio e o fato de Lucas Wohl ter sido visto carregando uma caixa pesada quando embarcou no avião. Segundo o bilhete, ele largou o corpo de Kathy no mar. Vou ser muito sincero com a senhora: não estamos plenamente convencidos de que Lucas datilografou aquele bilhete ou de que ele se matou.

— Do que está falando? — retorquiu Steve.

— O que estou dizendo é que se Lucas foi baleado por um dos cúmplices, o bilhete pode ser falso e pode ter sido deixado lá para dar a impressão de que Kathy está morta.

— O senhor finalmente está começando a acreditar que ela está viva? — perguntou Margaret, em tom de súplica.

— Estamos começando a acreditar que pode haver uma pequena possibilidade de ela estar viva — respondeu Tony Realto, enfatizando as palavras "pequena possibilidade". — Para ser franco, não acredito em telepatia entre gêmeos, mas acredito que Kelly seja capaz de nos ajudar. Precisamos interrogá-la. A senhora diz que ela citou dois nomes, "Mona" e "Harry". Pode ser que ela deixe passar outro nome ou dê uma indicação de onde ficaram presas.

Todos viram quando Kelly pegou um paninho da boneca e foi para a cozinha. Depois a ouviram arrastando uma cadeira para junto da pia. Quando voltou, o pano estava molhado. Ela se ajoelhou e pôs o pano na testa da boneca de Kathy. Em seguida começou a falar, e todos se levantaram e se aproximaram para ouvir o que estava dizendo.

Kelly murmurava.

— Não chora, Kathy. Não chora, mamãe e papai vão achar você.

A menina levantou os olhos para os adultos.

— Ela está tossindo muito, muito mesmo. Mona obrigou Kathy a tomar remédio, mas ela cuspiu tudo.

Tony Realto e Jed Gunther trocaram olhares incrédulos.

Walter Carlson estudava Sylvia Harris. Ela é médica, pensou. Sua especialidade é telepatia entre irmãos gêmeos e, a julgar por sua expressão, ele podia dizer que ela acreditava que as duas meninas estavam se comunicando.

Margaret e Steve se abraçaram e ambos desataram a chorar.

— Dra. Harris — disse Carlson baixinho —, a senhora quer falar com Kelly?

Sylvia assentiu e sentou-se no chão ao lado de Kelly.

— Você está tomando conta direitinho da Kathy — disse. — Ela ainda está doente?

Kelly balançou a cabeça.

— Ela não pode mais falar comigo. Ela disse seu nome de verdade para uma senhora, e Mona ficou furiosa e com medo. Kathy tem que dizer para todo mundo que seu nome é Stevie. A cabeça dela está *muuuito* quente.

— É por isso que você está colocando uma compressa de água fria nela, Kelly?

— É.

— Tem alguma coisa amarrando a boca de Kathy?

— Tinha, mas ela começou a ficar doente, e Mona tirou. Kathy está caindo no sono agora.

Kelly tirou a meia da boca da boneca e depois deitou sua boneca ao lado. Cobriu as duas com a mesma manta e fez questão de fazer com que seus dedos se tocassem.

65

Foi o gerente do hotel, David Toomey, quem bateu à porta do quarto de Angie. O homem frágil, com seus 70 e tantos anos, examinou-a com seu olhar penetrante através dos óculos sem aros. Depois de se apresentar, perguntou, sem esconder o aborrecimento em sua voz:

— Que história é essa de que a cadeirinha do seu filho foi roubada da van ontem à noite? O policial Tyron, da polícia de Barnstable, passou por aqui para saber se outros carros por acaso não teriam sido roubados também.

Angie tentou pensar depressa. Deveria dizer a ele que mentira, que tinha se esquecido de trazer a cadeira? Isso podia trazer mais encrenca. O tal policial poderia acabar multando-a. E fazendo perguntas.

— Não foi nada de mais — disse ela. Deu uma olhada na cama. Kathy estava de frente para a parede. Só a parte de trás da cabeça, com o cabelo castanho-escuro, era visível. — Meu rapazinho está com uma gripe forte, e tudo o que me preocupava era simplesmente trazê-lo logo para o quarto.

Angie viu que os olhos de Toomey vasculharam rapidamente o quarto. Podia ler seu pensamento. Ele não acreditava nela. Angie pagara em dinheiro por duas noites. Ele sentiu que ali havia algo estranho. Talvez fosse capaz de ouvir o chiado da respiração de Kathy.

Ele *ouvira.*

— Talvez você devesse levar seu filho à emergência do hospital de Cape Cod — sugeriu. — Minha mulher sempre tem asma depois de uma crise de bronquite, e o menino parece estar prestes a ter um ataque de asma.

— É o que eu estava pensando — disse Angie. — Pode me dizer como chego ao hospital?

— Fica a dez minutos daqui. Terei muito prazer em levá-la.

— Não, não. Está tudo bem. Minha... minha mãe chega lá pelas 13 horas. Ela irá conosco.

— Eu entendo. Bem, Sra. Hagen, sugiro que leve seu filho ao médico com urgência.

— Pode ter certeza de que vou cuidar disso. Muito obrigada. E não se preocupe com a cadeirinha. Era velha mesmo. O senhor entende o que quero dizer.

— Eu sei o que a senhora quer dizer, Sra. Hagen. Não houve nenhum roubo. Mas eu soube pelo policial Tyron que a senhora agora tem uma cadeirinha nova. — Toomey não se deu ao trabalho de ocultar o sarcasmo em sua voz quando fechou a porta ao sair.

Angie imediatamente passou a chave duas vezes. Ele está de olho em mim, pensou. Sabe que eu não tinha a cadeira e está furioso porque a notícia de um furto no motel é ruim para os negócios. Aquele policial também é um sujeito desconfiado. Tenho de dar o fora daqui, mas não sei para onde vou. Não posso sair com todas as minhas coisas porque ele vai saber que está acontecendo alguma coisa. Agora tenho de dar a impressão de que estou esperando pela minha mãe. Talvez se eu esperar um pouco, consiga carregar a menina e colocá-la no banco de trás e depois volte como que para pegar alguma coisa que esqueci, como a carteira, por exemplo. Do escritório ele só consegue ver o lado do passageiro. Posso botar um cobertor em cima da mala com o dinheiro e levá-la para dentro do carro pelo outro lado. Deixo todo o resto da tralha aqui no quarto e assim ele vai pensar que eu volto. Se falar comigo, eu digo que minha mãe ligou para avisar que está me esperando no hospital. Com um pouco de sorte, alguém vai querer entrar ou sair deste lixo, e eu consigo dar o fora enquanto ele atende essa pessoa.

Olhando para a esquerda da janela ela podia ver a entrada de carros em frente ao escritório da gerência. Esperou ali por quarenta minutos. Depois, como a respiração de Kathy ficou mais difícil e o chiado mais forte, ela decidiu que tinha de quebrar uma das cápsulas de penicilina, dissolver um pouco em uma colher e forçá-la a beber. Tenho de me livrar dela, pensou, mas não quero que morra em minhas mãos. Ao mesmo tempo irritada e nervosa, ela abriu a bolsa a tiracolo, tirou o frasco de cápsulas, partiu uma, colocou seu conteúdo dentro de um copo que achou no banheiro, diluiu com um pouco de água e pegou uma colher de plástico da máquina de café que ficava em cima da bancada. Sacudiu Kathy, que se agitou e abriu os olhos. Imediatamente a menina começou a chorar.

— Nossa, você está ardendo em febre — exclamou Angie. — Aqui, bebe isto.

Kathy sacudiu a cabeça, e quando a primeira gota do liquido atingiu sua língua, comprimiu os lábios com força.

— *Eu disse bebe!* — berrou Angie. Conseguiu forçar um pouco na boca de Kathy, mas a menina teve ânsias de vômito, e a medicação escorreu pelo seu rosto. Ela começou a choramingar e a tossir. Angie pegou uma toalha e amarrou em torno da sua boca, mas depois percebeu que a menina podia sufocar e tirou.

— Fique quieta — ameaçou. — Preste bastante atenção. Não faça mais nenhum barulho ou mato você agora mesmo. A culpa de tudo isto é sua. *De absolutamente tudo.*

Angie olhou pela janela e viu que agora diversos carros estavam estacionados diante do escritório. É a minha chance, pensou. Pegou Kathy, saiu correndo, abriu a porta da van e prendeu-a na cadeirinha. Depois, num movimento rápido, correu de volta para o quarto, pegou a mala do dinheiro, envolta por um cobertor, e a sua bolsa a tiracolo e jogou as duas ao lado de Kathy. Trinta segundos depois estava saindo de ré da vaga onde estava.

Para onde vou?, perguntou-se. Devo ir para Cape Cod agora, de uma vez? Não telefonei de novo para Clint. Ele sequer sabe onde estou. No caso de aquele tira ficar desconfiado e começar a me procurar, ele sabe a placa do meu carro. O cara do motel também. Tenho de falar para o Clint vir para cá em um carro alugado ou algo assim. Não é seguro que eu continue a dirigir esta coisa.

Mas para onde devo ir?

O tempo continuou a clarear e o sol da tarde brilhava. A ideia de que o policial que a tinha obrigado a comprar a cadeirinha podia aparecer ao seu lado dentro de uma radiopatrulha fez Angie querer gritar de frustração com o trânsito vagaroso. No início da Main Street, o trânsito passava a ser mão única, então ela se viu forçada a virar à direita. Preciso sair de Hyannis, e no caso de o policial ficar realmente desconfiado e decidir vir atrás de mim, não quero ser apanhada em uma das pontes. Vou pela Rota 28, pensou.

Ela se virou para trás e deu uma olhada em Kathy. A menina estava com os olhos cerrados e a cabeça caída sobre o peito, mas Angie viu que respirava aos arrancos pela boca e que suas bochechas estavam ruborizadas. Tenho de encontrar outro motel onde ficar, pensou. Depois telefono para Clint e digo para que venha. Como deixei uma porção de coisas em Soundview, aquele gerente intrometido vai pensar que voltarei. Pelo menos é o que pensará até tarde da noite, quando perceberá que não vou mesmo aparecer.

Quarenta minutos mais tarde, logo depois de passar pela placa que indicava a saída de Chatham, ela encontrou o tipo de motel que procurava. Tinha um letreiro luminoso dizendo TEMOS VAGAS e ficava perto de um restaurante de beira de estrada.

— A Concha e a Duna — leu em voz alta. — Este serve.

Angie saiu da estrada e parou numa vaga próxima à porta do escritório, mas de onde Kathy não podia ser vista por quem estivesse lá.

O funcionário de rosto pálido estava ao telefone com a namorada e mal levantou os olhos quando lhe entregou o formulário de registro. Diante da possibilidade de que o tira de Hyannis pudesse alertar outras autoridades, ela decidiu não usar mais o nome Linda Hagen. Mas se ele pedir uma identidade, terei que mostrar alguma coisa, pensou ela, puxando relutantemente sua própria carteira de motorista. Inventou um número de placa de automóvel e rabiscou no formulário. Tinha certeza de que o funcionário, distraído como estava com a conversa, não se daria ao trabalho de verificar. Ele pegou o dinheiro correspondente a um pernoite e jogou uma chave para Angie. Sentindo-se de algum modo mais segura agora, ela voltou para a van, dirigiu até os fundos do motel e foi para o quarto.

— Melhor que aquele outro lugar — disse ela em voz alta, depois de esconder a mala do dinheiro embaixo da cama. Voltou para buscar Kathy, que não acordou quando foi tirada da cadeirinha nova. Puxa vida, a febre está piorando, pensou Angie. Pelo menos ela não vai rejeitar a aspirina infantil. Provavelmente vai achar que é bala. Vou acordá-la e fazer com que tome um pouco agora.

Mas é melhor telefonar primeiro para Clint.

Ele atendeu no primeiro toque.

— Onde diabos você está? — trovejou ele. — Por que não telefonou antes? Estou aflito aqui, sem saber se foi presa.

— O gerente do motel onde eu estava era intrometido demais. Tive de sair de lá correndo.

— Onde você está agora?

— Cape Cod.

— O quê?

— Parecia um bom lugar para me esconder. E eu sei andar por aqui. Além do mais, Clint, a menina está muito doente, e aquele policial sobre o qual falei tem o número da placa da van. Ele suspeita de algo, sei que suspeita. Fiquei com medo de ser detida na ponte, se tentasse deixar Cape Cod. Estou em outro motel. Fica na Rota 28, em uma cidadezinha chamada Chatham. Você me disse que vinha para cá quando era garoto. Provavelmente ainda conhece o caminho.

— Sei onde é. Olhe, fique aí e não saia. Vou pegar um avião para Boston e alugar um carro. São 15h30 agora. Devo chegar por volta das 21 horas, 21h30.

— Você se livrou do berço?

— Desmontei e guardei na garagem. Não tenho mais a van, lembra? Sabe o que armou para cima de mim, não sabe? Não pude sair porque este é o único telefone pelo qual pode falar comigo. Só tenho 80 pratas e meu cartão de crédito. Agora você chamou a atenção dos policiais, e aquela vendedora da loja onde você comprou as roupas para as meninas e usou o meu cartão de crédito desconfiou de alguma coisa e veio bisbilhotar aqui em casa.

— Por que ela iria até aí? — perguntou Angie levantando a voz, cheia de medo.

— Disse que queria trocar duas camisas, mas acho que ela veio bisbilhotar. É por isso que tenho de dar o fora daqui. E é por isso que você tem de ficar aí quieta até que eu chegue. Entendeu?

Estou aqui sentado à toa, esperando e esperando, com medo de descobrir que algum policial prendeu você e a menina, para não falar na mala cheia de dinheiro, pensou Clint. Angie ferrou com tudo, esta é a verdade. Mal posso esperar pela hora em que vou pôr as mãos no seu pescoço.

— Entendi, Clint. Sinto muito por ter matado Lucas. Quer dizer, eu só achei que seria legal ter uma criancinha e o milhão de dólares só para nós dois. Eu sei que ele era seu amigo.

Clint não lhe disse que tinha medo de que o FBI começasse a procurá-lo quando descobrissem que ele e Lucas dividiram uma cela em Attica. Como Clint Downes ele estava seguro. Mas se checassem as impressões digitais, saberiam na mesma hora que Clint Downes não existia.

— Esquece o Lucas. Qual é o nome do hotel?

— "A Concha e a Duna". Não é brega? Eu amo você, Super-Homem.

— Está bem, está bem. Como vai a menina?

— Doente, *muito* doente. Está com muita febre.

— Dê aspirina a ela.

— Clint, não quero mais essa garota. Não aguento mais.

— Eis o que vamos fazer. Nós a deixaremos na van quando a afundarmos em algum lugar. Caso você não tenha notado, tem um bocado de água aí em volta. Afinal Cape Cod é uma península...

— Está certo. Clint, não sei o que seria de mim sem você. Você é inteligente, Clint. Lucas se achava mais inteligente que você, mas não era. Mal posso esperar que chegue aqui.

— Eu sei. Você e eu. Nós dois. É assim que tem de ser. — Clint desligou o telefone.

"E se você acreditar nisso, é ainda mais burra do que eu pensava", completou ele em voz alta.

66

— AINDA NÃO ACREDITO QUE KELLY ESTEJA REALMENTE em contato com a irmã — disse Tony Realto sem rodeios antes que ele e o capitão Gunther saíssem da casa da família às 15 horas. — Mas acredito que ela possa ser capaz de nos dizer algo a respeito das pessoas com quem esteve ou do lugar em que a prenderam, qualquer coisa que nos ajude. Esta é a razão pela qual, acordada ou dormindo, alguém deve prestar atenção em tudo o que diz e interrogá-la com base nisso para ver se ela aparece com algo relativo ao sequestro.

— O senhor pelo menos aceita que Kathy possa estar viva? — pressionou Margaret.

— Sra. Frawley, deste ponto da investigação em diante, nós vamos proceder não segundo a *possibilidade*, mas a *pressuposição* de Kathy estar viva. No entanto, eu não quero que isso seja do conhecimento de todos. Nossa única vantagem é que o sequestrador, quem quer que seja, acredita que estamos certos da morte da menina.

Depois que os dois policiais se foram, Kelly adormeceu na sala, ao lado das bonecas. Steve colocou um travesseiro sob sua cabeça e a cobriu, então ele e Margaret se sentaram ao lado dela.

— Às vezes ela e Kathy falam durante o sono — explicou a Dra. Harris a Walter Carlson.

Harris e Carlson continuavam sentados à mesa da sala de jantar.

— Dra. Harris — disse Carlson vagarosamente —, eu sou um cético, mas nem por isso vou dizer que o comportamento de Kelly não tenha nos abalado. Já lhe perguntei isso antes, mas agora vou reformular a pergunta. A senhora começou a acreditar, é claro, que as gêmeas estão em contato uma com a outra, mas não é possível que tudo isso que Kelly tem dito e feito seja apenas a lembrança do que aconteceu a ela e à irmã durante os dias de cativeiro?

— Kelly tinha um machucado no braço quando foi levada para o hospital depois que foi encontrada — disse Sylvia Harris sem rodeios. — Quando vi aquilo, disse que era o resultado de um forte beliscão e que pela minha experiência esse é o tipo de punição aplicada por uma mulher. Ontem à tarde, Kelly começou a gritar. Steve pensou que ela havia batido com o braço na mesa do corredor. Segundo Margaret, ela estava reagindo à dor sentida por Kathy. Foi aí que Margaret correu para ver a vendedora da loja de roupas. Pois bem, Sr. Carlson, hoje Kelly tem uma nova marca, bastante feia por sinal, e sou capaz de jurar que é o resultado de um beliscão que Kathy levou ontem. É pegar ou largar.

Graças aos seus ancestrais suecos e ao treinamento recebido no FBI, Walter Carlson sabia ocultar as emoções.

— Se a senhora estiver certa... — começou ele, falando devagar.

— *Eu estou certa*, Sr. Carlson.

— ... então Kathy pode estar em mãos de uma mulher violenta.

— Fico satisfeita por ver que reconhece isso. Mas tão grave quanto isso é o fato de ela estar muito doente. Veja só o que ela está fazendo com a boneca de Kathy. Tratando-a como se estivesse com febre. Era por isso que Kelly punha aquela compressa úmida na testa. É o que a mãe faz quando uma das gêmeas está com febre.

— Uma das gêmeas? A senhora quer dizer que elas não ficam doentes ao mesmo tempo?

— Elas são dois seres humanos distintos. O que faz com que me lembre de lhe dizer que Kelly tossiu muito a noite passada, mas que ela não está nem um pouco resfriada. Não havia absolutamente nenhum motivo para ela tossir, a menos que estivesse se identificando com a irmã. Estou morrendo de medo de que Kathy esteja seriamente doente.

— Dra. Sylvia...

A médica e o agente do FBI levantaram a cabeça quando Margaret voltou para a sala de jantar.

— Kelly disse alguma coisa? — perguntou Sylvia Harris ansiosamente.

— Não, mas eu quero que você se sente do lado dela com Steve. Agente Carlson, quer dizer, Walter, pode me levar outra vez à loja onde comprei os vestidinhos do aniversário? Não consigo tirar aquilo da cabeça. Eu estava meio maluca quando fui lá ontem porque tinha certeza de que alguém havia machucado Kathy, mas preciso falar com a moça que me atendeu. Ainda acho que ela notou algo de errado na mulher que comprou roupas para gêmeas quase na mesma hora em que estive lá. Ela estava de folga ontem, mas hoje, se não estiver trabalhando e você for comigo, sei que não vão poder se recusar a nos fornecer seu telefone e endereço.

Carlson se levantou. Reconheceu a expressão da fisionomia de Margaret Frawley. Era a de uma fanática convencida de sua missão.

— Vamos andando — disse ele. — Não me importa onde a vendedora esteja. Nós a encontraremos e falaremos com ela cara a cara.

67

O Flautista Mágico tentava ligar para Clint a cada meia hora. Quinze minutos depois que Angie telefonou, ele tentou mais uma vez.

— Você teve notícias dela? — quis saber.

— Ela está em Cape Cod — disse Clint. — Vou pegar um avião até Boston e alugar um carro lá.

— Onde ela está?

— Escondida em um motel em Chatham. Já recebeu advertência de um policial.

— Qual é o nome do hotel?

— O nome é A Concha e a Duna.

— O que é que você vai fazer quando chegar lá?

— Exatamente o que está pensando. Escuta, o motorista do táxi está buzinando. Não consegue passar pelo portão.

— Então é o fim para nós. Boa sorte, Clint. — O Flautista Mágico desligou, esperou um pouco e discou o número de um serviço de táxi aéreo. — Preciso de um avião que saia dentro de uma hora de Teterboro para aterrissar no aeroporto mais próximo possível de Chatham, em Cape Cod — pediu.

68

Aos 64 anos, Elsie Stone não tinha tempo para ler o jornal todos os dias. Seu trabalho no McDonald's, perto do shopping de Cape Cod, não deixava tempo para leituras, e naquele sábado ela havia ido apressadamente até a casa de sua filha, em Yarmouth, a fim de buscar sua neta de 6 anos. Como gostava de repetir, ela e Debby eram unha e carne, e a avó estava sempre disposta a tomar conta da neta.

Elsie tinha acompanhado o sequestro das meninas com muita atenção. A ideia de que alguém pudesse sequestrar Debby e depois matá-la era tão horrível que nem deixava que passasse por sua cabeça. Pelo menos os Frawley tinham recebido uma das filhas de volta, ela pensou, mas mesmo assim devia ser horrível para eles.

Depois que ela e Debby voltaram para sua casa em Hyannis, assaram biscoitos.

— Como vai sua amiga imaginária? — perguntou ela enquanto Debby, com uma colher, passava a massa com pedaços de chocolate para a assadeira.

— Ah, vovó, você esqueceu. Não tenho mais uma amiga imaginária. Isso foi quando eu era pequena. — Debby sacudiu a cabeça enfaticamente, fazendo com que seu cabelo castanho-claro balançasse sobre os ombros.

— Ah, é isso mesmo. — Elsie fechou os olhos ao sorrir. — Acho que eu estava pensando nisso porque esteve no meu restaurante hoje um garotinho chamado Stevie. O amigo imaginário dele era uma criança chamada Kathy.

— Vou fazer agora um biscoito grande de verdade — anunciou a menina.

Era o fim do interesse dela por amigos imaginários, pensou Elsie. Engraçado como coisinhas pequenas grudam em nossa memória. A mãe do tal garoto que estivera no McDonald's estava com pressa. Não deixou a pobre criança dar mais que umas poucas mordidas.

Depois que a assadeira foi para o forno, Elsie disse:

— Tudo bem, Debs, enquanto esperamos, a vovó vai se sentar e ler o jornal. Você pode começar a colorir a página seguinte do álbum da Barbie.

Elsie acomodou-se em sua espreguiçadeira La-Z-Boy e abriu o jornal. A sequência da história das gêmeas dos Frawley estava na primeira página. FBI REALIZA INTENSA PROCURA PELOS SEQUESTRADORES era a manchete. Uma fotografia das gêmeas diante do bolo de aniversário fez com que os olhos de Elsie se enchessem de lágrimas. Ela começou a ler a matéria. A família mantinha-se isolada. O FBI confirmara que no bilhete suicida deixado por um homem conhecido como Lucas Wohl também havia sua confissão de ter matado involuntariamente Kathy. As impressões digitais de Lucas o identificaram, no entanto, como Jimmy Nelson, um criminoso condenado que cumprira pena de seis anos de prisão em Attica por uma série de roubos.

Sacudindo a cabeça, Elsie fechou o jornal. Seus olhos retornaram à primeira página e ao retrato das gêmeas. "Kathy e Kelly no seu terceiro aniversário" era a legenda. Será que...? Ela examinou a foto durante um tempo, perguntando-se por que motivo alguma coisa nela lhe parecia tão familiar.

Justo neste instante o *timer* disparou. Debby largou o lápis de cor que estava usando e levantou os olhos do álbum de colorir.

— Vovó, vovó, os biscoitos estão prontos — exclamou ela, saindo em disparada para a cozinha.

Elsie deixou o jornal deslizar para o chão e se levantou para seguir a neta.

69

QUANDO O CAPITÃO JED GUNTHER DEIXOU A CASA DOS Frawley, foi diretamente para o posto policial de Ridgefield. Mais abalado pelo que testemunhara do que permitira que os Frawley ou os agentes do FBI percebessem, lembrou a si próprio de que não acreditava em coisas como telepatia entre gêmeos. Para ele, Kelly agia segundo as lembranças de sua experiência com os sequestradores, nada mais.

Também agora estava firmemente convencido de que Kathy Frawley estava viva quando Kelly fora deixada no carro com o corpo de Lucas Wohl.

Ele estacionou em frente ao prédio da polícia e, sob a chuva forte que caía sem cessar, atravessou correndo a calçada. "O tempo vai abrir no início da tarde", ele se lembrou desdenhosamente da previsão do tempo que ouvira mais cedo.

O sargento em serviço confirmou que o capitão Martinson estava em sua sala e discou o ramal dele. Gunther pegou o aparelho.

— Marty, é o Jed. Acabo de sair da casa dos Frawley e gostaria de dar uma palavrinha com você.

— Claro, Jed. Venha.

Com 36 anos, os dois homens eram amigos desde o jardim de infância. Na faculdade tinham decidido, de modo independente, optar por carreiras da área policial. Suas qualidades em liderança resultaram em promoções precoces e regulares: Marty no departamento de polícia da cidade de Ridgefield e Jed na Polícia Estadual.

Ao longo dos anos os dois amigos tinham lidado com muitas tragédias, inclusive acidentes de partir o coração envolvendo vítimas jovens, mas aquele era o primeiro grande sequestro com que qualquer um dos dois já se defrontara. Desde a noite em que tinham recebido o telefonema para o 190 da casa dos Frawley, seus departamentos vinham funcionando em íntima conexão e em conjunto com o FBI. A falta de qualquer pista até aquele instante que os ajudasse a resolver o crime era um sofrimento para ambos.

Jed cumprimentou Martinson com um aperto de mão e sentou-se na cadeira mais próxima à mesa. Tinha 8 centímetros de altura a mais que o amigo e seu cabelo era grosso e escuro, enquanto o de Martinson começava a recuar e a mostrar prematuros fios grisalhos. Ainda assim, um bom observador teria percebido as características que os amigos compartilhavam. Eles esbanjavam inteligência e autoconfiança.

— Como vai indo nos Frawley? — perguntou Martinson.

Jed Gunther fez um breve relato do que tinha acontecido mais cedo, terminando com:

— Você sabe como a confissão de Wohl é suspeita. Acredito piamente que Kathy ainda estava viva na manhã de quinta-feira, quando encontramos a irmã dela no carro. Quando estive hoje na casa da família, dei outra olhada. É evidente que o sequestro das gêmeas exigiu a participação de duas pessoas.

— Também tenho pensado muito nisso — concordou Martinson. — Não havia cortinas na sala, apenas persianas que tinham sido parcialmente baixadas. Os bandidos podem ter olhado pelas janelas e visto a babá no sofá falando ao telefone celular. Um cartão de crédito teria sido o suficiente para abrir a velha fechadura da porta da cozinha. A escadaria dos fundos é perto da porta, de modo que eles sabiam que iam conseguir alcançá-la rapidamente. A questão é saber se fizeram ou não uma das crianças chorar para atrair a babá lá em cima. Meu palpite é que foi isso que aconteceu.

Gunther concordou.

— É como vejo também. Desligaram a luz do corredor do segundo andar e ficaram esperando a garota com um vidro de clorofórmio na mão. Podiam estar usando máscaras para o caso de ela ter a chance de vê-los cara a cara. Nunca poderiam se arriscar a subir a escada para depois procurarem o quarto em que as crianças dormiam. Sabiam o caminho, de modo que pelo menos um deles tem de ter estado na casa antes daquela noite.

— A questão é: *quando* esse sequestrador esteve lá? — continuou ele. — Os Frawley compraram a casa exatamente no estado em que estava depois que a velha Sra. Cunningham morreu, o que explica o preço que pagaram.

— Seja como for, a casa teve de ser examinada para a aprovação da hipoteca — comentou Martinson.

— É por isso que estou aqui — esclareceu Gunther. — Li os relatórios, mas queria examiná-los com você. O seu pessoal conhece bem a cidade. Você acha que há alguma chance de alguém ter estado na casa e conseguido a planta antes de os Frawley se mudarem? O corredor do segundo andar é longo, e as tábuas do assoalho rangem. As portas dos três quartos que a família não usa são mantidas sempre fechadas

As dobradiças também rangem. Os sequestradores tinham de saber que as gêmeas dormiam em um dos quartos no fim do corredor.

— Nós falamos com o inspetor que examinou a casa — disse Martinson vagarosamente. — Ele mora aqui na cidade há trinta anos. Ninguém entrou enquanto ele estava lá avaliando o imóvel. Dois dias antes dos Frawley se mudarem, o corretor de imóveis mandou uma firma de limpeza fazer uma faxina completa. É um negócio de família, gente boa. Eu me responsabilizo por eles.

— O que me diz de Franklin Bailey? Será que ele tem alguma participação nisso?

— Não sei o que os agentes do FBI pensam, mas em minha opinião, Franklin Bailey não tem nada a ver com o acontecido. Pelo o que eu soube, o pobre coitado está à beira de um ataque do coração.

Jed se levantou.

— Tenho de voltar à minha sala para ver se posso encontrar algo de que tenhamos esquecido em nossos arquivos, Marty. Repito que não acredito em telepatia, mas lembra-se como Kathy tossia quando a ouvimos naquela fita? Se não morreu, era ela a menina doente. E o que me apavora é que aquele bilhete pode vir a ser uma profecia cuja previsão se cumprirá. Pode ser que não pretendam matá-la, mas é quase certo que não a levarão a um médico. O rosto dela foi visto em cada jornal do país. E, sem atendimento médico, receio que não viva.

70

No aeroporto LaGuardia, Clint pediu para que o motorista o levasse para o setor de desembarque da Continental Airlines. Se os agentes do FBI estivessem de olho nele, a última coisa de que precisava era que soubessem que tinha saltado junto à entrada da ponte aérea, uma indicação de que estava indo para Boston ou Washington.

Ele pagou o táxi com seu cartão de crédito. Até mesmo quando o motorista estava passando o cartão, ficou extremamente ansioso, com medo de que Angie tivesse feito mais compras e acabado com o crédito antes de fugir. Neste caso, os 80 dólares que tinha no bolso iam desaparecer até o último centavo.

Mas o cartão foi aceito, e ele suspirou, aliviado.

A raiva que sentia de Angie aumentava a cada instante, como o estrondo surdo que precede a erupção vulcânica. Se tivessem deixado as duas meninas no carro e dividido o dinheiro, Lucas ainda estaria operando seu serviço de limusine e levando Bailey para lá e para cá como sempre. E na semana seguinte ele e Angie estariam pegando a estrada com a justificativa do tal emprego inexistente na Flórida sem serem abordados por ninguém.

Mas tudo tinha ido por outro caminho; ela não só matara Lucas, como também detonara o disfarce de Clint. Quanto tempo se passaria até a polícia vir atrás do antigo companheiro de cela dele que desapareceu? *Pouquíssimo.* Clint sabia como os agentes federais pensavam. E Angie, burra como ela só, se metera a comprar as roupas para as meninas com seu cartão de crédito. Até mesmo a idiota daquela vendedora fora capaz de perceber que algo de errado estava acontecendo.

Carregando uma maleta que continha apenas duas camisas, roupa de baixo, meias, escova de dentes e estojo de barbear, Clint entrou no terminal, depois saiu de novo e aguardou o ônibus que o levaria para o local onde poderia pegar a ponte aérea da US Airways. Lá ele comprou um bilhete eletrônico. O voo seguinte para Boston estava marcado para sair às 18 horas, o que significava ter de esperar quarenta minutos. Como não tinha almoçado, entrou num bar e pediu um cachorro-quente, batatas fritas e um café. Adoraria um uísque, mas essa seria sua recompensa mais tarde.

Quando chegou a comida, deu uma mordida enorme no cachorro-quente e engoliu com um gole de café amargo. Fora apenas há dez noites que ele e Lucas haviam se sentado à mesa da casinha do zelador do clube, tomando juntos uma garrafa de uísque, satisfeitos com a facilidade com que o trabalho fora executado.

Angie, ele pensou, e sua raiva aumentou. Já tinha tido problemas com um tira em Cape Cod e agora o tira sabe qual é a placa da van. Pelo que sei ele a está procurando. Comeu depressa, viu a conta e atirou com força algumas notas de 1 dólar velhas em cima do balcão, deixando para a atendente uma gorjeta de 38 centavos. Deslizou para fora do banco. O paletó tinha ficado preso pela barriga enquanto ficara sentado e ele o puxou para baixo ao caminhar para o portão do voo destinado a Boston.

Com um olhar cheio de desprezo, Rosita, a universitária do terceiro ano que o atendera, observou quando ele foi embora. Clint ainda tinha mostarda no rosto gordo. Puxa vida, eu odiaria saber que encontraria um cara assim quando voltasse para casa no fim do dia. Que sujeito relaxado. Ah, bem, pensou com um encolher de ombros, pelo menos ninguém tem de se preocupar com ele ser ou não um terrorista. Um idiota desses só pode ser inofensivo.

71

ALAN HART, O GERENTE DA NOITE DO SOUNDVIEW Motel, em Hyannis, entrou no serviço às 19 horas. A primeira coisa que David Toomey, o gerente geral fez, foi informá-lo do roubo da cadeirinha de criança de Linda Hagen, a mulher do A-49, segundo ela havia declarado ao policial Tyron.

— Tenho certeza de que ela está mentindo — disse Toomey. — Aposto a minha vida como ela jamais teve uma cadeirinha de bebê. A propósito, Al, por acaso você teve oportunidade de dar uma boa olhada na van dela ontem à noite?

— Dei sim — respondeu Hart, o rosto fino franzido, a expressão intensa. — Sempre faço uma rápida inspeção no veículo de quem chega, como sabe. Por isso mandei instalar a luz do lado de fora. A mulher, uma morena magra, chegou um pouco depois da meia-noite. Pude vê-la claramente, e nem mesmo soube que trazia uma criança. Devia estar dormindo no banco de trás, mas tenho certeza de que não havia uma cadeira de bebê.

— Fiquei realmente chateado quando Sam Tyron passou aqui — disse Toomey. — Ele queria saber se estávamos tendo problemas com ladrões. Falei com a tal Hagen depois que ele saiu. Ela tem um garotinho, que não tem mais do que uns 3 ou 4 anos pelo que pude ver. Eu disse a ela para que o levasse ao hospital. O garoto estava com uma tosse asmática horrível.

— E ela levou?

— Não sei. Disse que estava esperando a mãe para ir com ela.

— Ela pagou para ficar até amanhã de manhã. Pagou em dinheiro, com um bolo de notas de 20. Imaginei que tivesse vindo para se encontrar com o namorado e que era ela quem estava financiando. Ela voltou com o menino? — perguntou Hart.

— Acho que não. Talvez eu bata lá e pergunte por ele.

— Você acha mesmo que há algo de suspeito nela?

— Não ligo a mínima para ela, Al. Só acho que ela não tem ideia de como a criança está doente. Se não estiver no quarto, continuarei insistindo. Mas vou dar um pulo na polícia e dizer que *não* tivemos um caso de furto na noite passada.

— Certo. Vou ficar de olho para ver se ela aparece.

Com um aceno, David Toomey saiu, virou à direita e caminhou até o quarto do térreo com o número A-49 ao lado da porta. Pôde ver que não havia nenhuma luz acesa por trás da persiana. Bateu, esperou e, depois de uma breve hesitação, puxou a chave mestra, abriu a porta, acendeu a luz e entrou.

Tornou-se evidente para ele que Linda Hagen planejava voltar. Havia uma mala aberta no chão com roupa de mulher. A jaqueta de criança em cima da cama é que chamou a atenção de Toomey. Estava ali naquele mesmo lugar no início da tarde. Seria possível que não a tivesse usado para vestir o menino com ela quando saíra? Talvez o tivesse apenas enrolado num cobertor. Toomey deu uma olhada no armário e descobriu que estava faltando o cobertor extra. Balançou a cabeça. Um bom palpite.

Em uma rápida olhada no banheiro, viu maquiagem e artigos de toalete espalhados na pia. Ela planeja voltar, pensou ele. Talvez a criança tenha ficado no hospital. É o que espero. Vou andando. Mas quando se dirigiu para a porta, algo no chão atraiu seu olhar. Inclinou-se para ver o que era. Uma nota de 20 dólares.

O babado franzido da colcha laranja e marrom atrás da nota estava levantado. Quando Toomey ajoelhou-se para endireitá-lo, seus olhos se arregalaram. Havia pelo menos uma dúzia de notas de 20 espalhadas debaixo da cama. Sem tocar em nenhuma delas, levantou-se vagarosamente. Aquela mulher é uma idiota, pensou. Deve ter guardado o dinheiro em uma bolsa debaixo da cama e nem se deu conta de que algumas notas tinham caído no chão.

Sacudindo a cabeça, ele caminhou até a porta, apagou a luz e saiu. Tinha ficado de pé o dia inteiro e estava louco para voltar para casa. Eu poderia telefonar para a polícia, pensou, mas depois decidiu ir pessoalmente lá depois. Quero que fique registrado que não houve nenhum furto no meu motel, e se eles quiserem ir atrás daquela tal de Hagen por ter mentido para um policial, que vão.

72

— LILA SAIU CEDO HOJE — EXPLICOU JOAN HOWELL, A gerente da Abby's, a Margaret Frawley e ao agente Carlson. — Saiu na hora do almoço para fazer uma compra ou algo assim. Quando voltou, estava com o cabelo pingando. Perguntei a ela o que era tão importante para fazê-la correr assim, e ela disse que tinha sido um esforço inútil. Mas saiu cedo porque sentiu frio e achou que talvez estivesse ficando resfriada.

Com vontade de gritar, Margaret contraiu os lábios. Tinha acabado de aturar as compassivas perguntas de Howell sobre como se sentia hoje e as expressões de condolências pela perda de Kathy.

Walter Carlson já havia mostrado suas credenciais. Quando Howell parou para respirar, ele aproveitou.

— Sra. Howell, preciso do número do telefone celular da Sra. Jackson, do telefone fixo e do endereço, imediatamente.

Howell pareceu desconcertada. Deu uma olhada na loja. Estava cheia, com os clientes de uma tarde de sábado. Percebeu que os mais próximos os olhavam com óbvia curiosidade.

— Claro — disse ela —, claro. Quero dizer, espero que Lila não esteja metida em nenhuma encrenca. Ela é a melhor garota que eu poderia querer aqui. Inteligente! Ambiciosa! Sempre digo a ela para não se atrever a nos deixar e abrir uma loja porque isso prejudicaria nosso negócio.

Ao olhar as expressões de Margaret Frawley e do agente Carlson, ela desistiu de fazer outro comentário a respeito do futuro promissor de Lila.

— Sigam-me até o escritório — disse.

O escritório, observou Walter Carlson, mal comportava uma mesa, cadeira e uns poucos arquivos. Uma mulher de cabelos grisalhos, dos seus 60 anos, óculos de leitura empoleirados na ponta do nariz, levantou a cabeça.

— Jean, por favor, o mais rápido possível, dê o endereço e os telefones de Lila para a Sra. Frawley — disse Howell. Seu tom de voz indicava que era melhor que a outra andasse depressa.

O impulso de dizer à senhora Frawley como se sentira feliz por que ela tivera de volta uma de suas filhas e ficara desolada com a morte da outra morreu nos lábios de Jean Wagner quando viu a expressão séria no rosto de Margaret.

— Vou escrever para você — disse, laconicamente.

Tentando não arrancar o papel das mãos da mulher, Margaret murmurou um rápido agradecimento e saiu, com Carlson imediatamente atrás.

— O que foi isso? — perguntou Jean Wagner a Howell.

— Aquele era um agente do FBI com a Sra. Frawley. Ele não se deu ao trabalho de me dar qualquer explicação. Mas quando ela falou conosco ontem, estava transtornada e disse algo a respeito de Lila ter vendido roupas para gêmeas a uma mulher que não sabia qual era o tamanho das crianças. Não sei por que isso é tão importante para eles agora. Cá entre nós, acho que deveriam internar a pobre da Margaret Frawley e lhe dar alguma coisa para esquecer tudo o que se passou até que consiga reagir. É por isso que temos um grupo de apoio na nossa igreja. Quando minha mãe morreu, foi um apoio maravilhoso para mim. De outro modo não sei como teria aguentado.

Por trás de Howell, Jean Wagner levantou os olhos para o céu. A mãe de Howell tinha 96 anos de idade — e estava deixando a filha louca — até que o Senhor caridosamente chamou-a para o Seu lado. Mas o resto do que Howell disse tinha sido ainda mais surpreendente para ela.

Lila achou que havia algo de errado com a tal mulher, relembrou Jean. A seu pedido consegui o endereço dela junto à companhia de cartão de crédito. Eu ainda o tenho na memória: Sra. Clint Downes, Orchard Avenue 100, Danbury.

Howell abrira a porta e estava saindo. Wagner chegou a abrir a boca para chamá-la, mas desistiu. Lila dirá a eles quem é a mulher, decidiu. Jean já estava de mau humor e não ia gostar se soubesse que violei o regulamento para conseguir aquele endereço para Lila. É melhor eu cuidar da minha vida.

73

Angie ajeitou Kathy em cima de uma almofada no chão do banheiro. Depois tampou a banheira e abriu ao máximo a torneira de água quente do chuveiro para que o pequeno aposento se enchesse de vapor. Ela tinha conseguido fazer com que a menina mastigasse e engolisse duas aspirinas infantis sabor laranja.

A cada minuto Angie ficava mais nervosa.

— Não se atreva a morrer — disse a Kathy. — Não quero saber de outro gerente de motel bisbilhoteiro batendo na minha porta com você sem respirar. Queria poder lhe dar mais um pouco de penicilina.

Por outro lado, começava a desconfiar de que Kathy tivesse alergia à penicilina que tomara. Tinham aparecido manchas vermelhas nos seus braços e no peito, muitas manchas. Tardiamente, Angie se lembrou de que um cara com quem vivera era alérgico à penicilina. Ele também tinha apresentado manchas vermelhas.

— Nossa, será que é isso que você tem? — perguntou Angie a Kathy. — Foi uma péssima ideia ter vindo para Cape

Cod. Esqueci que se eu me meter em alguma confusão só tenho duas pontes para sair, e eles vão estar me esperando lá. Melhor esquecer Cape Cod.

Kathy não abriu os olhos. Sentia dificuldade para respirar. Queria a mãe. Queria ir para casa. Em sua mente, era capaz de ver Kelly. Sua irmã estava sentada no chão com as bonecas. Ouviu sua voz perguntando onde ela estava.

Mesmo que estivesse proibida de falar com Kelly, moveu os lábios e murmurou:

— Cape Cod.

Kelly tinha acordado, mas não quis se levantar do chão da sala. Sylvia Harris trouxe uma bandeja com leite e biscoitos e colocou na mesa do jogo de chá de brinquedo, onde os ursinhos estavam sentados, mas Kelly não quis saber de nada. Steve não mudara de posição desde que se sentara ao lado dela em cima do tapete.

Foi ele quem quebrou o silêncio.

— Dra. Sylvia, a senhora se lembra de quando elas nasceram? Margaret fez uma cesariana, e um pedacinho da membrana teve que ser cortado entre os polegares das meninas, o direito de Kelly e o esquerdo de Kathy?

— Lembro sim, Steve. No sentido real da palavra, elas não eram apenas gêmeas idênticas, mas siamesas.

— Dra. Sylvia, não quero vir a acreditar... — ele fez uma pausa. — A senhora sabe o que quero dizer. Mas agora, até mesmo os caras do FBI admitem a possibilidade de ela estar viva. Meu Deus, se ao menos nós soubéssemos onde ela está, onde procurá-la... Acha possível que Kelly saiba?

Kelly levantou os olhos.

— Eu sei.

Sylvia Harris levantou a mão para advertir Steve.

— Onde está Kelly? — perguntou ela com a voz contida, sem denotar qualquer emoção.

— Kathy está em Cape Cod. Ela acabou de me dizer.

— Quando estava na cama com Kelly hoje de manhã, Margaret falou a respeito do apagão que teve na noite de ontem e saiu dirigindo por aí. Disse que ao ver a placa "Cape Cod" soube que tinha de voltar — murmurou Sylvia para Steve. — Foi onde Kelly ouviu falar de Cape Cod.

Kelly teve um acesso de tosse e de ânsias de vômito. Sylvia pegou-a no colo e deu uma palmada forte entre os ombros dela.

Quando Kelly começou a choramingar, a Dra. Harris virou-a e aninhou a cabeça dela de encontro ao seu pescoço.

— Ah, queridinha, sinto muito — disse, procurando tranquilizá-la. — Eu estava com muito medo de que você tivesse engolido alguma coisa e estivesse engasgada.

— Quero ir para casa — soluçou Kelly. — Quero mamãe.

74

O AGENTE CARLSON TOCOU A CAMPAINHA DA MODESTA casa de Lila Jackson em Danbury. No carro a caminho de lá, tentou ligar para ela, mas o telefone fixo estava ocupado e ela não atendia ao celular.

— Pelo menos sabemos que tem gente em casa — disse ele tentando estimular Margaret, enquanto vencia o trajeto de 5 quilômetros bem acima da velocidade limite.

— Ela tem de estar em casa — disse Margaret no carro. Depois, ao ouvir passadas se aproximando da porta, murmurou: — Ah, meu Deus, por favor, faça com que ela seja capaz de nos dizer alguma coisa.

Foi a mãe de Lila quem atendeu. Seu sorriso de boas-vindas desapareceu quando viu dois estranhos na varandinha. Num rápido movimento, fechou parcialmente a porta e passou a corrente.

Antes que ela pudesse falar, Carlson estava com sua identidade na mão e a passou para que a examinasse.

— Sou o agente Walter Carlson — disse bruscamente. — Esta é Margaret Frawley, mãe das gêmeas sequestradas. Foi sua filha Lila quem lhe vendeu os vestidos do aniversário das meninas. Acabamos de vir da loja, onde a Sra. Howell nos falou que Lila saiu mais cedo porque não se sentia bem. Nós *temos* que falar com ela.

A corrente foi liberada, e a mãe de Lila, desconcertada, gaguejou um pedido de desculpas.

— Peço desculpas. Atualmente todo cuidado é pouco. Entrem. Por favor, entrem. Lila está no sofá, no seu cantinho favorito. Entrem.

Ela tem que ser capaz de nos dizer alguma coisa que possa ajudar, pensou Margaret. Por favor, Deus, por favor, por favor, por favor. Deu uma rápida olhada em seu reflexo no espelho que ficava do lado oposto à porta, no minúsculo saguão de entrada. De manhã ela prendera o cabelo num coque, mas o vento tinha soltado as mechas, que agora pendiam no pescoço. As olheiras escuras contrastavam com a pele branca como a neve e os olhos sem brilho pareciam cansados. Um nervo se contraía incansavelmente fazendo seu rosto tremer. Vinha mordendo o lábio inferior com tanta frequência que ele estava inchado e cheio de rachaduras.

Não admira que ao me ver a mãe de Lila tenha trancado a porta, pensou ela, mas esqueceu qualquer pensamento a respeito de sua aparência ao entrar na saleta e ver aquele vulto encolhido no sofá.

Lila vestia seu roupão favorito com forro de lã e estava protegida por um cobertor. Tinha os pés apoiados em um tamborete e tomava chá. Quando levantou os olhos, reconheceu Margaret prontamente.

— Sra. Frawley!

Ela inclinou-se um pouco para colocar a xícara que segurava em cima da mesinha de centro.

— Por favor, não se levante — disse Margaret. — Peço desculpas por perturbá-la deste modo, mas eu tenho de falar com você. É sobre algo que me disse quando eu estava comprando os vestidinhos para minhas filhas.

— Lila comentou aqui em casa — disse a mãe dela. — Na verdade, ela queria ir contar o que viu na polícia, mas meu amigo, Jim Gilbert, que entende dessas coisas, disse para que esquecesse.

— Srta. Jackson, o que queria contar para a polícia? — O tom de voz de Walter Carlson demandava uma resposta pronta e objetiva.

Lila desviou os olhos dele para Margaret e reconheceu a louca esperança nos olhos dela. Sabendo que estava prestes a desapontá-la, respondeu diretamente para o agente do FBI:

— Como falei para a Sra. Frawley naquela noite, eu tinha acabado de vender umas roupinhas para uma mulher que disse que precisava de roupas para as filhas gêmeas de 3 anos, mas que não sabia que tamanho comprar. Depois do sequestro, eu procurei o nome dela, mas então, como minha mãe falou, o Jim, que é detetive aposentado aqui em Danbury, disse que não achava que valesse a pena contar isso à polícia.

Ela fez uma pausa e olhou para Margaret.

— Hoje de manhã, quando eu soube que a senhora tinha ido ontem até a loja me procurar, decidi falar com a tal mulher na minha hora do almoço.

— Sabe onde ela mora? — perguntou Margaret, atônita.

A gerente da loja tinha dito que Lila saíra para fazer qualquer coisa que não tinha conseguido, lembrou Carlson de cara amarrada.

— O nome dela é Angie. Mora com o zelador do country clube. Inventei uma história para falar com ela. Falei que duas das camisas polo que eu tinha vendido estavam com defeito. Mas o zelador me contou que Angie trabalha como babá e foi contratada para ir de carro para o Wisconsin com uma mãe e suas duas filhinhas. Ele explicou que não eram realmente gêmeas, só de idades muito próximas. A mãe estava a caminho para pegar Angie quando percebeu que tinha esquecido uma das malas e telefonou para que Angie comprasse algumas roupas que tinham ficado dentro da tal mala esquecida. Angie saiu e fez as compras. Era este o motivo pelo qual não sabia o tamanho das roupas que tinha de comprar, entende?

Margaret tinha ouvido tudo de pé. De repente, sentiu os joelhos bambos e arriou na poltrona que ficava diante do sofá. Um beco sem saída, pensou. Nossa única chance. Ela fechou os olhos e, pela primeira vez, pensou em desistir de procurar Kathy antes que fosse tarde demais.

Walter Carlson, contudo, não se deu por satisfeito.

— Havia alguma indicação da presença de crianças na casa, Srta. Jackson? — perguntou.

Lila sacudiu a cabeça.

— É tudo muito pequeno. Logo depois da sala de estar tem uma espécie de sala de refeições, que é separada da cozinha por uma divisória. A porta do quarto estava aberta. Tenho certeza de que o tal do Clint estava sozinho lá. Tive a impressão de que a mulher para a qual Angie estava trabalhando passou por lá e a apanhou.

— Achou que Clint estivesse nervoso, de alguma maneira? — quis saber Carlson.

— Jim Gilbert conhece o zelador do clube e sua namorada — intrometeu-se a mãe de Lila. — É por isso que disse para Lila esquecer o que houve.

Não adianta, pensou Margaret. Isso é inútil. Inútil e impossível. Sentiu que a tensão do seu corpo ia sendo substituída por uma dor generalizada. Quero ir para casa, pensou. Quero ficar com Kelly.

Lila respondeu então à pergunta de Carlson.

— Não, eu não diria que Clint ou qualquer que seja seu nome estivesse nervoso. Quer dizer, ele suava muito, mas eu presumi que fosse por ser corpulento. Esse tipo de gente normalmente sua muito.

Uma expressão de repulsa surgiu no seu rosto.

— Sua namorada devia dar a ele uma caixa de desodorantes. Ele fedia como um gambá.

Margaret fixou os olhos nela.

— O que foi que você disse?

Lila ficou sem graça.

— Sra. Frawley, me desculpe. Não quis ser desrespeitosa. Juro por Deus que só queria ter sido capaz de ajudá-la.

— Mas ajudou! — exclamou Margaret, o rosto subitamente cheio de vida. — Ajudou!

Ela pôs-se de pé num pulo, virou-se para Carlson e viu que ele também tinha reconhecido a importância da observação casual de Lila.

A única impressão que Trish Logan, a babá, teve do homem que a havia segurado era de que se tratava de um sujeito gordo e com um forte cheiro de suor.

75

Mesmo que estivesse desesperado para chegar a Cape Cod, o Flautista Mágico teve tempo de desencavar um suéter com capuz para usar sob o paletó, assim como um par de óculos escuros velhos que cobriam metade do seu rosto. Dirigiu o próprio carro até o aeroporto, estacionou e entrou no pequeno terminal onde o piloto o aguardava. O diálogo entre eles foi rápido. O piloto lhe disse que o avião estava aguardando na pista. Tal como pedira, um mapa da área estaria à sua espera no aeroporto de Chatham. Por fim, voltaria à noite no mesmo avião, que o aguardaria lá.

Pouco mais de uma hora depois, o Flautista estava saltando do avião. Eram 19 horas. O ar inesperadamente seco e frio de Cape Cod e o céu estrelado o deixaram inquieto. De algum modo esperava encontrar o mesmo céu encoberto de Nova York, mas pelo menos ficou satisfeito quando viu o carro, que era exatamente o tipo que queria, um sedã semicompacto parecido com metade dos veículos que rodavam por aquelas estradas. Um estudo do mapa mostrou-lhe que talvez não estivesse muito longe do motel A Concha e a Duna, na Rota 28.

Tenho pelo menos uma hora livre, talvez mais, pensou ele. Clint podia ter embarcado em um voo da ponte, a Delta Shuttle, às 17h30. Senão, viria no voo da US Air das 18 horas. Neste momento provavelmente está em Boston alugando um carro. O piloto disse que para ir de Boston a Chatham de carro levava-se cerca de uma hora e meia. Vou estacionar nas proximidades do motel e esperar por ele.

Durante a conversa com Clint pelo telefone, teve vontade de perguntar o número da placa da van, mas tinha certeza de que isso o deixaria desconfiado. Lucas a descrevera como velha e mal conservada. Claro que as placas eram de Connecticut. Não deveria ser tão difícil encontrá-la no estacionamento do motel, ponderou.

Mesmo que Lucas tivesse feito uma boa descrição de Clint e Angie, ele nunca os vira. Estaria correndo um risco desnecessário vindo pessoalmente e não deixando que Clint liquidasse Angie e a criança? E se ele ficar com o milhão de dólares? Mas se todos estiverem mortos, poderei dormir tranquilo de noite, pensou. Lucas sabia quem eu sou. Eles não sabem. Mas como posso saber se Lucas não contou a Clint? Não preciso que ele venha me procurar depois que gastar a sua parte do resgate. Pode acabar pensando que eu tenho que compartilhar com ele os outros 7 milhões de dólares.

O trânsito da Rota 28 estava mais intenso do que ele esperava. Acho que Cape Cod parece com muitos outros locais de veraneio, pensou. Mais e mais gente vem morar aqui permanentemente.

E daí?

Localizou a enorme placa do motel A Concha e a Duna, com o aviso luminoso de Temos Vagas faiscando embaixo. O exterior era revestido por tábuas brancas com persianas verdes. Parecia ser um pouco mais afastado que os motéis comuns situados ao logo das rodovias mais importantes. Ele viu que depois do aviso a pista se bifurcava. Um lado passava por baixo da parte do prédio onde ficava o escritório e se projetava para fora, enquanto o outro a contornava. Ele saiu da Rota 28 escolhendo a pista que evitava o escritório. Sem querer atrair a atenção de ninguém, ele seguiu ao que esperava ser uma velocidade normal, com os olhos atentos à procura da van. Ele tinha quase certeza de que ela não estava no pátio do motel que dava para a Rota 28. Contornou e seguiu para os fundos. Havia muito mais automóveis nessa área, que pertenciam, em sua maioria, às pessoas que tinham quartos no segundo andar. Era bom assim, concluiu ele. Quando encontrasse a van, poderia procurar uma vaga nas proximidades.

Se Angie tivesse cérebro, não estacionaria perto do prédio. Por causa das luzes próximas à entrada, as placas dos carros ali estacionados eram claramente visíveis. O Flautista reduziu a velocidade para estudar os automóveis pelos quais ia passando.

Finalmente, ele viu uma van que quase certamente era a dela, marrom-escura, com uns dez ou 12 anos, exibindo um amassado na lateral e placas de Connecticut. Havia um espaço vazio de cerca de cinco automóveis na outra fila. Foi lá que o Flautista Mágico estacionou e depois foi examinar a van que imaginava ser de Angie. A luz era suficiente para ver os bancos de trás.

Ele consultou o relógio. Tinha tempo de sobra e estava com fome. Podia ver o restaurante ao lado do motel. Por que não? Pegou os óculos escuros no bolso, pôs no rosto e atravessou o estacionamento. Ao chegar, viu que estava lotado. Melhor assim. O único lugar no balcão ficava perto da seção de comida para viagem. Ele se sentou. Quando pegou o cardápio, a mulher ao seu lado começou a fazer o seu pedido: hambúrguer, café preto e sorvete de laranja para viagem.

O Flautista Mágico virou abruptamente a cabeça, mas antes mesmo de ver a mulher magra de cabelo castanho sem vida, reconheceu sua voz áspera e agressiva.

Ele enterrou o rosto no menu. Sabia que não estava enganado.

Era Angie.

76

O escritório do serviço de limpeza A-One Reliable ficava no porão da casa de Stan Shafter. Uma hora depois de ter estado com Jed Gunther, Marty Martinson decidiu ter outra conversa com Shafter. Ele tinha relido os depoimentos dos dois filhos de Stan e das antigas empregadas, que tinham feito faxina na casa dos Frawley antes de a família se mudar para lá. Todos haviam declarado que ninguém mais entrara na casa quando eles estavam trabalhando.

Quando Marty releu os depoimentos dos empregados de Shafter, contudo, teve sua atenção despertada por uma omissão. Nenhum deles mencionara o fato de Stan ter passado por lá enquanto trabalhavam e, no entanto, ele dissera ter feito sua inspeção habitual. Se não tinham se dado ao trabalho de mencionar a presença dele, seria possível que tivessem se esquecido de alguma outra pessoa? Certamente, a resposta a esta pergunta valia uma conversa cara a cara, decidiu Marty.

Foi o próprio Stan Shafter quem atendeu. Um homem baixo de aspecto vigoroso, com seus 50 e tantos anos, cabeleira cor de cenoura e olhos castanhos cheios de vida que davam a impressão de ele estar sempre apressado. Marty notou que ele vestia um casaco pesado. Ou estava prestes a sair ou acabara de voltar para casa.

Suas sobrancelhas se ergueram quando percebeu quem era o visitante.

— Entre, Marty, ou devo dizer capitão?

— Marty está ótimo, Stan. Só preciso de dois minutinhos do seu tempo, a menos que precise sair.

— Acabo de voltar para casa e não vou mais sair hoje. Sonya me deixou um bilhete dizendo que o telefone comercial tocou a tarde inteira, de modo que tenho de ligar para a caixa postal e pegar as mensagens.

Enquanto descia a escada, Marty foi agradecendo aos céus que a mulher de Stan não estivesse em casa. Faladora compulsiva e fofoqueira de primeira classe, ela o teria bombardeado com perguntas sobre a investigação.

As paredes do escritório no porão eram revestidas de pinho, um acabamento que fez Marty se lembrar da sala de recreação de sua avó. A grande prancheta atrás da mesa de Shafter exibia desenhos satirizando problemas de limpeza encontrados em uma casa.

— Arranjei uns novos, Marty — disse Shafter. — Realmente engraçados. Dê uma olhada.

— Agora não — respondeu Marty. — Stan, preciso falar com você sobre a casa dos Frawley.

— Tudo bem, mas o seu pessoal nos arrancou tudo o que sabíamos depois do sequestro.

— Eu sei que eles interrogaram vocês demoradamente, mas ainda há coisas a esclarecer. Estamos seguindo qualquer inconsistência, por mais insignificante que possa parecer, na caçada dos bandidos. Você entende isso, claro.

— Sim, entendo, mas espero que não esteja insinuando que alguém do meu pessoal tenha mentido.

O tom de voz sério e o modo como Stan encheu repentinamente de ar o peito roliço fez Marty se lembrar de um galo de briga.

— Não, não estou investigando seu pessoal, Stan — Marty apressou-se em tranquilizá-lo. — E isso provavelmente é só mais um dos becos sem saída com os quais temos nos defrontado. Simplificando, nós acreditamos que alguém tenha vigiado a casa e descoberto em que quarto estariam as gêmeas. Como sabe, a casa por dentro é muito maior do que parece ser por fora. Há cinco quartos, qualquer um deles seria apropriado para as meninas, e, no entanto, alguém sabia exatamente aonde ir. Os Frawley se mudaram no dia seguinte à faxina feita pelo seu pessoal. Margaret Frawley nos disse que não houve nenhuma pessoa estranha na casa antes do sequestro. Nós duvidamos que alguém tivesse coragem para se esgueirar para dentro da casa e estudar sua divisão.

— Você quer dizer...

— Quero dizer que alguém sabia exatamente para onde ir no andar de cima. Acredito que seus empregados não iriam mentir deliberadamente, mas, por outro lado, em seu depoimento, você disse que tinha dado um pulo lá a fim de inspecionar a casa perto do fim do dia. Nenhum deles mencionou isso.

— Devem ter pensado que você se referia exclusivamente a um estranho. Eles me consideram integrante da equipe. Vá falar com eles. Vão chegar a qualquer instante para pegar seus carros.

— Algum de vocês sabia qual era o quarto destinado às meninas?

— Todos nós sabíamos. Os pais iam pintar o quarto naquela noite. As latas de tinta azul estavam empilhadas no quarto grande dos fundos, e o carpete branco estava enrolado em um canto. Eles inclusive tinham levado alguns brinquedos e um cavalinho de pau, que também estavam lá.

— Conversou com alguém a respeito disto, Stan?

— Só com a Sonya. Você conhece minha mulher, Marty. Ela poderia trabalhar como investigadora para você Esteve naquela casa anos atrás, quando a velha Sra. Cunningham promoveu uma festa de caridade. Acredite se quiser, andou tentando me convencer a comprá-la quando a Sra. Cunningham faleceu. Eu lhe disse para esquecer a ideia.

Stan Shafter sorriu, indulgente.

— Sonya ficou toda empolgada quando soube que duas gêmeas idênticas iam morar lá. Queria saber qual seria o quarto delas, ou se teriam quartos separados e se tinham posto papel de parede da Cinderela para as meninas, porque era o que teria feito. Eu lhe disse que as gêmeas ficariam no mesmo quarto, o grande dos fundos, no canto, e que ele ia ser pintado de azul-celeste. Por fim, eu disse: "Sonya, agora me deixe tomar uma cerveja em paz com o Clint."

— Clint?

— Clint Downes. É o zelador do country clube de Danbury. Eu o conheço há anos. Fazemos uma limpeza geral na casa todo ano antes do clube abrir. Por acaso encontrei Clint quando voltava da casa dos Frawley e pedi para que ficasse e tomasse uma cerveja comigo.

Marty levantou-se e pegou o boné do uniforme.

— Bem, Stan, se alguma coisa lhe ocorrer, ligue para mim, está bem?

— Claro. Eu olho para os nossos netos e imagino o que seria se um deles desaparecesse para sempre. Não dá para imaginar.

— Eu compreendo — Marty galgou os primeiros degraus e virou-se. — Stan, esse sujeito, o Downes. Sabe onde ele mora?

— Sei, na casa do supervisor do clube.

— Ele procura você com frequência?

— Não. Ele queria me contar que tinha aceitado um emprego na Flórida e que iria embora em breve. Perguntou se eu conhecia alguém para ficar no lugar dele no clube. — Stan deu uma risada. — Sei que quando a Sonya quer, sabe encher a paciência de qualquer um de tanto que fala, mas Clint foi educado o bastante para se fingir de interessado no que eu estava contando a ela sobre a casa dos Frawley.

— Está certo. Até mais.

De volta ao carro, retornando à sede da polícia, Marty pensou no que Shafter lhe dissera. Danbury não é da minha jurisdição, mas acho que vou telefonar para Carlson e passar essa informação para ele, decidiu. Provavelmente não vai levar a nada, mas como estamos nos agarrando a qualquer coisa, podemos muito bem investigar esse sujeito também.

77

Na noite de sábado, vestindo roupas esportivas para se misturar às dezenas de outros passageiros, os agentes Sean Walsh e Damon Philburn detiveram-se na área de entrega de bagagens do terminal de chegadas de voos internacionais do aeroporto Liberty de Newark.

Ambos tinham no rosto a expressão exasperada de viajantes que, após um longo voo, mal podem esperar para ver suas malas jogadas na esteira. Na verdade, os dois estavam de olho em um homem de meia-idade e rosto fino que estava lá esperando sua bagagem. Quando ele se abaixou e pegou uma mala preta comum, os dois foram imediatamente para junto dele, um de cada lado.

— FBI — anunciou Walsh. — Vai nos acompanhar tranquilamente ou prefere fazer uma cena?

Sem responder, o homem assentiu e seguiu junto com eles. Conduziram-no para uma sala em uma área reservada do terminal onde outros agentes cuidavam de Danny Hamilton, um rapaz de 20 anos que estava evidentemente apavorado e que usava o uniforme de carregador de malas.

Quando o homem acompanhado por Walsh e Philburn viu Hamilton algemado, ficou pálido e declarou:

— Não vou falar nada. Quero um advogado.

Walsh pôs a mala em cima de uma mesa, abriu-a e foi colocando as pilhas de roupa de baixo, camisas e calças esportivas em uma cadeira; depois pegou um canivete e cortou as bordas do fundo falso. Quando arrancou o fundo, surgiram enormes pacotes de pó branco.

Sean Walsh sorriu para o homem.

— Você vai precisar de um advogado.

Walsh e Philburn não podiam acreditar na sucessão dos eventos. Tinham ido ali para falar com os colegas de trabalho de Richie Mason para ver se conseguiam alguma informação que o ligasse ao sequestro. Começaram a falar com Hamilton e imediatamente sentiram que ele estava excessivamente nervoso.

Quando o pressionaram, ele negou terminantemente qualquer conhecimento do sequestro, mas terminou cedendo e admitiu que Richie Mason recebia carregamentos de cocaína no aeroporto. Disse que Richie tinha lhe dado 500 dólares em três ou quatro ocasiões para ficar de boca fechada. Contou também que, no fim da tarde, Richie lhe telefonara para dizer que um carregamento estava para chegar e que ele não iria poder estar lá para receber.

Richie dissera a Hamilton para se encontrar com o contato perto da esteira. Pela descrição feita por Richie ele o reconheceria, pois já o vira antes no aeroporto. Instruiu Hamilton a pronunciar as palavras "fim da jornada" para que o mensageiro soubesse que era seguro lhe dar a mala que continha cocaína. Hamilton disse ainda que Richie mandara esconder a mala no seu apartamento e que prometera entrar em contato nos próximos dias a fim de lhe passar as instruções sobre como devolveria a mala.

O telefone celular de Sean Walsh tocou. Ele o abriu, ficou ouvindo e depois se virou para Philburn.

— Mason não está no apartamento de Clifton. Meu palpite é que levantou voo.

78

— Margaret, isso pode ser mais um beco sem saída — advertiu o agente Carlson, enquanto seguia da casa de Lila Jackson para o bangalô do zelador onde Clint Downes morava.

— Não é — insistiu Margaret. — A única impressão que Trish teve antes de perder os sentidos foi o suor do homem corpulento. Eu sabia, eu sabia que se falasse com a vendedora, ela seria capaz de me dizer algo que ajudasse. Por que não a procurei antes?

— Nosso escritório está verificando Downes — disse Carlson, que naquele instante atravessava Danbury, seguindo em direção ao country clube. — Saberemos em breve se ele já esteve metido em encrenca. Mas você tem de aceitar que se ele não estiver em casa, não teremos base legal para invadir a propriedade. Como não quero esperar até que um dos agentes chegue aqui, vou providenciar para que uma radiopatrulha da polícia de Danbury nos encontre lá.

Margaret não respondeu. Por que levei tanto tempo para voltar e conversar com Lila?, pensou, culpando a si própria. Onde está aquela mulher, a tal de Angie? Será que Kathy está com ela?

O céu finalmente começava a clarear, com as nuvens sendo afastadas pelo forte vento do fim de tarde. Mas já passava das 17 horas e a escuridão começava a cair. Margaret telefonou para casa durante o trajeto até o clube de golfe e soube pela Dra. Harris que Kelly tinha caído no sono. Em seguida, a médica lhe disse que Kelly parecia estar se comunicando com a irmã e acrescentou que ela tivera um acesso de tosse.

Lila Jackson tinha dito a Carlson que ele teria de parar o carro junto ao portão da estrada de serviço. Quando saltaram, o agente ordenou que Margaret permanecesse no carro.

— Se esse sujeito estiver ligado ao sequestro, pode ser perigoso.

— Walter, se o homem estiver em casa, eu vou falar com ele. A menos que você esteja planejando impedir meus movimentos, é melhor começar a aceitar esse fato.

Uma radiopatrulha parou atrás deles e dois policiais saltaram imediatamente, um deles ostentando as divisas de sargento no paletó. Eles ouviram um breve resumo feito por Carlson sobre a compra feita por Margaret na Abby's e como o cheiro de suor que a babá sentira na noite do sequestro coincidia com o modo pelo qual a vendedora da loja lhes descrevera Clint — corpulento e suado.

Como Carlson, os dois tentaram convencer Margaret a esperar no carro, mas quando viram que ela não ia mesmo dar o braço a torcer, mandaram que esperasse um pouco até que verificassem se não haveria resistência da parte de Clint Downes.

Ao se aproximarem da casinha do zelador do clube, tornou-se óbvio para todos que suas precauções tinham sido desnecessárias. A casa estava às escuras. A porta aberta da garagem mostrava que não havia um carro em seu interior. Amargamente desapontada, ela viu a polícia ir de janela em janela com lanternas de pilhas iluminando o interior da casa.

Ele estava aqui ainda hoje, por volta das 13 horas, pensou. Apenas quatro horas atrás. Será que a visita de Lila o assustou? Para onde teria ido? E a tal de Angie, por onde andaria?

Margaret caminhou até a garagem e acendeu a luz. Lá dentro, à direita, viu o berço que Clint desmontara e empilhara junto à parede. O tamanho do colchão atraiu seu olhar. Era quase duas vezes o de um berço normal. Teria sido comprado por alguém que sabia que duas crianças dormiriam nele? Enquanto o agente do FBI e os homens da polícia de Danbury vinham correndo da casa, Margaret aproximou-se do colchão e encostou o rosto nele. Um leve resquício do cheiro peculiar do Vick encheu suas narinas.

Ela girou e gritou para os policiais:

— Elas estavam aqui! Foi aqui que as prenderam! Para onde foram? Vocês têm de descobrir para onde levaram Kathy!

79

No aeroporto de Logan, Clint foi diretamente para a área onde estavam localizadas as agências de aluguel de carros. Consciente de que se Angie tivesse detonado seu cartão de crédito ele não poderia alugar um carro, estudou cuidadosamente a tabela para escolher o serviço e o carro mais baratos.

Um milhão de dólares em dinheiro, pensou ele, e se o cartão de crédito tiver estourado, serei obrigado a roubar um carro para ir para Cape Cod.

Mas a operação foi aprovada.

— Tem um mapa para Maine? — perguntou ao atendente.

— Logo ali.

Com indiferença ele apontou a estante onde havia uma coleção de mapas. Clint pegou a cópia do recibo e se dirigiu para o mostruário. Bloqueando com cuidado qualquer possibilidade de o atendente ver o mapa que ele apanhava, pegou um de Cape Cod e o enfiou no paletó. Vinte minutos mais tarde estava se espremendo atrás do volante de um compacto carro econômico. Acendeu a luz do teto e estudou o mapa. Era quase tão longe quanto se lembrava — cerca de uma hora e meia de Boston. O trânsito não deveria estar muito intenso naquela época do ano, pensou.

Deu a partida. Angie se lembrava de ele ter lhe contado que estivera em Cape Cod antes. Ela não se esquece de nada, pensou. O que não lhe contei foi que estive aqui num serviço com o Lucas. Lucas tinha levado um ricaço qualquer para passar o fim de semana e depois tivera de ficar em um motel e esperar por ele. Isso lhe dera uma chance de estudar o lugar. Voltamos dois meses depois e roubamos uma casa em Osterville, Clint se lembrava bem. Bairro grã-fino, mas o resultado do roubo não foi tão bom quanto Lucas esperava. Na verdade, a minha parte foi uma miséria. Foi por isso que exigi uma divisão mais justa no sequestro.

Clint saiu do aeroporto. Segundo o mapa, ele tinha de virar à esquerda no túnel Ted Williams e depois ficar atento às placas que indicavam o caminho para Cape Cod. Se entendi direito, a Rota 3 me leva direto à ponte Sagamore, pensou. Depois tenho de pegar a rodovia Mid-Cape até a Rota 137, que me levará à Rota 28.

Ainda bem que o tempo em Boston estava claro, fazendo com que fosse mais fácil seguir as placas. Por outro lado, mais tarde isso poderia representar um problema, mas não um problema que não pudesse ser resolvido. Perguntou-se se deveria parar e telefonar para Angie. Avisar que chegaria às 21h30, mais ou menos?

Mais uma vez amaldiçoou-a por ter levado os celulares.

Poucos minutos depois de sair do túnel, ele viu a placa indicando Cape Cod. Talvez seja bom que eu não tenha telefone, pensou. Mesmo que fosse maluca, Angie era inteligente.

Ela poderia começar a pensar que seria muito fácil se livrar da menina sozinha e depois sumir com o dinheiro enquanto espera por mim.

Pensar nisso fez com que Clint enfiasse o pé no acelerador.

80

Nos fins de semana, quando podia viajar, Geoffrey Sussex Banks dava uma corrida de Bel-Air, Los Angeles, até sua casa em Palm Springs, Califórnia. Naquele sábado, ele estava em Los Angeles e, quando voltou de uma partida de golfe no fim da tarde, foi informado pela governanta que um agente do FBI estava à sua espera.

— Ele me deu seu cartão, senhor. Aqui está — disse ela. Ao lhe entregar o cartão, acrescentou. — Sinto muito.

— Muito obrigado, Conchita.

Ele tinha contratado Conchita e Manuel muito tempo atrás, quando ele e Theresa se casaram. Os dois a adoravam e ficaram entusiasmados com a notícia de que ela seria mãe de gêmeos. Quando Theresa desapareceu pouco tempo depois, ambos passaram a nutrir a esperança de que um belo dia ela voltaria. "E talvez tenha tido as crianças e perdido a memória. Quem sabe um dia ela se lembre de tudo e volte para casa com os meninos." Era isso que Conchita pedia a Deus em suas orações. Mas agora ela sabia que se o FBI estava ali, era apenas para fazer mais perguntas a respeito do desaparecimento de

Theresa ou, pior ainda, para confirmar — após todos aqueles anos — que os restos mortais dela tinham sido encontrados.

Geoff preparou-se para o encontro com o agente enquanto percorria o corredor que dava na biblioteca.

Dominick Telesco trabalhava na agência do FBI em Los Angeles. Tendo dez anos de Bureau, ele lera frequentemente histórias na seção de negócios do *L.A. Times* a respeito de Geoffrey Sussex Banks, o banqueiro internacional, filantropo, bonitão e integrante da alta sociedade cuja jovem esposa grávida desaparecera a caminho do seu chá de bebê, 17 anos atrás.

Telesco sabia que Banks tinha 50 anos. Isso quer dizer que ele tinha a minha idade, 33 anos, quando sua esposa desapareceu, pensou, enquanto contemplava pela janela o campo de golfe. Por que será que nunca se casou de novo? Deve ter um monte de mulher atrás dele.

— Sr. Telesco?

Meio envergonhado por não ter ouvido Banks entrar, o agente do FBI virou-se rapidamente.

— Sr. Banks, me desculpe. Acabo de assistir alguém dando uma tacada fabulosa e não ouvi o senhor chegar.

— Aposto como sei quem foi — disse Banks, ensaiando um sorriso. — A maior parte dos sócios tem dificuldade com o buraco 16. Só um ou dois o dominaram. Por favor, sente-se.

Por um instante os dois homens se estudaram. Telesco tinha cabelo e olhos castanhos, era alto, magro, tinha pernas longas e trajava terno e gravata. Banks vestia camisa polo e bermuda. Suas feições aristocráticas estavam ligeiramente bronzeadas. O cabelo, mais prateado que louro, estava ficando ralo.

Foi evidente para o agente Telesco, pelo menos à primeira vista, que era verdadeira a fama de Banks de possuir uma rara combinação de autoridade e cortesia.

— É sobre minha mulher? — perguntou Banks, indo diretamente ao ponto.

— Sim, senhor — respondeu Telesco. — Embora o que me traga aqui seja a possível ligação dela a outro caso. O senhor deve ter ficado sabendo do sequestro das meninas Frawley em Connecticut?

— Claro. Pelo que sei, uma das gêmeas foi devolvida.

— Sim. — Telesco não tomara conhecimento do memorando que circulou no Bureau com a possibilidade de a segunda gêmea estar viva. — Sr. Banks, o senhor tem conhecimento de que Norman Bond, o primeiro marido de sua esposa, faz parte do conselho da CFG&Y e que esse conselho votou para que fosse pago o resgate exigido para libertar as meninas?

— Eu sei que Norman Bond faz parte do conselho diretor da CFG&Y.

Telesco não pôde deixar de perceber a raiva que transparecia na voz de Banks.

— Sr. Banks, Norman Bond contratou o pai das gêmeas, Steve Frawley, para trabalhar na CFG&Y, e o fez em circunstâncias bem pouco usuais. Três outros ótimos executivos da empresa eram candidatos ao cargo, mas, ainda assim, Frawley foi escolhido. Ressalte-se que Steve Frawley é pai de gêmeas e mora em Ridgefield, Connecticut. A esposa de Norman Bond deu à luz gêmeos idênticos no tempo em que moravam na mesma Ridgefield.

O bronzeado de Geoff Banks não foi suficiente para ocultar sua palidez.

— Você está sugerindo que Bond teve algo a ver com o sequestro das meninas Frawley?

— Pelas suspeitas que o senhor levantou a respeito do desaparecimento de sua esposa — retrucou Telesco —, acha que Norman Bond seria capaz de planejar um sequestro?

— Norman Bond não presta — disse Banks sem rodeios. — Estou absolutamente convencido de que ele foi o responsável pelo desaparecimento da minha mulher. Todos sabem que ele ficou louco de ciúmes quando soube que ela estava novamente grávida de gêmeos. Quando ela desapareceu, minha vida ficou parada, e assim permanecerá até que eu saiba exatamente o que aconteceu a ela.

— Investiguei meticulosamente o caso, senhor. Não há o menor indício que vincule Norman Bond ao desaparecimento de sua esposa. Há testemunhas que o viram em Nova York naquela noite.

— Há testemunhas que *pensam* tê-lo visto em Nova York naquela noite, ou então é possível que tenha contratado alguém para fazer o serviço por ele. Eu disse na época e repito agora, ele é o responsável pelo que aconteceu a Theresa.

— Conversamos com Bond na semana passada. Ele se referiu à sua mulher como "sua falecida esposa". Ficamos sem saber se terá sido um lapso ou algo mais incriminador.

— Sua falecida esposa! — exclamou Geoffrey Banks. — Consulte suas anotações. Todos esses anos aquele homem disse a todo mundo que acreditava que Theresa estivesse viva e que, segundo ele, ela queria se afastar de mim. Nenhuma vez você o terá ouvido se referir a ela como morta. Você está me perguntando se ele é capaz de sequestrar os filhos de alguém que esteja vivendo a vida que ele desejava e esperava viver? Pode apostar que sim. Ele é perfeitamente capaz de fazer uma coisa dessas.

De volta ao carro, Dominick Telesco consultou o relógio. Passava um pouco das 19 horas na Costa Leste. Ligou para Angus Sommers no escritório de Nova York e relatou sua conversa com Banks.

— Acho que seria uma boa ideia começar a seguir Bond, 24 horas por dia, 7 dias por semana — disse ele.

— Eu também — concordou Sommers. — Obrigado.

81

— Lila Jackson nos disse que a garagem estava vazia — disse o agente Carlson aos policiais de Danbury. — Contou também que Clint Downes recebeu um telefonema de um sujeito chamado Gus enquanto ela estava na casa. Ela teria comunicado sua suspeita antes, se um detetive aposentado, um tal de Jim Gilbert, não a tivesse detido. Falou que conhecia Downes e a namorada dele. Talvez este Gus seja quem pegou Downes lá antes. Pode ser que Jim Gilbert conheça a identidade de Gus.

Margaret não conseguia tirar os olhos do berço desmontado. Foi aqui que prenderam minhas meninas, pensou. Essas laterais são tão altas — é como se fosse uma gaiola! Na manhã em que o monsenhor rezou a missa por Kathy, Kelly o descreveu, falando sobre um berço enorme. Tenho de ir para casa. Tenho que falar com ela; Kelly é a única que pode nos dizer agora onde Kathy está.

82

O FLAUTISTA MÁGICO PÔS DE LADO O MENU E DESLIZOU para fora do banco. Precisava saber onde Angie estava hospedada. Quando os olhos curiosos do balconista surpreenderam seu olhar, ele pegou o celular do bolso. Odiava atrair a atenção dos outros, mas abriu o aparelho e fingiu que estava fazendo uma ligação, ouvindo atentamente enquanto saía dali.

Ele estava parado à sombra do restaurante projetado para parecer um vagão quando Angie saiu, com um saco de comida na mão. Sem olhar para os lados, ela atravessou correndo o estacionamento do restaurante e pulou por cima do muro baixo junto ao hotel. O Flautista percebeu que ela estava preocupada com uma coisa em particular — voltar para o hotel. *Ela não espera que Clint apareça em uma hora e meia*, ponderou ele, *e talvez imagine que esteja segura entocada no quarto.*

Para sua satisfação, ela abriu a porta de um quarto no andar térreo. *Mais fácil para ficar de olho*, pensou ele. Valeria a pena voltar para o restaurante e comer qualquer coisa? Não, melhor seguir o exemplo de Angie e pedir algo para a viagem. Eram 19h20. Com sorte, Clint estaria ali entre as 20h30 e 21 horas.

A persiana da janela do quarto de Angie estava totalmente abaixada. O Flautista Mágico puxou a gola da jaqueta para cima. Com o capuz na cabeça e os óculos escuros no rosto, ele passou pela janela caminhando devagar, hesitando apenas até ouvir o pranto repetido e os soluços de uma criança que estava claramente chorando há muito tempo.

Ele voltou apressadamente para o restaurante, pediu um hambúrguer e um café para viagem, e mais uma vez passou diante do quarto de Angie. Não conseguiu ter certeza de ainda ouvir a criança, mas o som de uma reprise de *Everybody Loves Raymond* assegurou-o da presença de Angie, aguardando a chegada de Clint.

Tudo estava saindo de acordo com o planejado.

83

Gus Svenson estava empoleirado no seu banco costumeiro no pub de Danbury quando dois homens surgiram, um de cada lado.

— FBI — disse um deles. — Levante.

Gus estava na terceira cerveja.

— Que brincadeira é essa?

— Não estamos brincando. — Tony Realto olhou para o homem do bar. — Ponha na conta dele.

Cinco minutos mais tarde, Gus estava na central de polícia de Danbury.

— O que está acontecendo? — quis saber. Tenho de esclarecer as coisas, disse a si próprio. Aqueles sujeitos eram malucos.

— Para onde foi Clint Downes? — disparou Realto.

— Como é que posso saber?

— Você telefonou para ele às 13h15 de hoje.

— Você está louco. A essa hora eu estava consertando o encanamento da casa do prefeito. Telefone para ele se não acredita. Ele estava lá.

Os agentes Realto e Carlson trocaram olhares. Ele não está mentindo, foi o que disseram um ao outro.

— Por que Clint agiria como se estivesse falando com você? — indagou Carlson.

— Pergunte a *ele*. Clint provavelmente não queria que sua namorada soubesse que outra mulher telefonou para ele.

— Sua namorada, Angie? — perguntou Realto.

— Isso mesmo. Aquela desequilibrada.

— Quando foi a última vez que você viu Clint?

— Deixa ver. Hoje é sábado. Nós jantamos juntos ontem à noite.

— Angie foi com vocês?

— Não. Ela estava fora, trabalhando como babá.

— Quando foi a última vez em que você a viu?

— Clint e eu saímos para tomar umas cervejas e comer um hambúrguer na quinta à noite. Angie estava em casa quando fui lá apanhar o Clint. Estava tomando conta de um garotinho chamado Stevie.

— Você viu a criança?

— Sim, mas não muito bem. Ela estava enrolada em um cobertor. Só vi a parte de trás da sua nuca.

— Deu para ver a cor do cabelo?

— Castanho-escuro. Curto.

O celular de Carlson tocou. Ele viu pelo bina que era da central de polícia de Ridgefield.

— Walt — começou Marty Martinson —, estou tentando falar com você há pelo menos duas horas, mas tivemos uma emergência. Alguns adolescentes se envolveram em um grave acidente de carro. Por sorte vão sobreviver. Há um nome que quero lhe passar em relação ao caso Frawley. Provavelmente é outra perda de tempo, mas vou lhe dizer por que acho que vale a pena investigar.

Antes que Martinson continuasse, Carlson tinha certeza de que o nome que iria ouvir era o de Clint Downes.

Do outro lado da mesa, Gus Svenson, repentinamente sóbrio, estava se abrindo com Tony Realto.

— Eu não saía para jantar com Clint há meses. Aí encontrei Angie em uma farmácia. Ela tinha comprado um bando de coisas, como um nebulizador e xarope para tosse, porque a criança de quem cuidava estava doente. E aí eu...

Enquanto os agentes ouviam, atentos, Gus, por vontade própria, foi despejando tudo de que se lembrava de seus encontros recentes com Clint e Angie.

— Telefonei para o Clint na quarta de noite para ver se ele queria sair para tomar umas cervejas, mas Angie falou que ele tinha ido procurar um carro novo. Ela estava trabalhando como babá, e as crianças de quem cuidava choravam, por isso não pude me demorar.

— *As crianças* estavam chorando?

— Ah, erro meu. Pensei ter ouvido duas crianças, mas não garanto. Quando perguntei, ela praticamente desligou na minha cara.

— Vamos esclarecer tudo, para não haver engano. A última vez que você viu Angie foi quinta à noite, e a última vez que viu Clint foi ontem à noite?

— Exatamente. Eu o peguei e depois o deixei em casa, ele disse que estava sem carro. Falou que Angie estava no Wisconsin trabalhando como babá e que ele tinha vendido a van.

— Você acreditou nele?

— Sei lá! Só não consigo imaginar por que vendeu um carro antes de ter outro.

— Tem certeza de que a van não estava lá ontem à noite?

— Juro por Deus. Mas estava na garagem quando o peguei na noite de quinta, assim como Angie também estava lá com a criança.

— Certo. Fique aí, Gus, nós já voltamos. — Os dois agentes saíram e foram para o corredor. — O que é que você acha, Walt? — perguntou Realto.

— Angie deve ter se mandado com Kathy na van. Ou eles racharam o dinheiro e se separaram ou ele vai se encontrar com ela em algum lugar.

— É o que também acho.

Eles voltaram para a sala onde Gus estava sentado.

— Gus, por acaso Clint tinha dinheiro em espécie quando vocês saíram?

— Não, pelo contrário. Eu paguei a conta nas duas noites.

— Conhece alguma outra pessoa que possa ter lhe dado uma carona hoje?

— Não.

O sargento da polícia de Danbury que tinha visitado a casa do zelador do clube de golfe também estivera fazendo suas investigações e entrou na sala a tempo de ouvir a última pergunta.

— Clint Downes foi levado pela Danbury Táxi para o ponto da Continental Airlines no LaGuardia — disse ele. — Chegou lá por volta das 17 horas.

Somente duas horas atrás, pensou Walter Carlson. Estamos apertando o cerco, mas será que conseguiremos ser rápidos o bastante antes que seja tarde demais para Kathy?

84

Na central de polícia de Hyannis, o sargento despachante, Ari Schwartz, ouviu pacientemente o irado protesto de David Toomey, que assegurava não ter havido nenhum roubo no estacionamento do seu motel.

— Trabalho no Soundview há 32 anos — declarou ele com veemência —, e não vou deixar aquela criminosa, que não tem cabeça sequer para cuidar do próprio filho, mentir a Sam Tyron dizendo que uma cadeira para criança, que ela nunca teve, foi roubada.

O sargento conhecia Toomey e gostava dele.

— Dave, vai com calma — disse, procurando tranquilizar o outro. — Você diz que seu gerente noturno jura que a mulher não tinha cadeirinha para criança no carro?

— Sem dúvida nenhuma.

— Vamos providenciar a correção no registro da ocorrência.

De certo modo acalmado pela promessa, Toomey se virou para ir embora, mas hesitou.

— Eu realmente me preocupo com aquele pobre menino. Estava muito doente. Se incomodaria de telefonar para o hospital e ver se ele foi internado lá ou, quem sabe, se foi para a emergência? O nome dele é Steve. O da mãe é Linda Hagen. Eu poderia fazer isso, mas eles vão dar muito mais atenção se você ligar.

Schwartz não deixou que a irritação que sentiu transparecesse no seu rosto. Era legal da parte de Dave Toomey se preocupar com a criança, mas, por outro lado, verificar o que acontecera com ele seria muito difícil. A mãe poderia tê-lo levado a qualquer uma das mais de dez emergências que havia em Cape. Poderia ter dito isso a Dave, mas, preferiu ligar para o hospital.

Nenhuma criança fora admitida no hospital.

Ainda que estivesse ansioso para voltar para casa, Toomey relutava em ir.

— Tem qualquer coisa que me incomoda no jeito dela — disse, falando tanto para si próprio quanto para o sargento. — Se fosse meu neto, a minha filha estaria louca de preocupação. Ele deu de ombros.

— É melhor eu cuidar da minha vida. Obrigado, sargento.

A 6 quilômetros dali, Elsie Stone estava virando a chave para abrir a porta da sua casinha branca de madeira. Levara Debby para Yarmouth, mas não aceitara o convite para ficar e jantar com a filha e o genro.

— Estou sentindo o peso da idade — disse, jovialmente. — Vou para casa, esquentar minha sopa de legumes e tomá-la enquanto leio o jornal e assisto ao noticiário.

Não que o noticiário seja algo que se queira ver, pensou, ao acender a luz. Só que, por mais abalada que esse sequestro me deixe, quero ver se a polícia está mais perto de pegar esses bandidos horrorosos.

Ela pendurou o casaco e foi diretamente para o cantinho onde assistia televisão. O âncora do noticiário das 18h30 estava dizendo:

— Uma fonte cujo nome não foi divulgado revelou que o FBI agora está trabalhando com a suposição de que Kathy Frawley ainda esteja viva.

— Ah, Deus queira! — disse Elsie em voz alta. — Tomara que encontrem a pobre inocente.

Aumentando o volume da televisão de modo a não perder uma palavra, ela foi para a cozinha. Enquanto despejava a sopa de legumes feita em casa em uma tigela e a punha no micro-ondas, percebeu que o nome "Kathy" estava sendo repetido em sua mente.

— Kathy... Kathy... Kathy... o que é isso? — perguntou-se.

85

— Ela estava lá — lamentou Margaret, enquanto Steve a abraçava com força. — Eu vi o berço em que fizeram as meninas dormirem. O colchão cheira a Vick, exatamente como o pijama de Kelly quando ela voltou para casa. Todos aqueles dias elas estavam tão perto, Steve, tão perto. É aquela mulher que comprou as roupas no mesmo dia em que comprei os vestidos do aniversário quem está com Kathy agora. E Kathy está doente. Ela está doente! Doente!

Ken Lynch, o novato da força policial de Danbury que levara Margaret para casa, ficou surpreso ao ver que o quarteirão estava cheio de carros de imprensa. Ele correu amparando-a pelo braço, cruzou com Steve, que segurava a porta aberta para os dois, e entrou. Sentindo-se um tanto inútil ali dentro, passou sob o arco e entrou na sala de estar, onde parou e virou-se.

Aquele devia ser o aposento onde a babá falava ao telefone quando ouviu uma das gêmeas chorar, pensou. Depois, enquanto revistava tudo com um olhar atento, absorvendo todos os detalhes para que depois pudesse contar para sua mulher, viu as bonecas no chão, no centro da sala. Bonecas idênticas, protegidas pelo mesmo cobertor, os dedos entrelaçados. Um conjunto de mesa e cadeiras de boneca estava diante da lareira, pronto para as meninas brincarem de servir chá. Dois ursinhos idênticos estavam sentados à mesa, um de frente para o outro.

— Mamãe, mamãe.

Ele ouviu o grito nervoso vindo do andar de cima e depois o som de pés descendo a toda velocidade os degraus sem carpete. Viu como Kelly se lançou nos braços de Margaret. Mesmo se sentindo desconfortável como um estranho, Ken não pôde resistir à tentação de estudar a angústia no rosto de Margaret enquanto ela abraçava a filha.

Só pode ser a pediatra que está passando uma temporada com eles, pensou Ken, quando uma senhora de cabelos grisalhos desceu correndo a escada.

Margaret pôs Kelly no chão e ajoelhou-se ao lado dela com as mãos em seus ombros.

— Kelly — disse, baixinho —, você andou falando com Kathy de novo?

Kelly balançou a cabeça afirmativamente.

— Ela quer vir para casa.

— Eu sei, querida, eu sei que ela quer. Eu também quero que ela venha para casa, da mesma forma que você quer. Você sabe onde ela está? Ela falou?

— Falou sim, mamãe. Eu contei para o papai. E contei para a Dra. Sylvia. E para você também. Kathy está em Cape Cod.

Margaret ficou boquiaberta e sacudiu a cabeça.

— Ah, querida, você não se lembra, mas quando você estava na cama de manhã, fui eu que falei sobre Cape Cod. Foi onde você ouviu esse nome. Talvez Kathy tenha lhe dito que ela estava em outro lugar. Pode perguntar a ela agora?

— Kathy agora está com muito sono. — Com uma expressão magoada, Kelly virou-se, passou pelo policial Lynch e sentou-se no chão ao lado das bonecas. Com os olhos fixos nela, paralisado, Lynch ouviu-a dizer: — Você *está mesmo* em Cape Cod.

Depois, embora tivesse se esforçado muito, ele não conseguiu entender o sentido das palavras desconexas que ela murmurava.

86

Comer o hambúrguer e tomar o café fez Angie se sentir melhor. Eu não sabia a fome que estava sentindo, pensou ela ressentida, ao se sentar em uma poltrona confortável do quarto de hotel, ignorando Kathy. O sorvete que tinha lhe dado estava intocado, e a menina estava deitada na cama de olhos fechados.

Tive de arrastar a menina para fora do McDonald's porque aquela garçonete velha e intrometida começou a conversar com ela... pensou Angie, revendo mentalmente o dia difícil que tivera. "Qual é o seu nome, menininho?" "Meu nome é Kathy. Meu nome é Stevie." "Ah, minha neta também tem um amigo imaginário." E o tempo todo uma fotografia das gêmeas ali em cima da mesa. Meu Deus, se aquela avó tivesse visto a foto de perto, teria chamado o guarda.

A que horas Clint chegaria? O mais cedo seria por volta das 21 horas. Ele parecia amargurado. Eu devia ter lhe deixado algum dinheiro. Mas ele vai se recuperar. Cometi um erro comprando aquelas roupas com o cartão de crédito. Devia ter usado o dinheiro que Lucas me deu. Puxa vida, agora é tarde demais para me arrepender. Preciso estar bem quando Clint aparecer aqui. Seja qual for o carro que alugou, ele provavelmente o abandonará e depois roubará outro para que possamos sair de Cape Cod.

Aí então teremos 1 milhão de dólares só para nós. *Um milhão de dólares*! Vou renovar meu visual, prometeu Angie ao mesmo tempo que apanhava o controle remoto. Ela deu uma olhada na cama. E sem mais ideias grandiosas a respeito de ter uma criança para cuidar. Crianças dão muito trabalho.

87

As várias autoridades policiais estabeleceram um posto de comando no escritório do FBI em Danbury. Os agentes Tony Realto e Walter Carlson, juntamente com o capitão Jed Gunther e o chefe de polícia de Danbury, estavam em uma sala de reuniões.

— Agora temos certeza de que Clint Downes e Lucas Wohl foram companheiros de cela em Attica — disse Realto. — Ambos escaparam da condicional assim que saíram da prisão, assumiram novas identidades e, de alguma forma, conseguiram passar despercebidos todos esses anos. Sabemos também como o cartão de crédito de Bailey foi usado para alugar o carro da Excel. Lucas sabia o número, já que trabalhava frequentemente para Bailey e este lhe pagava com o cartão de crédito.

Realto deixara de fumar quando tinha 19 anos, mas agora sentiu vontade de um cigarro.

— De acordo com Gus Svenson — prosseguiu ele —, Angie mora com Downes há sete ou oito anos. Lamentavelmente não há retrato de nenhum um dos dois em qualquer lugar da casa. Sou capaz de apostar como o velho retrato de Downes tirado na polícia nem mesmo se parece mais com ele. O melhor que podemos fazer é enviar para a mídia retratos falados feitos pelo nosso desenhistas junto com uma descrição de ambos.

— Alguém está vazando para a imprensa — disse Carlson. — O boato que corre é que Kathy está viva. Vamos dar alguma declaração?

— Ainda não. Tenho medo de que se dissermos que ela está viva isso possa ser uma sentença de morte para a menina. A esta altura, Clint e Angie provavelmente suspeitam de que os estamos procurando, e se perceberem que todos os policiais do país passaram a examinar o rosto de todas as meninas de 3 anos que encontram, talvez entrem em pânico e decidam se livrar dela. Enquanto acreditarem que nós pensamos que a menina está morta, pode ser que tentem viajar como se fossem uma família.

— Margaret Frawley jura que as gêmeas se comunicam — disse Carlson. — Eu estava esperando notícias dela. Se Kelly tivesse dito alguma coisa relevante, sei que ela teria me ligado. O policial que a levou em casa já está aí?

— Foi o Ken Lynch — disse o chefe de polícia de Danbury. — Sei que ele já voltou da casa dos Frawley. — Ele pegou o telefone em cima de sua mesa. — Digam ao Lynch para vir aqui — ordenou.

Quinze minutos mais tarde, Lynch entrou.

— Juro que Kelly está em contato com a irmã — foi dizendo sem rodeios. — Eu estive lá, e ela insistiu que Kathy está em Cape Cod.

88

O TRÂNSITO NA PONTE SAGAMORE ESTAVA TRANQUILO. Ao cruzar o canal, Clint dirigia com uma impaciência cada vez maior, olhando constantemente para o velocímetro para ver se não estava indo depressa demais. Sabia que escapara por pouco de ser detido por um policial na Rota 3, quando estava a 110 quilômetros por hora em uma zona na qual a velocidade máxima era de 80 quilômetros por hora.

Olhou para o relógio. Eram exatamente 20 horas. Mais quarenta minutos até chegar lá, pensou ele. Ligou o rádio a tempo de ouvir a voz nervosa do locutor dizer "Continuam os boatos de que a confissão suicida da morte de Kathy Frawley talvez seja falsa. Embora as autoridades não confirmem ou neguem o boato, acabam de divulgar os nomes de dois suspeitos de terem sequestrado as gêmeas Frawley."

Clint sentiu que o suor começava a brotar em todo seu corpo.

"Foi expedido mandado de prisão para um ex-detento chamado Ralph Hudson. Ele recentemente esteve empregado como zelador do Danbury Country Clube, em Danbury, Connecticut, usando o nome de Clint Downes. Angie Ames, sua namorada, que morava com ele também, foi incluída no mesmo mandado. Downes foi visto pela última vez no aeroporto LaGuardia por volta das 17 horas. A mulher, Angie Ames, não é vista desde a noite de quinta-feira. Acredita-se que esteja viajando em uma van da Chevrolet, marrom-escura de 12 anos, com placa de Connecticut número..."

Em muito pouco tempo eles vão descobrir que peguei a ponte aérea, pensou Clint, desesperado. Em seguida chegarão à agência de locação de automóveis e conseguirão a descrição deste carro. Tenho de me livrar dele rapidamente. Ele saiu da ponte na rodovia Mid-Cape. Pelo menos fui esperto o bastante para pedir ao cara da locadora um mapa do Maine, pensou ele. Pode ser que isso me dê um pouco mais de tempo. Tenho de pensar. O que devo fazer?

Tenho de me arriscar e continuar na estrada, decidiu. Quanto mais perto chegar de Chatham, melhor. Se os policiais suspeitarem que estamos em Cape, começarão a examinar os motéis — se já não tiverem começado, acrescentou, com raiva.

Seus olhos vasculhavam velozmente a estrada em busca de carros da polícia conforme passava pelas saídas. A paisagem tornou-se mais familiar quando atingiu a saída 5 para Centerville. Foi onde fizemos aquele trabalho, pensou. Saída 8, Dennis/Yarmouth. Pareceu-lhe ter se passado uma eternidade até que finalmente chegou à Saída 11, Harwich/Brewster, e virou na Rota 137. Estou quase em Chatham, pensou, tentando se acalmar. Hora de me livrar deste carro. Foi então que encontrou o que vinha procurando, um cinema com uma área de estacionamento lotada.

Dez minutos mais tarde, estacionado duas fileiras atrás, viu dois adolescentes saírem de um sedã e entrarem no cinema. Ele saltou e foi atrás deles até o saguão, onde ficou parado em um canto, observando-os na fila da bilheteria. Esperou até que o lanterninha marcasse seus bilhetes e que eles desaparecessem no corredor para voltar ao estacionamento. Não tinham sequer se dado ao trabalho de trancar a porta, pensou Clint, ao testar a fechadura do carro dos meninos. Não facilitem demais para mim. Ele entrou e esperou um momento até ter certeza de que não havia ninguém por perto.

Aí então se abaixou sob o painel e com movimentos hábeis que denotavam muita prática ligou alguns fios. O barulho do motor funcionando deu-lhe a primeira sensação de alívio desde que ouvira o noticiário. Acendeu os faróis, engrenou a marcha e começou a fase final da sua viagem a Chatham.

89

— Por que a Kelly está tão quieta, Sylvia? — perguntou Margaret, amedrontada. A menina estava no colo do pai, com os olhos fechados.

— Aconteceu muita coisa, Margaret. — Sylvia Harris tentou parecer convincente. — Além disso, ela está com alergia a alguma coisa.

A pediatra se adiantou e puxou a manga da camisa da menina. Mordeu o lábio. O hematoma estava ficando roxo, mas não era aquilo que ela queria que Margaret visse e sim as marcas vermelhas que salpicavam seu braço.

Margaret viu aquilo e depois encarou a Dra. Harris e o marido.

— Kelly não é alérgica — disse. — É uma das poucas diferenças entre as duas. Será que Kathy está tendo algum tipo de reação alérgica?

Seu tom insistente exigia uma resposta.

— Marg, Sylvia e eu conversamos sobre isso — disse Steve. — Estamos começando a acreditar que é possível que Kathy esteja tendo uma reação alérgica a qualquer coisa que lhe deram, possivelmente algum remédio.

— Você não está querendo dizer... *penicilina*? Sylvia, você se lembra de como Kathy reagiu ao teste com umas gotas de penicilina que você ministrou nela? Ficou cheia de manchas vermelhas e com o braço todo inchado. Você disse que se tivesse dado uma injeção nela, a menina poderia ter morrido.

— Margaret, nós simplesmente não sabemos. — Sylvia Harris tentou impedir que o medo e a ansiedade transparecessem em sua voz. — Até mesmo aspirina demais pode causar uma reação alérgica.

Margaret estava ficando nervosa, podendo ter um colapso, pensou Sylvia. E agora uma nova preocupação, apavorante demais para ser levada em conta, pulsava em sua mente. Kelly estava ficando letárgica. Seria possível que as funções vitais de Kathy e Kelly fossem tão entrelaçadas que se algo acontecesse a Kathy, também afetaria Kelly?

Sylvia já tinha conversado sobre essa terrível possibilidade com Steve. Podia ver agora que a mesma ideia estava ocorrendo também a Margaret. Ela estava sentada ao lado de Steve no sofá da sala. Adiantou-se um pouco e tirou Kelly do colo dele.

— Queridinha — implorou —, fale com Kathy. Pergunte onde ela está. Diga que mamãe e papai a amam muito.

Kelly abriu os olhos.

— Ela não pode me ouvir — disse, sonolenta.

— Por que, Kelly? Por que ela não pode ouvir você? — indagou Steve.

— Ela não consegue acordar mais — disse Kelly com um suspiro, enquanto se encolhia nos braços da mãe em posição fetal e voltava a dormir.

90

Recostado no carro, o Flautista Mágico ouvia o rádio. A notícia que vinha sendo repetida a todo instante era de que Kathy Frawley ainda poderia estar viva. Dois suspeitos estavam sendo procurados, um ex-condenado, que atendia pelo nome de Clint Downes, e sua namorada, Angie Ames. Acreditava-se que ela estivesse viajando em uma van Chevrolet marrom-escura com 12 anos de uso e placa de Connecticut.

Passado o momento de pânico, o Flautista avaliou suas opções. Podia pegar o carro, ir para o aeroporto e voltar para casa, o que provavelmente era a coisa mais esperta a se fazer. Mas havia a possibilidade, mesmo que fosse uma única e mínima, de Lucas ter revelado sua identidade a Clint Downes. Se os agentes federais prenderem Clint, ele vai me entregar em troca de uma pena menor, pensou ele. Não posso assumir esse risco.

Os carros começaram a chegar e a partir do estacionamento do motel. Com alguma sorte, verei Clint antes de ele se aproximar do quarto de Angie, pensou o Flautista. Tenho de falar com ele primeiro.

Uma hora mais tarde, sua paciência foi recompensada. Um sedã entrou vagarosamente no estacionamento, percorreu uma fileira e depois a outra, e por fim estacionou em uma vaga próxima de onde estava a van de Angie. Um vulto corpulento saltou. Em um instante, o Flautista estava fora do carro e tinha se posicionado ao lado de Clint, que girou e meteu a mão no bolso do paletó.

— Não se dê ao trabalho de puxar uma arma — disse o Flautista Mágico. — Estou aqui para ajudar você. Seu plano não vai funcionar. Você não vai conseguir dar o fora daqui naquela van.

Ele viu quando o ar de espanto de Clint foi substituído por uma expressão de astuto reconhecimento.

— Você é o Flautista Mágico — disse ele.

— Sim.

— Depois de todos os riscos que corri, já era hora de nos conhecermos.

Clint não tinha ideia de quem ele era, mas agora era tarde, pensou o Flautista. Vou ter de ir até o fim.

— Ela está lá dentro — disse ele, apontando para o quarto de Angie. — Você tem de dizer que eu vim para ajudar os dois a fugir. Qual é o carro que você está dirigindo?

— Consegui na estrada. O dono está no cinema. Estou seguro por umas duas horas.

— Então ponha a mulher e a menina no seu carro e saia daqui. Faça com elas o que achar necessário. Eu sigo você e depois o levo para o meu avião. Deixo você no Canadá.

Clint assentiu.

— Foi ela quem arruinou tudo.

— Ainda não — assegurou o Flautista. — Nem tudo está perdido ainda. Mas tire-a daqui antes que seja tarde demais.

91

O TAXISTA QUE TINHA LEVADO CLINT AO AEROPORTO LA-Guardia estava na central de polícia de Danbury.

— O sujeito que peguei na estrada de serviço do country clube tinha uma mala muito pequena — disse ele aos agentes do FBI e ao chefe de polícia de Danbury. — Ele pagou com o cartão de crédito. Deu uma gorjeta miserável. Se ele estava com dinheiro, eu certamente não notei.

— Angie deve ter saído com a van e o dinheiro do resgate — disse Carlson para Realto. — Ele provavelmente foi encontrá-la.

Realto concordou.

— Ele não disse para onde estava indo? — insistiu Carlson. Ele já fizera a mesma pergunta ao taxista antes, mas ainda tinha uma última esperança de que seria capaz de estimular alguma reação útil.

— Só para deixá-lo na Continental Airways. Foi só o que disse.

— Ele usou o celular?

— Não. E não disse uma só palavra exceto para me dizer onde queria ir.

— Está certo. Muito obrigado.

Frustrado, Walter Carlson olhou para o relógio. Depois que Lila Jackson procurara Angie em sua casa, Clint sabia que era apenas uma questão de tempo até que o encontrassem, pensou ele. Estaria se encontrando com Angie no LaGuardia? Ou teria tomado outro táxi, talvez para o aeroporto Kennedy, a fim de embarcarem para o exterior? E a menina Kathy?

Carlson sabia que Ron Allen, o agente do FBI encarregado das operações do Bureau nos aeroportos LaGuardia e JFK, estava coordenando as investigações em ambos os aeroportos. Se Clint estivesse listado como passageiro em qualquer voo que saísse de um deles, seria descoberto imediatamente.

Quinze minutos depois, Ron Allen ligou.

— Downes tomou a ponte aérea das 18 horas para Boston — disse ele, vigorosamente. — Alertei o nosso pessoal para procurá-lo no aeroporto de Logan.

92

— Temos de tentar mantê-la acordada — disse Sylvia Harris, sem se dar ao trabalho de ocultar a ansiedade que sentia. — Ponha Kelly no chão, Margaret. Segure sua mão. Você também, Steve. Faça-a andar com você.

Com os lábios brancos de medo, Margaret obedeceu.

— Vamos, Kelly — estimulou. — Você, papai e Kathy gostam de caminhar juntos. Vamos, querida.

— Eu... não posso... Não... quero... — A voz de Kelly estava irritada e sonolenta.

— Kelly, você tem de dizer para Kathy que ela também tem de ficar acordada — insistiu a Dra. Harris.

A cabeça de Kelly estava pendendo sobre seu peito, mas ela começou a sacudi-la em sinal de protesto.

— Não... não... chega. Vá embora, Mona.

— Kelly, o que é? — Deus me ajude, pensou Margaret. Permita que eu me comunique com Kathy. Aquela mulher, a tal de Angie, deve ser aquela que Kelly chama de Mona. — Kelly, o que Mona está fazendo com Kathy? — perguntou, desesperada.

Tropeçando entre os pais, meio carregada por eles, Kelly sussurrou:

— Mona está cantando.

A voz trêmula, desafinada, a menina cantou:

— Chega... da velha Cape Cod.

93

— Receio que venham a pensar que sou mais uma dessas pessoas que só quer ver o nome estampado no jornal — confidenciou Elsie Stone à sua filha. Ela estava segurando o telefone com uma das mãos e o *Cape Cod Times* com a outra. Na tela da televisão, fotos das gêmeas Frawley eram mostradas a cada minuto. — A mulher me disse que a criança era um menino, mas estou convencida de que era uma menina. E Suzie, sou capaz de jurar por Deus que aquela menina era Kathy Frawley. Quer dizer, ela estava de capuz e só aparecia um pouco do cabelo castanho-escuro, mas, pensando melhor, notei alguma coisa estranha no seu cabelo. Você sabe o que quero dizer, que nem aquela pintura malfeita do seu tio Ray. E quando perguntei seu nome, ela disse que era Kathy, mas eu pude ver a cara feia que aquela mulher fez para ela, daí a criança ficou realmente assustada e disse que era Stevie.

— Mamãe — interrompeu Suzie. — Você tem certeza de que não está imaginando coisas? — Ela olhou para o marido e deu de ombros. Os dois tinham planejado jantar mais tarde, depois de colocarem Debby para dormir. Agora, as costeletas de carneiro estavam esfriando, e Vince, o marido, estava fazendo um gesto de cortar o pescoço com a mão, querendo dizer para que ela desse um fim naquela ligação.

Vince gostava realmente da sogra, mas costumava dizer que ela tinha uma tendência a "se repetir".

— Não quero fazer papel de tola, mas suponha...

— Mamãe, vou lhe dizer o que fazer e depois vou desligar e me sentar antes que Vin tenha um ataque do coração. Telefone para a polícia de Barnstable. Conte *exatamente* o que me contou, depois deixe por conta deles. Eu te amo, mamãe. Debby passou um dia maravilhoso com você hoje, e os biscoitos que ela trouxe para casa são realmente divinos. Adeus, mamãe.

Elsie Stone manteve o aparelho na mão enquanto pensava no que fazer. Devo ligar para o número que a polícia pôs à disposição para informações a respeito do caso? Provavelmente estão recebendo um monte de trotes.

— Se não deseja fazer uma ligação, por favor, desligue — aquele chiado da voz de computador foi o que fez Elsie decidir.

— Eu quero fazer uma ligação — disse ela. Comprimiu o botão para desligar, aguardou um momento, e discou o número da polícia.

Quando outra voz de computador perguntou sua cidade e estado ela disse apressadamente:

— Barnstable, Massachusetts.

— Barnstable, Massachusetts, é isso mesmo? — repetiu a voz mecânica.

Subitamente consciente de que se o que tinha a dizer era importante para o caso do sequestro, era preciso falar o mais depressa possível com as pessoas certas, ela retorquiu:

— Sim, é isso mesmo, e pelo amor de Deus, por que tenho que perder tempo com você?

— De casa ou do trabalho? — indagou a voz computadorizada.

— O Departamento de Polícia de Barnstable.

— O Departamento de Polícia de Barnstable, é isso mesmo?

— Sim, sim, sim.

Após uma pausa, uma voz humana foi ouvida.

— Trata-se de uma emergência, senhora?

— Preciso falar com a central de polícia.

— Agora mesmo.

— Polícia de Barnstable, Sargento Schwartz falando.

— Sargento, aqui é a Sra. Elsie Stone. — A insegurança de Elsie era coisa do passado. — Trabalho como garçonete do McDonald's, perto do shopping. Tenho quase certeza de que vi Kathy Frawley lá esta manhã e posso explicar por quê.

Ela começou a contar os eventos da manhã.

Na central de polícia o assunto até àquela hora tinha sido a evolução do noticiário a respeito do caso Frawley. Agora, enquanto o sargento Schwartz escutava, ele ia comparando a história de Elsie Stone com o relato que um irritado David Toomey lhe fizera a respeito do furto de uma cadeirinha de bebê para carro que não tinha acontecido no motel Soundview.

— A criança disse que seu nome era Kathy e depois corrigiu para Stevie? — indagou ele, para certificar-se de que tinha entendido direito.

— Sim. E o dia inteiro isso não saiu da minha cabeça, até que estudei cuidadosamente o retrato daquelas garotas lindinhas que saiu no jornal, retrato que vi de novo na televisão. É o mesmo rosto. Juro pela minha alma que era o mesmo rosto e que ela disse que se chamava Kathy. Só espero que o senhor não desligue o telefone achando que sou uma maluca.

— Não, Sra. Stone. Muito pelo contrário. Estou ligando agora mesmo para o FBI. Por favor, fique na linha. Pode ser que eles queiram falar com a senhora.

94

— WALTER, AQUI É STEVE FRAWLEY. KATHY ESTÁ EM CAPE Cod. Vocês têm de começar a procurar por lá.

— Steve, eu já ia telefonar para você. Sabemos que Downes tomou um avião para Boston, mas quando alugou um carro, pediu um mapa do Maine.

— Esquece o Maine. Kelly está tentando nos dizer desde ontem que Kathy está em Cape Cod. O que deixamos passar foi que em vez de falar apenas "Cape Cod", ela estava tentando cantar uma canção chamada "Old Cape Cod". Aquela mulher que as gêmeas chamam de Mona está cantando essa canção para Kathy agora. Acredite em mim. *Por favor*, acredite em mim.

— Calma, Steve, calma. Vamos dizer para o nosso pessoal emitir um boletim especial para lá, mas tenho de lhe dizer que há uma hora e meia Clint Downes estava no balcão de uma locadora de automóveis no aeroporto de Logan pedindo um mapa do Maine. Também descobrimos mais coisas a respeito da namorada de Clint, Angie. Ela foi criada no Maine. Achamos que talvez esteja escondida lá com amigos.

— Não! É Cape Cod! Kathy está em Cape Cod!

— Espera um pouco. Tenho de atender outra ligação. — Carlson pôs Steve Frawley em espera e ficou ouvindo silenciosamente a outra ligação por um minuto. Quando desligou, retomou a conversa interrompida. — Steve, pode ser que você tenha razão. Temos uma testemunha ocular que afirma ter visto Kathy hoje de manhã no McDonald's de Hyannis. Por ora, estamos concentrando a busca naquela área. Um avião do FBI vem nos pegar, eu e Carlson, dentro de 15 minutos.

— Nós também vamos.

Quando Steve desligou o telefone, voltou correndo para a sala onde Margaret e a Dra. Sylvia estavam forçando Kelly a andar de um lado para o outro com elas.

— Kathy foi vista em Cape Cod na manhã de hoje — anunciou ele. — Vamos para lá de avião agora.

95

— Você está aqui em Old Cape Cod — cantou Angie, lançando os braços em torno do pescoço de Clint. — Puxa vida, senti falta de você, meu homem.

— É mesmo? — Clint teve vontade de empurrá-la para longe, mas depois se lembrou de que não poderia deixá-la desconfiada. Em vez de empurrá-la, abraçou-a. — E adivinha quem foi que sentiu falta de você, passarinho cantor?

— Clint, eu sei que você está furioso comigo por eu ter saído com o dinheiro, mas estava preocupada e achei que se alguém ligasse você ao Lucas seria melhor eu estar fora do caminho.

— Tudo bem, tudo bem. Mas temos de dar o fora daqui. Você estava ouvindo rádio?

— Não, estava assistindo a uma reprise do *Everybody Loves Raymond*. Dei à menina mais um pouco de xarope, e ela finalmente dormiu de novo.

Clint deu uma olhada em Kathy, que estava deitada na cama, um sapato calçado, o cabelo úmido preso no rosto, e não pôde deixar de desabafar.

— Se tivéssemos agido de acordo com o programado, essa criança agora estaria dormindo na casa dela. E nós já teríamos chegado à Flórida, com meio milhão de dólares no bolso e sem ter um país inteiro nos procurando.

Ele não viu a expressão no rosto de Angie — a expressão de quem acabava de perceber que cometera um erro dizendo a ele para ir ao seu encontro.

— O que o faz pensar que o país inteiro está nos procurando? — indagou ela.

— Ouça o rádio. Mude o canal da televisão. Esqueça suas reprises. Você é uma celebridade, menina. Goste ou não, você é uma celebridade.

Com um clique deliberado no controle remoto, Angie desligou a televisão.

— Então, o que você acha que devemos fazer?

— Estou com um carro seguro. Saímos daqui e largamos a criança onde não será encontrada. Depois nós dois saímos de Cape.

— Mas nós tínhamos planejado nos livrar da menina *e* da van.

— Deixamos a van aqui.

Estou registrada aqui com o meu nome, pensou Angie. Se estiverem realmente procurando por nós, chegarão logo. Mas Clint não tem que saber disso. Posso garantir que está mentindo. Ele ficou magoado, e quando o idiota do Clint fica magoado, comporta-se de modo desagradável.

Ele quer se livrar de mim.

— Clint, querido — disse ela. — Aquele policial de Hyannis tem a placa da van. A esta altura todos os tiras de Cape Cod sabem que eu estive em Hyannis hoje à tarde. Se acharem que ainda ando por aqui, vão procurar a van. Se a encontrarem no estacionamento deste motel, saberão que não poderemos ter ido longe. Trabalhei em uma marina a menos de cinco minutos daqui e sei que está fechada nesta época do ano. Posso levar a van até lá com a criança dentro. Saltar com ela ainda em movimento e deixar que afunde no mar. A água lá é funda o bastante para cobrir a van. Não vão conseguir encontrá-la senão daqui a alguns meses. Vamos querido, estamos perdendo tempo.

Ela viu que Clint olhava incerto pela janela. Com um calafrio, percebeu que havia alguém do lado de fora esperando por ele e que ele não tinha vindo para fugir com ela, mas sim para matá-la.

— Clint, você sabe que sei ler você como um livro — disse ela, lisonjeiramente. — Você está furioso comigo porque despachei Lucas e fugi com o dinheiro. Talvez esteja certo. Talvez não. Diga-me uma coisa, o Flautista Mágico está aqui com você?

Pela expressão do rosto dele Angie podia ver que não se enganara. Ele começou a falar, mas ela o impediu.

— Não responda, porque eu sei. Você o viu?

— Vi.

— Você sabe quem ele é?

— Não, mas me parece familiar, como alguém que eu já tenha visto antes. Mas não consigo me lembrar. Tenho que me lembrar.

— Então seria capaz de reconhecê-lo?

— Sim.

— Você realmente acha que depois de tê-lo visto ele vai deixar você vivo? Vou lhe dizer uma coisa: não vai! Aposto como ele lhe disse para se livrar de mim e da menina e que depois vocês seriam amigos. Não é assim que funciona. Acredite em mim, não é mesmo. Você vai se sair melhor se confiar em mim. Nós vamos dar o fora deste lugar. E vamos mesmo.

E aí estaremos meio milhão de dólares à frente do que estaríamos caso Lucas estivesse vivo. Depois, quando você se lembrar quem é esse sujeito, poderemos começar a lembrar a ele que merecemos uma parte maior do bolo. Senão...

Ela viu que a raiva ia desaparecendo do semblante de Clint. Eu sempre consegui fazer o que quis com ele. Ele é muito burro. Mas quando ele se lembrar de quem é esse tal de Flautista Mágico, nós estaremos arranjados para o resto da vida.

— Pegue a mala. Ponha no carro que está dirigindo. Mas espera um minuto, ele está alugado no seu nome?

— Não, mas agora que estão nos procurando, vão rastrear o cartão de crédito e entrar em contato com a locadora. Só que eu fui esperto, pedi um mapa do Maine e depois troquei de carro num estacionamento de cinema.

— Muito bem. Eu levo a menina. Você leva o dinheiro. Vamos dar o fora daqui. O Flautista Mágico vai nos seguir?

— Vai. Ele acha que depois eu vou entrar no seu carro e vou com ele até onde um avião nos espera.

— E em vez disso — disse Angie —, quando nos desfizermos da van, você e eu pegamos o seu carro. Você não acha que ele vai nos seguir e se arriscar a ser parado pela polícia, acha? Aí saímos daqui de Cape Cod, trocamos de carro de novo e dirigimos até o Canadá, embarcamos em um avião e desaparecemos.

Clint pensou por um momento e balançou a cabeça.

— Você está certo, pegue a menina.

Quando Angie pegou Kathy, ele notou que um dos sapatos caiu. E daí?, pensou. Ela não vai mais precisar dele mesmo.

Três minutos mais tarde, às 21h35, com Kathy embrulhada em um cobertor e deitada no chão da van, Angie saiu do estacionamento do motel A Concha e a Duna. Clint seguiu-a no seu carro roubado. Diretamente atrás, sem saber que Angie e Clint tinham se unido de novo, o Flautista Mágico os seguiu. Por que ela está na van?, perguntou-se ele. Mas ele está carregando a mala com o dinheiro.

— Agora é tudo ou nada — disse em voz alta, tomando seu lugar na procissão mortal.

96

O policial Sam Tyron chegou ao Soundview Motel 12 minutos depois de ter recebido um telefonema tenso do Departamento de Polícia de Barnstable. No caminho, ele se censurou, furioso por não ter seguido seu instinto e investigado a mulher que detivera por não ter uma cadeirinha de bebê na van.

Chegou inclusive a observar que ela não era muito parecida com a foto da identidade. Esta informação, contudo, ele não pretendia compartilhar com seus superiores.

O motel estava fervilhando de policiais. A informação de que a segunda gêmea Frawley não somente estava viva, mas fora localizada em Hyannis, atraíra todos os integrantes do escalão superior. Todos estavam reunidos no quarto onde a mulher que se registrara como Linda Hagen ficara. As notas de 20 dólares espalhadas debaixo da cama eram uma forte indicação de que a sequestradora estivera ali. Kathy Frawley estivera deitada naquela cama apenas algumas horas antes.

David Toomey, o gerente, tinha atendido ao chamado do supervisor noturno e voltado ao motel.

— Aquela criança está muito doente, muito doente mesmo — advertiu ele. — Podem apostar que ela não foi examinada por um médico. Estava tossindo e respirando com dificuldade e tinha que ter sido levada para a emergência. É melhor que a encontrem logo, ou será tarde demais. Quer dizer...

— Quando a viu pela última vez? — perguntou o chefe de polícia de Barnstable, a voz traduzindo toda sua aflição.

— Deve ter sido por volta de 12h30. Não sei a que horas ela saiu.

Sete horas e meia atrás, pensou Sam Tyron. A esta altura ela pode estar no Canadá.

O chefe expressou essa possibilidade e acrescentou:

— Para o caso de ela ainda estar aqui, contudo, vamos expedir uma mensagem para todos os motéis de Cape Cod para que tentem identificá-la. A polícia estadual bloqueará as pontes.

97

A NÃO SER PELOS ESFORÇOS PARA MANTER KELLY ACORdada, todos os passageiros do avião mantinham-se em silêncio. Kelly, de olhos fechados, estava no colo de Margaret. Totalmente letárgica, com a cabecinha repousada de encontro ao coração da mãe, ela reagia cada vez menos aos estímulos exteriores.

Os agentes Carlson e Realto estavam no avião com eles. Tinham se comunicado com o escritório do FBI em Boston, e seus colegas estariam em Cape Cod para assumir o comando da investigação. Um carro do FBI iria esperá-los no aeroporto e depois levá-los para o quartel-general da polícia em Hyannis, que seria o centro de comando. Antes de entrarem no avião, os dois homens concordaram discretamente que haviam testemunhado Kelly se comunicar com Kathy. Acreditavam também, a julgar pelo modo como Kelly se comportava agora, que talvez fosse tarde demais para salvar sua irmã gêmea.

O avião levava oito passageiros. Carlson e Realto, sentados lado a lado, imersos em seus pensamentos, mortificados por terem perdido Clint Downes por uma questão de horas. Mesmo que Angie estivesse em Cape Cod de manhã, ela provavelmente o encontraria no Maine, pensava Carlson. Fazia sentido. Ele pegara um mapa do Maine na locadora. Ela fora criada lá.

Realto analisava mentalmente o que faria se estivesse no lugar de Clint e Angie. Eu me livraria da van e do carro alugado, e também me livraria da criança, decidiu. Com todos os policiais do país procurando por ela, Kathy era uma desvantagem grande demais. Se ao menos eles tivessem a decência de deixar a menina em um lugar em que pudesse ser encontrada rapidamente.

Mas isso nos daria a localização exata do ponto a partir do qual os rastrearíamos, concluiu ele melancolicamente. Algo me diz que essas pessoas, além de serem muito perversas, estão por demais desesperadas para demonstrar qualquer decência.

98

Todos os policiais de Cape Cod estão à procura desta van, pensou Angie, mordendo o lábio ao dirigir nervosamente pela Rota 28, saindo de Chatham. Mas a marina é logo depois da divisa com Harwich, e uma vez que afundemos esta lata-velha, estaremos bem. Nossa, e pensar que eu queria esta criança. Que confusão ela acabou causando. Não culpo Clint por estar furioso comigo.

Ela levantou os olhos para o céu e reparou que as estrelas tinham sido substituídas por nuvens. O tempo mudou rapidamente, pensou, mas por aqui é assim mesmo. E pode ser que acabe sendo uma coisa boa. Agora tenho de ficar atenta para não perder a saída certa.

Com os nervos à flor da pele, já que a qualquer instante esperava ouvir uma sirene, Angie relutantemente começou a reduzir a velocidade. Fica logo aqui, pensou. É isso mesmo, não esta, a próxima. Um momento depois, deixando escapar um suspiro de alívio, virou à esquerda na Rota 28 e pegou a estrada sinuosa que ia dar no estreito de Nantucket. Quase todas as casas ao longo da estrada ficavam escondidas pelos arbustos altos. As que conseguia ver estavam às escuras. Provavelmente fechadas para o inverno, concluiu ela. É um bom lugar para nos livrarmos da van, pensou. Espero que Clint perceba isso.

Angie seguiu adiante para uma curva final com Clint logo atrás. O Flautista Mágico não teria coragem de segui-los muito de perto, imaginou. Acho que a esta altura ele já sabe que não estou aqui para brincar. O píer estava bem à sua frente, e ela já estava acelerando quando ouviu um toque de buzina, rápido e baixinho.

Clint era mesmo um idiota. Para que diabos estava ele buzinando? Sem saber o que pensar, Angie parou a van e, lívida de raiva, observou-o saltar do carro roubado e correr em sua direção. Ela abriu a porta.

— Vai querer dar um beijinho de adeus na chata? — exclamou, irritada.

O odor acre de suor foi sua última lembrança, pois que o punho de Clint voou pelo espaço que os separava e a deixou inconsciente. Depois que ela mergulhou por cima do volante, Clint engrenou o carro e colocou o pé dela em cima do acelerador. Fechou a porta no momento exato em que a van começou a se deslocar ao longo do píer e ficou parado, observando enquanto ela chegava ao fim, balançava por um instante e por fim caía e sumia.

99

Phil King, funcionário do motel A Concha e a Duna, estava de olho no relógio. Ele saía do serviço às 22 horas e estava ansioso por dar o fora. Gastara todo o seu tempo livre reconciliando-se com a namorada depois de uma briga séria, e ela finalmente concordara em se encontrar com ele para um drinque no bar do Impudent Oyster. Só faltavam dez minutos, pensou ele, todo animado.

Havia uma televisão pequena atrás do balcão, uma boa companhia para quem quer que estivesse no turno da noite. Lembrando-se de que os Celtics estavam jogando contra os Nets em Boston, Phil ligou o pequeno aparelho.

Mas, em vez do jogo, estava no ar um noticiário especial. A polícia confirmara que Kathy Frawley tinha, definitivamente, sido vista em Cape Cod naquela manhã. Sua sequestradora, Angie Ames, estava dirigindo uma van marrom-escura Chevrolet com 12 anos e placa de Connecticut. O apresentador deu o número.

Phil King nem ouviu. Estava boquiaberto olhando para a tela do aparelho. Angie Ames, pensou. Angie Ames! Com a mão trêmula, ele pegou telefone e discou 190.

Ele gritou quando a telefonista atendeu:

— Angie Ames está hospedada aqui! Angie Ames está hospedada aqui! Eu vi sua van sair do estacionamento dez minutos atrás.

100

Clint observou a van desaparecer e depois, com sinistra satisfação, voltou para o carro roubado e fez uma violenta curva de 180 graus. O facho de luz de seus faróis surpreendeu a expressão espantada no rosto do Flautista Mágico, que estava caminhando na sua direção. Como eu imaginava, ele tem uma arma, pensou. Claro, ele vai compartilhar comigo o que tem. Sem dúvida nenhuma que vai. Eu poderia atropelá-lo, mas seria fácil demais. Será mais divertido brincar com ele.

Seguiu reto na direção dele e observou com satisfação o Flautista largar a pistola que estava segurando e sair da rota do automóvel. Agora é dar o fora daqui de Cape Cod, pensou Clint, mas primeiro tenho de me livrar do carro. Aqueles garotos estarão saindo do cinema em menos de uma hora e aí a polícia vai começar a procurar por este carro.

Clint refez velozmente o percurso pela estrada tranquila até que chegou à Rota 28. Imaginou que o Flautista podia tentar segui-lo, mas sabia que tinha uma vantagem enorme. Ele vai pensar que estou me encaminhando para a ponte, imaginou, mas o que é que ele pode fazer — era o melhor caminho. Virou à esquerda. A rodovia Mid-Cape seria mais rápida, mas Clint decidiu ficar na Rota 28. A esta altura, eles provavelmente sabem que vim de avião para Boston e que aluguei um carro, pensou. Gostaria de saber se caíram naquela de eu pedir um mapa do Maine.

Ele ligou o rádio a tempo de ouvir um locutor nervosíssimo dizer que Kathy Frawley fora vista, sem dúvida alguma, em Hyannis. Com ela estava sua sequestradora, Angie Ames, que também usava o nome de Linda Hagen. As estradas estavam sendo bloqueadas.

Clint agarrou o volante com mais força. Tenho de dar o fora daqui depressa, pensou. Não posso desperdiçar nem um minuto. A mala com o dinheiro estava no chão, sob o banco de trás. Só de pensar nisso e no que poderia fazer com 1 milhão de dólares, Clint conseguiu controlar o medo enquanto atravessava primeiro South Dennis depois Yarmouth e finalmente a periferia de Hyannis. Mais vinte minutos e estou na ponte, pensou.

O som de uma sirene da polícia fez com que ele se encolhesse de medo. Não pode ser comigo, não estou correndo, pensou, e depois viu, horrorizado, um carro da polícia passar a sua frente e cortá-lo enquanto um outro carro encostava atrás.

— Saia do carro com as mãos para cima. — A ordem veio de um policial com megafone na radiopatrulha que estava atrás dele.

Clint sentiu que o suor escorria pelo seu rosto quando abriu vagarosamente a porta e saltou com os braços grossos levantados bem acima da sua cabeça.

Dois policiais, empunhando as respectivas armas, se aproximaram:

— Você não deu sorte — disse um deles amavelmente. — Os garotos não gostaram do filme e saíram na metade. Você está preso por estar de posse de um veículo furtado.

O outro policial iluminou o rosto de Clint com a lanterna, examinou-o e examinou de novo. Clint sabia que ele o estava comparando à descrição divulgada pela polícia.

— Você é Clint Downes! — exclamou o policial, absolutamente certo do que dizia. — Onde está a garotinha, seu vagabundo? Onde está Kathy Frawley?

101

MARGARET, STEVE, A DRA. HARRIS E KELLY ESTAVAM NA sala do chefe de polícia quando chegou a notícia de que Angie Ames se registrara sob seu próprio nome em um motel de Chatham e que o empregado do motel vira a van sair do estacionamento dez minutos antes.

— Kathy estava com ela? — sussurrou Margaret.

— Ele não sabe. Mas havia um sapato de criança em cima da cama, assim como marcas no travesseiro. Parece provável que Kathy tenha estado lá.

A Dra. Harris estava com Kelly no colo. De repente, começou a sacudi-la.

— Kelly, acorde — ordenou. — Kelly, você tem que acordar.

A pediatra olhou para o chefe de polícia.

— Arranje um nebulizador — exigiu. — Arranje um nebulizador agora!

102

O Flautista Mágico viu as radiopatrulhas obrigarem Clinton a parar e a saltar do carro roubado. Ele não me conhece pelo nome, mas, assim que me descrever, o FBI vai bater à minha porta, pensou ele. Pensar que eu nem mesmo precisava ter vindo para cá, ele se arrependeu, censurando a si próprio — Lucas não havia lhe dito quem eu era.

Conteve a explosão de raiva que fez suas mãos tremerem tanto que mal conseguia segurar o volante. Tenho 7 milhões de dólares, menos a porcentagem do banco, me esperando na Suíça, pensou. O passaporte está no meu bolso. Só preciso arranjar um lugar em um voo para fora do país imediatamente. Vou mandar o avião me levar para o Canadá. Clint pode não me entregar de imediato, se perceber que pode me usar como moeda de troca. Eu sou sua carta na manga.

Com a boca seca, completamente apavorado, o Flautista Mágico saiu da Rota 28 Norte e antes mesmo que Clint, algemado, fosse levado para um carro da polícia, estava na Rota 28 Sul, seguindo para o aeroporto de Chatham.

103

— SABEMOS QUE SUA NAMORADA DEIXOU O MOTEL A Concha e a Duna vinte minutos atrás. Kathy Frawley estava com ela?

— Não sei do que você está falando — disse Clint, com a voz inexpressiva.

— Você sabe do que estamos falando — retorquiu Frank Reeves, agente do FBI da agência de Boston. Ele, Realto, Carlson e o chefe de polícia de Barnstable estavam na sala de interrogatório da central de polícia de Barnstable. — Kathy se encontra na van?

— Você acabou de ler meus direitos. Eu quero um advogado.

— Clint, ouça-me — insistiu Carlson. — Acreditamos que Kathy Frawley esteja muito doente. Se ela morrer, você vai ter duas acusações de assassinato. Nós sabemos que seu amigo Lucas não cometeu suicídio.

— Lucas?

— Clint, o DNA das gêmeas deve estar espalhado por toda parte na casinha de Danbury. Seu amigo Gus nos disse que ouviu duas crianças chorando quando falou com Angie pelo telefone. Angie pagou as roupas que comprou para as gêmeas com o seu cartão de crédito. Um policial de Barnstable a viu hoje de manhã com Kathy. Assim como uma garçonete do McDonald's. Nós temos todas as provas de que precisamos. Sua única chance de obter qualquer condescendência é colaborar agora.

Um barulho do lado de fora da sala fez com que todos se voltassem abruptamente. Logo depois, ouviram a voz do sargento em serviço:

— Sra. Frawley, sinto muito, mas a senhora não pode entrar aí.

— Eu tenho de entrar. Vocês prenderam o homem que sequestrou minhas filhas.

Reeves, Realto e Carlson trocaram olhares.

— Deixe que ela entre — gritou Reeves.

A porta foi escancarada e Margaret entrou correndo, os olhos azuis naquele momento negros como carvão, o rosto mortalmente pálido, o longo cabelo emaranhado. Olhou em torno e foi diretamente para Clint, caindo de joelhos diante dele

— Kathy está doente — disse, a voz trêmula. — Se ela morrer, não sei se Kelly viverá. Posso perdoar tudo o que fez se ao menos me devolver Kathy agora. Vou testemunhar em seu favor no tribunal. Eu prometo. Eu prometo! Por favor.

Clint tentou desviar o rosto, mas sentiu-se atraído pelos olhos ardentes de Margaret. Eles me pegaram, pensou. Ainda não vou entregar o Flautista Mágico, mas talvez haja outro modo de evitar uma acusação de homicídio. Clint esperou um longo minuto, ensaiando rapidamente uma história, então disse:

— Eu não queria ficar com a outra menina. Ficar com ela foi coisa de Angie. Na noite em que as devolvemos, ela matou Lucas e deixou aquele bilhete suicida falso. Angie é louca. Depois deu o fora com todo o dinheiro e não me disse para onde foi. Eu tinha dito a ela que íamos sumir com a van e sair de Cape Cod no carro que eu tinha apanhado. Mas não foi assim que aconteceu.

— O que aconteceu? — indagou Realto.

— Angie conhece Cape Cod. Eu não. Ela conhecia uma marina não muito longe daquele motel onde poderíamos jogar a van píer abaixo e deixar que afundasse. Eu a estava seguindo, mas alguma coisa deu errado. Ela não saiu da van a tempo.

— A van desceu do píer com ela dentro?

— Sim.

— Kathy estava na van?

— Estava. Angie não queria fazer mal a ela. Íamos levar a menina conosco. Queríamos formar uma família.

— *Uma família! Uma família*! — A porta da sala de interrogatório ainda estava aberta e o grito comovente de Margaret ecoou pelo corredor.

Steve, que vinha correndo para ficar junto da mulher, sabia o que o seu grito significava.

— Ah, meu Deus, ajude-nos a suportar isso!

Na sala de interrogatório ele viu Margaret aos pés do homem corpulento que devia ser o sequestrador. Apressou-se, tomou-a nos braços e encarou Clint Downes.

— Se eu tivesse uma arma eu o mataria agora mesmo — disse.

O chefe de polícia pegou o telefone depois que Clint descreveu a marina.

— É a Seagull Marina, levem equipamento de mergulho — ordenou. — Levem um barco. — Ele olhou para os agentes:

— Há uma doca de descarga abaixo do píer — explicou, depois se virou para Margaret e Steve. A última coisa que queria era oferecer esperanças infundadas. No inverno a doca devia permanecer fechada com uma corrente. Talvez, talvez, por um milagre, a corrente tivesse impedido a van de afundar por completo na água. Mas a maré sobe depressa, e mesmo que a van tenha ficado presa, o convés inferior iria submergir em vinte minutos.

104

Todos os aeroportos estão cobertos, pensou Realto enquanto seguia com Reeves, Walter Carlson e o chefe de polícia de Barnstable pela Rota 28 na direção de Harwich. Downes afirma que não é o Flautista Mágico, mas que poderá entregá-lo caso alguém tente ameaçá-lo com a pena de morte. Acredito nele. Downes não é inteligente o bastante para ter planejado todo o sequestro. Uma vez que o Flautista saiba que prendemos Downes, saberá que é uma questão de tempo até que este o denuncie. Ele tem 7 milhões de dólares escondidos em algum lugar. A única coisa que lhe resta fazer agora é sair do país antes que seja tarde demais.

Ao seu lado estava Walter Carlson, anormalmente silencioso, as mãos juntas, os olhos fixos na estrada. Kelly fora levada juntamente com a Dra. Harris para o Cape Cod Hospital, mas Margaret e Steve insistiram para que uma radiopatrulha os levasse até a marina. Eu gostaria que eles não tivessem vindo, pensou. Não precisavam ver Kathy sendo removida de um carro que afundara no estreito de Nantucket.

O trânsito foi abrindo espaço para a caravana policial, e em apenas nove minutos eles estavam saindo da Rota 28 e pegando as ruas estreitas que levavam à marina.

A polícia estadual de Massachusetts já havia chegado. Varando a neblina, holofotes iluminavam o píer. A distância via-se uma lancha cortando as fortes ondas.

— Só há uma esperança para que não estejamos chegando tarde demais — disse o chefe O'Brien em tom de oração. — Se a van caiu no cais de carga e elas não morreram na queda... — ele não completou a sentença.

Com um guinchar de freios, a radiopatrulha parou na metade do píer. Os homens se lançaram para fora do carro e saíram correndo, os pés pisoteando com força as tábuas de madeira. No final do píer pararam e olharam para baixo. A parte de trás da van destacava-se para fora da água, com as rodas presas na corrente grossa. As rodas da frente, contudo, já estavam dentro da água, e fortes ondas quebravam no capô. Realto viu que o peso dos dois policiais e do equipamento pesado do cais de carga estava fazendo com que o veículo se inclinasse para a frente. Enquanto olhavam, uma das rodas traseiras rolou por cima da corrente e a van afundou ainda mais.

Realto sentiu que o empurravam de lado e um instante depois Steve Frawley estava na beirada do píer. Ele olhou para baixo, avaliando a distância, tirou o paletó e mergulhou na água. Emergiu ao lado da van.

— Virem a luz para dentro do carro — berrou Reeves.

A outra roda traseira estava sendo levantada pela maré. *Tarde demais*, pensou Realto. *A pressão da água é muito grande.*

Margaret Frawley também se adiantara correndo e estava de pé na beirada do píer.

Steve olhava para dentro da van

— Kathy está no chão do banco de trás — gritou. — Há uma mulher no banco do motorista. Não está se mexendo.

Freneticamente, ele puxou a porta de trás e percebeu que seria impossível abri-la. Cerrou o punho e deu um soco no vidro, mas também não conseguiu quebrá-lo. As ondas o afastavam para longe. Agarrou a maçaneta da porta com uma das mãos e socou o vidro diversas vezes.

Por fim o vidro cedeu ruidosamente. Sem levar em conta a mão ferida e sangrenta, Steve afastou o resto do vidro e passou primeiro os braços e depois a cabeça e os ombros para o interior da van.

A última roda ficou livre da corrente e a van começou a deslizar para dentro d'água. A lancha da Guarda Costeira chegou ao píer e, quando parou a lado da van, dois homens se debruçaram e agarraram Steve pela cintura e pelas pernas, puxando-o para bordo. Seus braços envolviam com força um vulto pequeno embrulhado num cobertor. No momento em que ele caiu para trás de encontro aos seus salvadores, a van emborcou e desapareceu dentro da água agitada.

Ele a pegou! Pensou Realto. Ele pegou a menina! Tomara que não seja tarde demais.

O grito de Margaret pedindo para que lhe entregassem a filha desapareceu, abafado pela sirene de uma ambulância que chegava.

105

— Mamãe, eu estava ouvindo o rádio. Ouvi que há uma chance de Kathy estar viva. Só quero que você saiba que não tive nada a ver com as filhas de Steve terem sido sequestradas. Meu Deus, você acha que eu faria uma coisa dessas ao meu irmão? Ele sempre me ajudou quando eu precisei.

Nervosamente, Richie Mason olhou à sua volta no saguão de embarque do aeroporto Kennedy. Foi com impaciência que ouviu as lacrimosas afirmativas da mãe, assegurando-lhe que sabia perfeitamente bem que ele jamais faria qualquer coisa que prejudicasse as filhas do irmão.

— Ah, Richie, se conseguirem salvar Kathy, nós nos reuniremos para uma maravilhosa comemoração em família. — disse ela.

— Pode apostar que sim, mamãe — respondeu ele, impedindo-a de continuar. — Tenho de ir. Ofereceram-me um novo emprego que é realmente ótimo. Estou pegando um avião agora para a sede da companhia no Oregon. Já vou embarcar. Eu amo você, mamãe. Manterei contato.

— Estamos iniciando o processo de embarque do voo 102 da Continental para Paris — começou o anúncio no sistema de alto-falantes. — Nossos passageiros de primeira classe e os passageiros com necessidades especiais...

Com um último e furtivo olhar ao redor, Mason apresentou sua passagem e entrou na aeronave, acomodando-se na poltrona 2B. No último minuto, ele decidira desistir de pegar o carregamento final de cocaína que vinha da Colômbia. Com o FBI interrogando-o a respeito das meninas sequestradas, o instinto o advertiu de que o melhor a fazer era dar o fora do país. Por sorte podia contar com aquele garoto chamado Danny Hamilton para pegar a mala com cocaína e a esconder para ele. Ainda não decidira a qual distribuidor poderia confiar a tarefa de pegar o pó com Danny e enviar-lhe o pagamento, mas resolveria isso mais tarde.

Depressa. Teve vontade de gritar quando o avião começou a encher. Estou bem, tentou assegurar-se. Como falei para mamãe, Steve, meu grande irmão, sempre me ajudou muito. Por sermos tão parecidos, o passaporte dele funcionou muito bem. Obrigado, Steve.

A comissária de bordo já dera início ao seu comunicado final antes de o avião levantar voo. Vamos, vamos, pensou ele, com a cabeça baixa e os punhos cerrados. Mas sua boca ficou seca quando ouviu passos se aproximarem pelo corredor, passos que se interromperam ao lado da sua poltrona.

— Sr. Mason, o senhor pode fazer o favor de nos acompanhar discretamente? — indagou uma voz.

Richie levantou os olhos. Dois homens estavam ali de pé.

— FBI — disse um deles.

A comissária já ia recolher o copo de Richie.

— Deve haver algum engano — disse ela. — Este senhor aqui é o Sr. Steven Frawley e não o Sr. Mason.

— Eu sei o que a lista de passageiros diz — disse o agente Allen do FBI. — Mas neste exato momento o Sr. Frawley se encontra em Cape Cod com a família.

Richie tomou um último gole do uísque de malte puro que vinha bebericando. Este será meu último uísque por muito, muito tempo, pensou enquanto se levantava. Os demais passageiros o fitavam, curiosos. Ele lhes acenou amistosamente.

— Aproveitem a viagem — disse. — Sinto muito, mas não posso acompanhá-los.

106

— Conseguimos estabilizar Kelly, mas embora seus pulmões estejam desobstruídos, ela está tendo muita dificuldade para respirar — disse o médico da unidade de tratamento pediátrico intensivo, com o semblante muito sério. — Kathy, no entanto, está muito pior. Está muito doente. A bronquite evoluiu para uma pneumonia, e ela obviamente recebeu doses maciças de remédio para adultos, o que prejudicou seu sistema nervoso. Eu gostaria de poder ser mais otimista, mas...

Steve, com os braços completamente enfaixados, sentou-se ao lado de Margaret, próximo ao berço. Kathy, quase irreconhecível de cabelo escuro e curto e com a máscara de oxigênio no rostinho, estava deitada absolutamente imóvel. O aparelho que monitorava sua respiração já havia disparado duas vezes.

Kelly, acompanhada pela Dra. Harris, estava na ala de pediatria, a alguma distância dali.

— Kelly tem de ser trazida para cá agora — ordenou Margaret.

— Sra. Frawley...

— Agora mesmo — exigiu Margaret. — Kathy precisa dela.

107

Norman Bond tinha ficado no seu apartamento o dia todo, passando a maior parte do sábado sentado no sofá, contemplando o East River e assistindo às últimas notícias do sequestro das meninas Frawley na televisão.

Por que foi que contratei Frawley? Perguntou a si próprio. Será porque queria fazer de conta que podia recomeçar tudo, que podia voltar atrás no tempo e me sentir de novo em Ridgefield, com Theresa a meu lado? Queria fazer de conta que nossos filhos gêmeos tinham sobrevivido? Eles teriam agora 21 anos.

Eles pensam que tenho alguma coisa a ver com o sequestro. Fui um idiota ao me referir a ela como minha "falecida" esposa. Logo eu, que sempre tive tanto cuidado em dizer que acreditava que Theresa ainda estava viva, e que ela havia rejeitado Banks do mesmo modo que me rejeitou.

Desde que o FBI o interrogara, Bond não conseguira mais tirar Theresa de sua cabeça, nem por um único minuto. Antes de matá-la, ela havia implorado pela vida dos filhos que esperava do mesmo modo que Margaret Frawley suplicara pelo retorno seguro de suas meninas.

Talvez a outra filha de Frawley ainda estivesse viva. No fim, tudo diz respeito ao resgate, pensou Norman. Alguém estava contando com que a companhia se responsabilizasse pelo pagamento.

Às 19 horas, ele preparou um drinque.

— A polícia acredita que um dos suspeitos do caso Frawley foi localizado em Cape Cod — informou um noticiário da televisão.

— Norman... por favor... não...

Os fins de semana são sempre mais difíceis, pensou.

Norman havia desistido de ir a museus. Deixavam-no entediado. Concertos eram monótonos, uma forma de tortura. Quando estava casado com Theresa, ela brincava com ele por causa de sua inquietude.

— Norman, você se sairá muito bem nos negócios e chegará inclusive a se tornar um patrono das artes, mas jamais compreenderá a razão pela qual uma escultura, uma pintura ou uma ópera são experiências transcendentais que aproximam o homem da divindade. Você não tem jeito mesmo.

Pensando nestas palavras, Norman preparou outro drinque, que então tomou enquanto passava a mão pelas alianças de Theresa, que conservava presas numa corrente ao redor do pescoço. As alianças eram a que ele tinha lhe dado, e que ela deixara em cima da cômoda, e o anel de brilhantes que seu rico e culto segundo marido lhe dera. Lembrava-se de como tivera de se esforçar para arrancar esta última do seu dedo. Os dedos finos tinham inchado com a gravidez.

Às 20h30 decidiu tomar um banho e sair para jantar. Com passos um tanto inseguros levantou-se e foi até o closet, onde escolheu um terno, camisa branca e uma das gravatas que o vendedor da Paul Stuart lhe assegurara que combinava com o terno.

Quarenta minutos mais tarde, quando estava deixando o edifício, olhou casualmente para o outro lado da rua e viu dois homens saltando de um automóvel. A luz do poste iluminou o motorista. Era o agente do FBI que se mostrara hostil e desconfiado quando ele cometera o engano de falar "minha falecida esposa". Cedendo a um súbito ataque de pânico, Norman Bond disparou a correr até o fim do quarteirão e atravessou a Rua 72. Não viu o veículo que estava dando meia-volta.

O impacto da batida do caminhão foi como uma explosão que o cortasse ao meio. Ele sentiu que foi jogado para cima e então uma dor terrível quando seu corpo se espatifou na calçada. Sua boca se encheu de sangue.

Ouviu o clamor à sua volta e os gritos pedindo por uma ambulância. O rosto do agente do FBI apareceu pairando por cima dele. A corrente com as alianças de Theresa, pensou. Tenho de me livrar da corrente.

Mas não conseguiu mexer a mão.

Sentiu que a camisa branca estava encharcada de sangue. A ostra, pensou. Lembra de quando o garfo resvalou e todo o molho pingou na minha camisa e na gravata? A lembrança geralmente lhe trazia uma sensação de vergonha, mas naquele momento nada sentiu. Absolutamente nada.

O agente Angus Sommers ajoelhou-se ao lado de Norman Bond. Ele pôs um dedo em seu pescoço.

— Ele se foi — disse.

108

Os agentes Reeves, Carlson e Realto entraram na cela de Clint.

— Eles tiraram a garotinha de dentro da van, mas pode ser que ela não resista — foi dizendo Carlson, furioso. — Angie, sua namorada, morreu. Será feita uma necropsia, mas sabe de uma coisa? Nós achamos que ela já estava morta antes de mergulhar na água. Alguém a agrediu com força suficiente para matá-la. Eu gostaria de saber quem foi.

Sentindo-se como se tivesse sido atingido por um bloco de cimento, Clint percebeu que tudo tinha acabado para ele. Amargurado, decidiu que não ia ser pego sozinho. Dizer a eles quem é o Flautista Mágico pode me ajudar ou não com a minha sentença, pensou, mas não vou apodrecer na cadeia enquanto ele aproveita os 7 milhões de dólares.

— Não sei qual é o nome do Flautista Mágico — disse ele aos agentes —, mas posso dizer como ele é. É alto, acho que tem um pouco mais de 1,80m. Cabelo louro puxado para o ruivo. Classudo. Pouco mais de 40 anos. Quando falou que queria que eu liquidasse Angie, me disse para segui-lo até o aeroporto de Chatham, onde tinha um avião esperando.

Clint fez uma pausa.

— Espera um pouquinho! — exclamou. — Eu sei quem ele é. Bem que achei que já o tinha visto em algum outro lugar. Ele é o manda-chuva da companhia que pagou pelo resgate. Apareceu na televisão dizendo que a companhia não deveria ter dado o dinheiro.

— Gregg Stanford! — disse Carlson, e Realto assentiu balançando a cabeça.

Reeves pegou rapidamente o telefone celular.

— Se conseguíssemos detê-lo antes de o avião levantar voo — disse Carlson e acrescentou, com desprezo e fúria na voz, dirigindo-se a Clint Downes: — É melhor ir se ajoelhando, seu crápula, e começar a rezar para que Kathy Frawley escape dessa.

109

— As gêmeas Frawley foram levadas com urgência para o hospital Cape Cod — anunciou o locutor do Canal 5. — A condição de saúde de Kathy Frawley é extremamente crítica. O corpo de Angie Ames, a mulher que fazia parte do bando de sequestradores, foi recuperado da van que foi jogada na marina de Harwich. Seu cúmplice, Clint Downes, cuja casa, situada em Danbury, Connecticut, serviu de cativeiro para as gêmeas, encontra-se preso em Hyannis. O homem que supostamente idealizou todo o sequestro, o "Flautista Mágico", continua em liberdade.

Eles não dizem que estou em Cape Cod, pensou freneticamente o Flautista, que assistia ao noticiário da televisão sentado no saguão de embarque do aeroporto de Chatham. Isso significa que Clint ainda não me descreveu. Eu sou sua moeda de troca. Ele vai me entregar para ter uma sentença mais leve.

Tenho de dar o fora do país. Mas a chuva forte e a neblina estavam mantendo temporariamente todos os aviões no chão. Seu piloto esperava que as condições atmosféricas melhorassem logo.

Por que fui entrar em pânico e inventar essa ideia maluca de sequestrar as gêmeas? Fiz isso porque estava apavorado. Fiquei com medo de que Millicent pudesse ter mandado me seguir e descoberto que andei saindo com outras mulheres. Se ela resolvesse se livrar de mim, eu perderia o emprego, e não tenho um centavo no meu nome. Fiz isso porque achei que podia confiar em Lucas. Ele era um homem que sabia guardar segredo. Ele nunca me entregaria, não importa o quanto lhe fosse oferecido. No fim não me entregou mesmo. Clint não tinha ideia de quem eu era.

Se ao menos eu não tivesse ido para Cape Cod. Poderia estar fora do país agora, com todos aqueles milhões me esperando. Tenho meu passaporte. Mandaria que o avião me levasse para as Ilhas Maldivas. Lá, não há extradição.

A porta do saguão foi aberta com um só golpe, e dois homens entraram apressadamente, um dos quais se colocou atrás dele e mandou que se levantasse e ficasse com os pés afastados. Revistou-o rapidamente.

— FBI, Sr. Stanford — disse o outro. — Que surpresa. O que o traz esta noite a Cape Cod?

Gregg Stanford olhou-o diretamente.

— Eu estava visitando uma amiga, uma jovem mulher. Assunto privado que não é da conta de vocês.

— É possível que o nome dela seja Angie?

— Do que está falando? — retrucou Stanford. — Isso é ridículo.

— Você sabe exatamente do que estamos falando — replicou o agente do FBI. — O senhor não vai pegar nenhum avião esta noite, Sr. Stanford. Ou talvez fosse melhor perguntar se o senhor não prefere ser chamado de Flautista Mágico?

110

Kelly, ainda no berço e acompanhada pela Dra. Harris, foi levada para a unidade de tratamento intensivo. Como a irmã, ela usava uma máscara de oxigênio. Margaret levantou-se.

— Tire a máscara dela — disse. — Vou colocá-la no mesmo berço de Kathy.

— Margaret, Kathy está com pneumonia. — O protesto morreu nos lábios de Sylvia.

— Tire — Margaret repetiu para a enfermeira. — Depois que eu ajeitá-la no berço pode colocar de novo.

A enfermeira olhou para Steve.

— Vá em frente — autorizou ele.

Margaret pegou Kelly no colo e por um momento manteve a cabeça da menina encostada no seu pescoço.

— Kathy precisa de você, querida — murmurou. — E você precisa dela.

A enfermeira abaixou a proteção lateral do berço, e Margaret colocou Kelly ao lado da irmã gêmea, com o polegar direito de Kelly encostado no polegar esquerdo de Kathy.

É onde elas estavam unidas, pensou Sylvia.

A enfermeira recolocou a máscara de oxigênio de Kelly.

Em prece silenciosa, Margaret, Steve e Sylvia mantiveram uma vigília melancólica junto ao berço a noite inteira. As gêmeas não se mexeram no seu sono profundo. Até que, quando a primeira luz da alvorada penetrou no quarto, Kathy espreguiçou-se, moveu uma das mãos e entrelaçou os dedos aos de Kelly.

Kelly abriu os olhos e virou a cabeça para fitar a irmã.

Com os olhos arregalados, Kathy olhou à sua volta, indo de uma pessoa para a outra. Seus lábios começaram a se mover.

Um sorriso iluminou o rosto de Kelly, que murmurou alguma coisa no ouvido da irmã.

— Telepatia entre gêmeos — disse Steve baixinho.

— O que ela está lhe dizendo, Kelly? — murmurou Margaret.

— Kathy disse que sentiu muito a nossa falta e que ela quer ir para casa.

Epílogo

Três semanas mais tarde, Walter Carlson estava sentado à mesa da sala junto a Steve e Margaret, todos conversando enquanto tomavam uma segunda rodada de café. Ele passou o tempo todo do jantar pensando na primeira vez que os vira, o casal jovem e bonito com roupas de gala que tinha chegado em casa e descoberto que suas filhas tinham desaparecido. Nos dias seguintes eles haviam se transformado em sombras de si próprios, pálidos e abatidos, escorando-se um no outro em seu desespero, os olhos vermelhos e inchados.

A atitude de Steve agora era confiante e relaxada. Margaret, linda em uma suéter branco e calças pretas, com o cabelo solto caído sobre os ombros e um sorriso nos lábios, era uma pessoa diferente da mulher tresloucada que suplicara a eles para que acreditassem que sua filha Kathy estava viva.

Mesmo assim, Carlson notou como, durante o jantar, seus olhos frequentemente desviavam-se para a sala de estar, onde as duas meninas, metidas em seus pijamas, brincavam de tomar chá com as bonecas e os ursinhos. Ela precisa se assegurar a todo instante da presença das gêmeas ali, pensou ele.

Os Frawley o haviam convidado para celebrar o retorno deles à vida normal, segundo as próprias palavras de Margaret. Agora, inevitavelmente, era natural que conversassem sobre algumas informações reveladas durante as confissões de Gregg Stanford e Clint Downes.

Carlson não pretendia falar a respeito do meio-irmão de Steve, Richard Mason, mas quando Steve mencionou que os pais tinham vindo visitá-los, perguntou como estavam.

— Você pode entender como é difícil para minha mãe saber que Richie está metido em confusão de novo — respondeu Steve. — Tráfico de cocaína é pior do que o esquema criminoso em que ele se envolveu alguns anos atrás. Ela sabe a extensão da sentença a que ele talvez seja condenado e, como todas as mães, está tentando descobrir o que fez de errado para que ele ficasse assim.

— Ela não fez nada de errado — disse Carlson sem rodeios. — Ele é uma maçã podre, pura e simplesmente.

Depois de um último gole de café, ele acrescentou:

— Se alguma coisa boa resultou disso tudo, foi que agora sabemos que Norman Bond matou sua ex-mulher, Theresa. A aliança de casamento que o segundo marido lhe dera estava pendurada numa corrente que ele usava no pescoço. Ela estava usando essa aliança na noite em que desapareceu. Pelo menos agora seu segundo marido pode tocar a vida. Por 17 anos, o pobre coitado se manteve preso à esperança de que ela estivesse viva.

Carlson não conseguia tirar os olhos das duas gêmeas.

— Elas são realmente idênticas — disse, admirado.

— Não são mesmo? — concordou Margaret. — Na semana passada levamos Kathy à cabeleireira para livrá-la daquela tintura horrorosa e aproveitamos para mandar cortar o cabelo de Kelly, para que as duas ficassem com o mesmo corte. Fica muito bem nelas, não acha?

Margaret suspirou, sem esperar por uma resposta.

— Acordo pelo menos três vezes por noite para dar uma olhada nelas, só para ter certeza de que as duas ainda estão ali. Instalamos um sistema de alarme moderníssimo que ligamos à noite, de modo que se uma porta ou janela for aberta, ele faz um barulho que é capaz de acordar os mortos. No entanto, mesmo com toda essa proteção, ainda não posso suportar a ideia de perdê-las de vista.

— Isso vai passar — assegurou Carlson. — Talvez não agora, mas vai melhorar com o tempo. Como vão as meninas?

— Kathy ainda tem pesadelos. No sono ela diz "Chega, Mona, chega, Mona". Outro dia nós estávamos fazendo compras no shopping e ela viu uma mulher magra de cabelos castanhos, compridos e descuidados que, eu acho, fez com que se lembrasse de Angie. Kathy começou a gritar e abraçou minhas pernas com força. Mas a Dra. Sylvia me recomendou uma psicóloga infantil maravilhosa, a Dra. Judith Knowles. Vamos levar as meninas para vê-la toda semana. Vai demorar um pouco, mas ela assegurou que com o tempo ficarão bem.

— Stanford vai querer entrar em acordo com a promotoria? — quis saber Steve.

— Ele não tem muito o que oferecer. Planejou o sequestro porque estava em pânico. Temia que a mulher tivesse descoberto suas aventuras e fosse querer se divorciar dele. Neste caso, ele ficaria sem dinheiro algum. Ele esteve envolvido em alguns dos problemas financeiros que a companhia enfrentou no ano passado e ainda tinha medo de ser apanhado. Precisava de um fundo de reserva, e quando conheceu você no escritório, Steve, e você mostrou fotos das gêmeas, bolou o sequestro.

"Lucas Wohl e ele tinham um relacionamento estranho — continuou Carlson. — Lucas era o motorista em quem ele confiava quando estava tendo um de seus casos. Um dia, durante o seu segundo casamento, Stanford chegou em casa inesperadamente e encontrou Lucas arrombando o cofre em que sua mulher guardava as joias. Disse-lhe que podia continuar com o roubo, desde que o lucro fosse dividido entre os dois. Daí em diante, ele às vezes dava dicas a Lucas sobre que casas roubar. Stanford sempre viveu perigosamente. O que gosto no modo como este caso se desenrolou é que ele podia muito bem ter se safado de tudo se tivesse confiado que Lucas não contaria para Clint quem ele era. Stanford era um dos nossos principais suspeitos e já estivera sob vigilância, mas não tínhamos nada de concreto contra ele. É isso que vai assombrar Stanford pelo resto de sua vida quando acordar todos os dias na prisão.

— E Clint Downes? — perguntou Margaret. — Ele confessou?

— Ele é um sequestrador e um assassino. Ainda está tentando sustentar que a morte de Angie foi um acidente, mas a promotoria vai saber lidar com ele. Seja como for, tenho certeza de que tomou sua última cerveja no Danbury Pub. Jamais sairá da prisão.

As gêmeas pararam de brincar de tomar chá com as bonecas e correram para a sala de jantar. No momento seguinte, uma sorridente Kathy estava no colo de Margaret e uma risonha Kelly era erguida por Steve.

Walter Carlson sentiu um nó na garganta. Se ao menos fosse sempre assim, pensou. Se ao menos pudéssemos sempre levar de volta as crianças para suas casas, se ao menos pudéssemos livrar o mundo de todos os predadores... Mas desta vez, ao menos, tivemos um final feliz.

As gêmeas estavam usando pijamas azuis com florzinhas. Duas menininhas de azul, pensou ele. Duas menininhas de azul...

Este livro foi composto na tipologia Minion Pro,
em corpo 11,5/15, e impresso em papel off-white 80g/m^2,
no Sistema Cameron da Divisão Gráfica
da Distribuidora Record.